U0467870

知识分子的精神家园

乡村振兴中的博白故事

肖国栋 王易萍 梁芳——主编

玉林师范学院高层次人才项目
"西部地区乡村振兴的地方经验及文化启发"
（编号：G2021SK04）

光明日报出版社

图书在版编目（CIP）数据

乡村振兴中的博白故事 / 肖国栋，王易萍，梁芳主编．－－ 北京：光明日报出版社，2023.8

ISBN 978-7-5194-7405-8

Ⅰ.①乡⋯ Ⅱ.①肖⋯ ②王⋯ ③梁⋯ Ⅲ.①纪实文学－中国－当代 Ⅳ.① I25

中国国家版本馆 CIP 数据核字 (2023) 第 155697 号

乡村振兴中的博白故事
XiangCun ZhengXing Zhong De BoBai GuShi

主　　编：	肖国栋　王易萍　梁　芳		
责任编辑：	舒　心	责任校对：	曲建文
封面设计：	MXK DESIGN STUDIO Q:1765628429	责任印制：	董建臣

出版发行：光明日报出版社
地　　址：北京市西城区永安路 106 号，100050
电　　话：010-63169890（咨询），010-63131930（邮购）
传　　真：010-63131930
网　　址：http://book.gmw.cn
E － mail：gmrbcbs@gmw.cn
法律顾问：北京市兰台律师事务所龚柳方律师
印　　刷：天津融正印刷有限公司
装　　订：天津融正印刷有限公司
本书如有破损、缺页、装订错误，请与本社联系调换，电话：010-63131930

开　　本：	160mm×230mm		
字　　数：	247 千字	印　　张：	21.5
版　　次：	2023年8月第1版	印　　次：	2023年8月第1次印刷
书　　号：	ISBN 978-7-5194-7405-8		
定　　价：	88.00 元		

版权所有　　翻印必究

序 言

■ 梁芳

    乡村振兴战略是党的十九大提出的一项重大战略，是关系全面建设社会主义现代化国家的全局性、历史性任务。乡村是具有自然、社会、经济特征的地域综合体，兼具生产、生活、生态、文化等多重功能，与城镇互促互进、共生共存，共同构成人类活动的主要空间。乡村兴则国家兴，乡村衰则国家衰。实施乡村振兴战略，是解决新时代我国社会主要矛盾、实现"两个一百年"奋斗目标和中华民族伟大复兴中国梦的必然要求，具有重大现实意义和深远历史意义。

    几年来，博白县委、县政府自觉负起政治责任，率领各部门、各乡镇深入学习贯彻习近平总书记关于扶贫工作重要论述，坚决贯彻落实玉林市委、市政府的决策部署，把脱贫攻坚作为最大政治责任和第一民生工程，抓细、抓实、巩固拓展脱贫攻坚成果各项工作，凝心聚力、迎难而上、尽锐出战，全面打赢了脱贫攻坚战，推进实施乡村振兴战略，做好乡村振兴这篇大文章。

5年间，广大贫困群众的命运发生了根本改变，日子过得更有奔头。他们住进了安全房、喝上了干净水、联上了4G网，村村通了水泥路，建了卫生室，脱贫地区处处展新貌、换新颜，呈现新气象。脱贫攻坚，取得了物质上的累累硕果，也取得了精神上的累累硕果。越来越多的脱贫群众依靠聪明才智和勤劳双手创造幸福美好生活，自力更生、脱贫光荣的精神在广大脱贫地区蔚然成风。

博白县委、县政府在这项工程中努力探索行之有效的方法，县、镇、村三级书记抓扶贫，层层签订"责任书"、立下"军令状"；帮扶干部同贫困群众结对子、交朋友、认亲戚，为群众出点子、办实事、解难题，常年加班加点、任劳任怨，赢得了群众的高度评价和真心认可。广大基层党组织战斗堡垒作用和党员先锋模范作用充分发挥，村党组织书记"领头雁"作用更加凸显，村级集体经济发展跃居全区前列，基层治理能力和水平明显提升，党群干群关系更加紧密。

从集中资源支持脱贫攻坚转向巩固拓展脱贫攻坚成果和全面推进乡村振兴，即工作重点转向实现乡村产业兴旺、生态宜居、乡风文明、治理有效、生活富裕。全县在全面推进乡村振兴上全力以赴，奋力争当乡村振兴战略示范和排头兵。

本书对应乡村振兴"产业兴旺、生态宜居、乡风文明、治理有效、生活富裕"的总要求，分为"产业兴旺""生态宜居""乡风文明""治理有效""脱贫致富"五部分。在"产业兴旺"部分，博白桂圆、古树茶、博白蕹菜等传统产业得以精心传承与持续发展；在"生态宜居"部分，呈现了亚山镇杨屋屯、江宁镇结菜麓、那卜镇围屋、永安镇稔子坡如画如诗般的乡村景观；在"乡风文明"部分，传承家风家训的宗祠文化、智慧与情怀兼容的民风民俗；在"治理有效"部分，警察覃俊华、法官韦素敏、人民调解员陈家广来自各行各业，正是这些行业精英的使命感与情怀感染了每一个人；在"脱贫致富"部分，展示了为创造美好生活而努力拼搏的几个代表人物：驻村工作人员沈彦、脱贫致富带头人刘入源、第一书记童荣涛、脱贫村民黄丽。

从脱贫攻坚到乡村振兴的有效衔，博白做到了。他们群策群力，逐渐探索出经验并形成可借鉴的模式。如今，在这场战役中，博白人民物质富有的同时也获得了精神富有。不久的未来，他们定能向人民交出一份高质量的乡村振兴答卷。到那时，一定会建成"让农业成为有奔头的产业，让农民成为有吸引力的职业，让农村成为安居乐业的美丽家园"。

本书的写作内容分为五个模块，由五个小组分担：肖国栋负责指导乡风文明，王易萍负责指导治理有效，周于飞负责指导生活富裕，梁芳负责指导生态宜居，张立勇负责指导产业兴旺。肖国栋、梁芳最后统筹出版和校对。同时，我们要感谢博白县乡村振兴办协助收集资料，协调写作组走访相关村镇采集写作素材，才保证了书稿的写作进度和质量。

谨以此书献给那些在扶贫攻坚、乡村振兴中做出贡献的人们。

2022 年 4 月 12 日

目 录

第一章 产业兴旺

三滩镇桂圆之乡：传统产业的新觉醒 ………………… 罗凌睿雪 / 003

双凤镇古树茶产业：传奇藏古韵，千年树茶经 ………… 陈佩玲 / 022

美丽乡村：产业、美景、美食

　　——江宁镇四联村剪影 ……………………………… 胡细秋 / 036

传承蕹菜文明，助力脱贫攻坚

　　——记博白镇官田村大塘垌王友军 ………………… 闫海青 / 054

第二章 生态宜居

亚山镇杨屋屯：成就诗意家园 …………………………… 林燕兰 / 069

共创美丽家园 ……………………………………………… 梁　婵 / 089

那卜镇围屋：打造宜居那卜 ……………………………… 曾瑞婷 / 108

永安镇稔子坡：建设美丽乡村 …………………………… 何文兰 / 125

第三章 乡风文明

退而不休报乡梓

　　——记永安镇稔子坡理事长陈明 …………………… 梁　锋 / 143

蔡祠百尺间，情牵千万里

　　——那林镇蔡氏宗祠 ………………………… 刘珊伶 / 159

旺茂镇盘古岭屯："破茧成蝶"盘古岭，

　　乡村振兴新画卷 …………………………… 李　惟 / 176

亚山镇民富村：民富缘有好党员 …………… 林芬妍 / 192

第四章　治理有效

人人共建幸福村

　　——记博白县凤山镇武卫村创建 5A 幸福村 … 高细妹 / 213

人民忠实的调解员

　　——记博白县亚山镇民富村党支部书记陈家广 … 吴灵词 / 226

反黑尖兵覃俊华

　　——记博白县公安局覃俊华 ………………… 林景悦 / 243

刚柔相济的法律人

　　——博白县人民法院执行法官韦素敏 ……… 李嘉欣 / 258

第五章　脱贫致富

旺茂镇石垌村沈彦：做百姓的扶贫贴心人 … 李　柔 / 277

江宁镇长江村刘入源："独臂羊倌"领出致富路 … 巫金凤 / 291

沙陂镇荣飘村童荣涛：迎接黎明的人 ……… 刘志辉 / 305

旺茂镇三清村黄丽：幸福的奋斗者 ………… 李依玲 / 321

第一章

产业兴旺

三滩镇桂圆之乡：传统产业的新觉醒

■ 罗凌睿雪

草木情深，故土难离。故园的一草一木，不仅生长在这片土地上，而且深深长在这片土地上祖祖辈辈子民的心中。桂圆于三滩人而言，就是这样一种无法割舍的情怀。一方水土养一方人，三滩的桂圆养育了一代又一代的三滩人，也成为三滩人内心深处最温柔、最无法割舍的乡愁。三滩桂圆传统产业的复兴，始终孕育着三滩人生生不息的希望。

桂圆之乡

桂圆，又名龙眼干，将鲜龙眼晒干或烘干后就成了龙眼干。龙眼干去壳去核后，叫圆肉，广西称为"桂"，因此在这些特产名称前冠以"桂"字：龙眼干称为"桂圆"，圆肉称为"桂圆肉"。上等的桂圆色似琥珀，半透明而有光泽，松软而稍带弹性，含葡萄糖和多种维生素，营养丰富。龙眼生长在南亚热带地区，喜温暖湿润气候，能忍受短期霜冻，需要充足的水分和阳光。龙眼对土壤的适应性很强。只要表土层深厚、排水良好，几乎各种土壤均能适应。以沙壤土最好，其次是沙质红壤及黏土，碱性土不宜栽种。博白县属南亚热带向热带过渡的季风气候区，年平均降雨量1756毫米，最多2381毫米，年降雨日在120至170天之间；无霜期350天左右，年平均气温21.9摄氏度。因此，雨水充沛，气候温和，十分适应龙眼的生长。得天独厚的博白，成为广西境内最好的桂圆生产地，有"中国桂圆之乡"的美称。早在2000多年前，博白人民就有种植龙眼树的习惯。新中国成立后，博白龙眼生产发展十分迅速。特别是改革开放后，随着商品生产的不断发展和科学技术的进步，龙眼嫁接技术的推广应用，实现了龙眼速生、早产、丰产，种植量不断增加，龙眼逐渐成为经济的主导产业。每当果子成熟的时候，除作为水果鲜食外，大多加工成"桂圆干果""桂圆肉""桂圆罐头"等，尤以加工生晒桂圆肉居多，供销社系统收购最多时达20万公斤。

桂圆富含蛋白质、维生素及可溶性糖分。它性甘温、归脾、长智、养心、补血，故归脾汤用它入药，治思虑劳伤、心脾及肠风下血症；它还具有抗癌、降脂、护心、抗衰老、延年益寿、促进生长发育、增强体质、增强非特异性免疫、益气补血、美容养颜等功效，是传统的名贵滋补品；用桂圆肉配以沙参、玉竹、猪肉煎汤，味甜而不腻，作为暑天佐膳佳肴，名曰"清补凉"。也常以桂圆肉煮鸡蛋，作为产妇或病后体弱者的滋补食品；小孩感冒、体质虚、常尿床、记忆力不佳，多喝桂圆茶可以增进脑力，改善虚冷体质；桂圆还有安神养心、益血补脾的功效，适合长期失眠者食用；还可以将桂圆肉配上若干味补药泡酒，是年老气衰者的常用养生饮料，对神经衰弱、气血两亏有疗效。

博白县桂圆产业历史悠久，凭借"桂圆之乡"的称号享誉全国，甚至销至东南亚各国。其中，70%的产量出自三滩镇，民间素有"广西桂圆数玉林，玉林桂圆数博白，博白桂圆数三滩"的说法。走进三滩村，家家户户都种植龙眼并自己加工桂圆。村民住房前，大多建有烘烤桂圆的烤房。三滩

■ 三滩桂圆丰收

人从事桂圆生产、加工的场景比比皆是，他们在日复一日的辛劳中得到大自然的馈赠。同时，漫山遍野的龙眼树，不仅造就强大的环境效益，更带给三滩人延绵千秋万代的经济支撑，是三滩人最主要的收入来源，成为三滩人赖以生存和发展的必要条件。

传统与现代

清晨的第一缕阳光，温柔地照着三滩这个小村庄，伴随着袅袅炊烟和鸡鸣声，唤醒了这个小村庄。7月，将要进入盛夏，昼长夜短，也进入龙眼开始挂果的季节。吃过早饭后，年近60的黄江清老人，背起背篓沐浴着晨曦上山了。穿过一片田地，来到一座小山丘。这座小

■ 黄江清老人在加工桂圆

山丘上种满了龙眼树，老人抬头看了树上累累的果子，眼里满是慈祥。这是祖祖辈辈传下来的生命之果啊，生养这片土地上一代又一代的村民。老人单薄的背影与这广袤的大地融为一体，那样深沉与厚重，代代生于此，长于此，也终将安息于此。老人的丈夫和儿子，都去外地打工了。虽然说三滩的桂圆产业发展得不错，但留下来的村民很少。留下来虽同是靠苦力挣钱，但收入仍略逊于外出打工。而且龙眼是季节果，不是一年四季都有事情做，所以绝大多数人还是选择了外出打工。到了龙眼结果的季节，黄江清给儿子打电话，说让他们父子俩回来帮忙。儿子告知现在手头上的活儿没法搁置，回不来。老人心底不免有些落寞，紧接着儿子叮嘱老人，一个人在家，干些家务活和简单的农活就好了，一个人就不要去摘龙眼了，万一摔出个三长两短，那龙眼赚的钱都不够医药费。黄江清心里咯噔一下，默默挂掉了电话，不觉红了眼眶。她理解儿子和丈夫在外打工挣钱的不容易，但她始终觉得对于三滩人而言，桂圆应当是祖祖辈辈传下来的传统产业，不仅是一种生计，更是他们毕生无法割舍的情怀。春节过后，丈夫和儿子离家已半年有余，黄江清一个人在家，除了饲养的家畜，只有淡淡的炊烟，别无其他，她大概是觉得过于冷清了吧。是啊，人一旦离开，家里那股热闹、温暖便会慢慢消散，变得越来越冷清。她希望丈夫和儿子回来，给这个家增添些许生气，希望有人能陪她说说话或者听听她说话。一个人待久了越来沉默寡言，她更想儿子和丈夫了，想着能借龙眼结果的季节见见他们，因为此时不见就得等到农历新年了。黄江清背着背篓，踱到龙眼树下，慢慢爬上梯子，开始了一天的劳作。她发现自己的身体大不如前了，或许应该听儿子的话不管了，但是她终究还是舍不得也放不下。

　　黎涛是年青一代唯一的守园人，早晨，趁着晴朗天气，恒涛公司也开始了一天的营生。仅昨天一天就收购了村民先后运过来的十来吨鲜果。黎涛总经理早早就到办公室了，虽然是个总经理，但在创业起步阶段，许多工作都是亲力亲为。黎涛自嘲说，每天跑东跑西的，连个打工的都不如。到办公室刚刚接了杯水，边喝边看了眼手表，急忙放下水杯拿起手机和外套往外走。早上8点钟，很多工人都到了，他们和黎涛用方言打着招呼，黎涛忙着招了个手，头也来不及回，便驱车前往北海开会，摸了摸肚子，又忘了吃早餐了，现在也来不及吃了，只能中午到北海吃午饭了。他摸出胃药，水都没喝就吞了下去。这样的情形不知道发生了多少次，黎涛想着等以后不忙了，一定要先在家里好好吃个早餐，然后步履轻松地去办公室。只是这样的一天，会在什么时候到来呢？他打开收音机，收听财经网的电台，开车驶向远方；

远方接连着的是一个叫梦想的地方。

工人们每天都会按时来到加工厂，他们都是熟练工，知道自己需要做什么，该怎么做。他们之中都是应桂圆季招来的临时工，有些人临时做几天会回去帮自家的忙，有些就基本做完一整个水果季。在所有员工中以妇女居多，都说三个女人一条街，一群妇女聚在一起就像闹市。工人们有时会兴高采烈地聊着家常，谈谈自家今年的产量、果质，有时也会相对沉默，默默地专注于手中的活，仿佛聊累了或是没了话题。收购点忙得不可开交，称鲜果、整理收购的干果。这边称好重量，那边会计飞快地核算，再凭票领钱。村民数着手里的钱，然后小心地揣进口袋，再轻轻地抚三两下，那颗悬着的心也被按下去了。三三两两地唠着家常，大棚里一派热闹，外面的田野一片生机盎然，这便是收获的季节。

■ 恒涛公司桂圆加工车间的劳动场景

第一章　产业兴旺

　　黎涛是三滩最早一批创业者,也是年青一代唯一的守园人。看着那一片片绵延到山外的龙眼果园,像极了年少时绵延千里之外的梦想。恒涛公司从2013年着手准备,由于经验太少,也没有先辈经验的借鉴,只能在不断的摸索和尝试中前行,在2016年才慢慢开始成形。从创办到今天的小有规模,其中的心酸与苦楚只有他知晓。黎涛很早就步入社会,早些时候,黎涛和其他青年一样,选择外出打工。但在龙眼收获的季节,会选择回家帮忙。看到父母和身边人的辛劳,他回想起从小到大,甚至祖祖辈辈都是以生产桂圆为生。但这种传统的工艺和手法,经济效益不高,加上这几年在外面打工的经历,黎涛产生了创业的想法。过早地接触社会,让黎涛明白各行各业都有自己的辛酸与不易。对于社会上和市场中变幻莫测的商机,他早已深谙其道,他也明白,成败不是一朝一夕的事,而是不断努力,在实践中看到问题解决问题,才能长久发展。这也是他多年不懈努力与坚持的动力和信念。

　　在创业之初,黎涛的创业理念并没有得到认可。他的初心就是发展桂圆产业,带动经济,作为牵引产业,带领村民脱贫致富。但最不看好自己的就是父老乡亲,他们觉得他不过是一时兴起,年轻气盛罢了,成不了什么气候的。尤其是在黎涛一次次尝试失败之后,村民们都害怕把自家的龙眼投进去最后血本无归,还不如老老实实地等商贩来采购,赚取成本就足够了,至少是实实在在地把赚到的钱握在自己手中。同时家里也不理解,父亲告诉他,他还年轻,踏踏实实地出去打工赚的钱来得更多也更快。尽管如此,黎涛也没有放弃,他不希望乡亲们辛辛苦苦忙活就只挣那点甚至成本都不够的血汗钱。他们要把握经济的主动权,改变当前的营销模式,不能一味地迎合市场,赚取末端的微薄利益。就这样,他在被质疑和毫无经验的困境中艰难前行,尽管很难，尽管不被理解，但他仍在坚持。

桂圆产业在三滩已有几百年的历史，祖祖辈辈传下来的是一种传统的工艺，以及原始的贸易方式，即农户生产桂圆，零散收购并外销。大多依靠外地商人的采购，没有形成规模化的生产和销售，没有独立的特色品牌，产品单一，加工技术落后，缺乏行业标准，经营模式也过于分散，缺乏规模化、集约化经营，统一管理不完善；产品质量参差不齐，缺乏市场竞争力。长期以来，农户挣的仅是人力和手工的辛苦费，经济效益不高，造成当地人均 GDP 长期停滞不前。博白作为"中国桂圆之乡"，目前的桂圆加工大多是家庭小作坊，散布在村落，未能形成搏击市场的强大合力。很长一段时间内，博白桂圆竟没有一个自己的商标和品牌，只能靠物美价廉去争取市场一席之地。广东等外地客商将收购的博白桂圆精心包装，摇身一变成为自己的产品，身价倍增。三滩农户付尽辛劳，也只有"为他人作嫁衣"的苦楚。当地的领导曾评价三滩的桂圆："20 年前，装桂圆的是一个圆筒，一斤装的规格。20 年后，外包装没变，规格没变。"原地踏步的背后，是三滩乃至整个博白桂圆加工业的现状。看到家乡桂圆如此境况，黎涛想改变这种现状，带着乡亲们把传统产业打出品牌，做好品牌。父母辛劳一辈子，都是朴朴素素的农民，乡亲们亦是如此。农民和商人的界限在三滩并不明显，但农民和商人的收入却是天差地别。改变家乡的命运，做脱贫致富的带头人，这是黎涛对于三滩乡民的使命。黎涛在一步步的艰难前行中实践自己为家乡谋求改变和发展的初衷。

这个时代，许许多多的农村孩子在教育政策的阳光普照下，越来越多地走出大山，走进城市，留在城市，人口从农村向城市大幅流动，慢慢地，故乡变他乡。后生们都想离开贫穷的农村，到繁华的城市，宁愿承受着城市巨大的生活压力、快餐式消耗身体的生活，也不愿回到那曾经生养自己的家乡，即使那里有他们儿时的梦，更有生养他们的土地和亲人。黎涛是为数不多的返乡创业的青年，在那个时候，需要的不仅仅是一种想法，还需要极大的毅力和勇气，前无古人。在创业初期，他常常彻夜不眠，有工作原因，最重要的是承受着巨大的压力，精神极度紧张而敏感，无法入眠。他也动摇过，在坚持与放弃的边缘苦苦挣扎，常常回想起小时候，和哥哥爬上高高的龙眼树摘龙眼，嬉闹着比赛谁摘得多。父母边忙着手中的活边叮咛说："危险，小心点。"上初中时，黎涛在周末回家帮忙摘龙眼，从小山丘上把一担担龙眼挑回家。龙眼贯穿了他前半生，就像流淌于血液中的基因。那龙眼树是祖祖辈辈留下来的，做桂圆的工艺也是一代代传承下来的，是三滩人的根，黎涛怎舍得放弃？从小到大的经历，黎涛对这个行业理解得比平常人要深，也有更大的抱负。他也知道，自己应当担负起发展桂圆的使命，担负起改变家乡贫困落后面貌的使命。

风起云涌

  2017年10月18日，习近平总书记在党的十九大报告中提出乡村振兴战略。十九大报告指出，农业、农村、农民问题是关系国计民生的根本性问题，必须始终把解决好"三农"问题作为全党工作的重中之重，实施乡村振兴战略。在国家政策的倾斜下，恒涛公司的发展迎来了历史性的契机，这是中国绿色产业发展大环境带给万千中国人民的福祉，更带给三滩人无限的机会。

桂圆除了作为食品，还有很大的药用功能。作为食品，在食用方式上有很多不同的吃法。在传统的产业中，桂圆产品单一。黎涛介绍，三滩的桂圆要深度开发，横向发展，要加大研发力度，做桂圆酒、桂圆糕、桂圆冲剂、桂圆饮料等，让更多的人能品尝到不同滋味的三滩桂圆，挖掘桂圆的更多加工方式，实现经济效益的最大化。他去学习先进的技术和理念，不断创新。黎涛当然更希望政府能够加大对桂圆产业的扶持，使桂圆加工走上企业化管理、产业化经营之路，提高桂圆产业的经济效益和社会效益。乘着十九大乡村振兴战略提出的时代列车，恒涛公司发展迎来更大的发展机遇。

长期食用桂圆，对人改善身体状况有很大的益处。它是一种珍贵药材，具有药用功能。李时珍在《本草纲目》中说，食品以荔枝为贵，而资益以龙眼为良，指出龙眼肉有"开胃健脾，补虚益智"的功效。恒涛公司长年为北京同仁堂、大参林、康美药业、厦门嘉祺等知名企业供应桂圆，产品远销东南亚乃至欧洲等地。在恒涛公司的带领下，桂圆产业形成了规模化生产，在加工技术上也不断改进和提升。桂圆在分级和挑选上做得更加细致了，在品牌打造上精益求精。善于探索的三滩人逐渐改进烘烤工艺，继承传统的工艺，烤出的桂圆外观匀称、色泽金黄、果肉干爽、风味香甜。由此，三滩桂圆的名气越来越盛，赢得了市场的认可，三滩桂圆慢慢打出了自己的名声。

桂圆产业作为百年产业，申请桂圆的中华老字号成为许多三滩人的愿望。三滩人黄江兴在广西桂圆行业第一个申请到了中华老字号。黄兴江在世代的桂圆哺育下成长，桂圆是他今生无法割舍的情缘，是他用一辈子来坚守的责任和使命。在黄江兴家门前，矗立着12棵有几百岁的桂圆树，是黄江兴的祖上留下的。黄江兴身高169厘米，伸开双臂,也得要三个黄江兴才能合抱一棵桂圆树。这些老龄桂圆树均能开花结果,每株桂圆树的年产量可达到1000公斤以上。近些日子天气转暖,老桂圆树冒出了花须。

黄江兴介绍说,以前他家门口有几百棵这样的老树,后来很多都老死了。村里人提议他砍掉剩下的12棵老树,在原地培植新的树苗。黄江兴舍不得,拒绝了别人的好意。黄江兴至今依然记得村里干部对他的叮嘱:"桂圆老树是个宝,一定要好好保护!"20世纪80年代末,黄江兴开始琢磨申请中华老字号的事情。他参加了广西第一批中华老字号的申请,但因名额有限,没有通过。经过几年等待,他才得到机会,拿到了广西桂圆行业内第一个中华老字号。"那时候申请中华老字号,程序简单,要求也不高,只要在当地有一定名气,加工历史50年以上,年加工规模20万元以上,往上面交材料就可以了。"黄江兴说,现在要想申请中华老字号,需要符合更高的要求。1999年,黄江兴迎来另一件值得庆贺的事情,那就是以"三滩镇"命名的桂圆商标批了下来,也促使他开始向有机桂圆进军。2007年,黄江兴得到农业部批准,开始发展有机桂圆的加工。有机桂圆需要3年的转换期,即一株桂圆树按照有机食品的标准培育3年之后,才能成为真正的有机桂圆。在3年转换期间,只能使用转换期的有机食品标志。"离转换到期的日子已经不远了。"黄江兴说。那个日子指的是2009年10月。

老字号是数百年商业和手工业竞争中留下的极品,经历了艰苦奋斗的发家史、世代传承、历史悠久,具有鲜明的中华民族传统文化背景和深厚的文化底蕴。纵使现代经济的发展,使老字号显得有些失落,但它仍以自己的特色独树一帜。黄兴江申请到的桂圆中华老字号,提高了三滩桂圆的品牌知名度，形成良好品牌信誉，对当地桂圆的发展意义重大。黄兴江说："其实以前我认为并不一定要申请老字号，只要看到我们的传统工艺被一步步地传承发展下去就够了。但时代发展太快，人们也慢慢习惯于快餐式的生活，老品牌一天天没落，那时候我就知道，申请老字号势在必行。不为其他，就为我们的传统工艺和品牌能够得到保护，在这个日新月异的时代与时俱进地发展。"这或许就是他苦苦等待和努力了这么多年的缘由和意志力的源泉吧！传统文化应当得到传承和保护，民族品牌走得长远了，一个民族才能走得长远。

儿时的他们心怀梦想，青年时选择远行，但当他们再次踏在故乡的土地上，才深深地明白，他们永远属于这片深厚的土地。谢广勇1999年到外地工作，在广州创下了一番事业。2017年春节，回家过年的谢广勇听说，他小时候放牛的山坡，茅草已经比人高了，村里只剩留守儿童和老人，山地荒废没人理。谢广勇就此萌发了依托三滩桂圆产业名气，回乡投资旅游业的想法。2017年12月，谢广勇投资的"印象·三滩"旅游区在良茂村奠基。旅游区总体规划950亩，投资约1.2亿元，规划建设成一个集旅游、娱乐、休闲、度假为一体的乡村旅游区。据了解，该项目一期260亩全部采用村民土地入股的形式，已建成一期第一个水上乐园项目，已有40位村民在水上乐园工作。谢广勇说："脚下这片土地，就是我儿时放牛的荒坡，旁边还有不变的阿公厅。我想保留老房子，改善整个环境，修旧如旧，留住乡愁，把家乡建成博白最漂亮的美丽乡村。"三滩镇党委书记梁浪介绍，目前镇里已着手申报广西博白三滩桂圆滋补特色小镇项目，通过发展桂圆产业链和中药材产业链，推动新型城镇化建设，打造成为面向东盟、东南亚最

第一章　产业兴旺

■ 农户在用传统手工加工桂圆

大的滋补品和中药材贸易综合平台。依托旅游业的发展，一步步打开三滩的知名度，扩大桂圆的知名度。三滩桂圆作为三滩的特产，让来自四面八方的游客带到全国各地。三滩桂圆将成为三滩、博白、玉林、广西甚至中国的一张亮丽的名片，走向世界。

博白桂圆加工正逐步向现代化迈进。目前，包括李春燕的博白客家桂圆在内，博白县已经有三家企业拥有 SC 生产资质。这意味着博白桂圆加工正逐步向现代化、规模化、标准化、产业化迈进。李春燕说，博白县对桂圆生产一直有很高的要求，制订的地方标准甚至高于广东、福建、上海、重庆等地企业的标准。当前，博白县桂圆产业协会正着手制订博白桂圆的行业标准。通过这个标准，引导农户规范加工流程。同时，博白桂圆的品牌建设取得了新进展。李春燕介绍，自 2016 年起，博白县桂圆产业协会向国家知识产权局提出注册"博白桂圆"为

015

地理标志证明商标的申请。经过两年多的努力,"博白桂圆"地理标志证明商标终于成功注册。这是桂圆产业发展的里程碑。

曙光在前

　　刘景光老人登上山丘。他已经很久没上山了,现在年纪越来越大,有了先进的技术和有能力的人才,老人家早就退居二线了。现在他在家帮忙烤一烤桂圆,他烤桂圆的手艺是全家公认的,虽然儿子和孙子也烤得不错,但他一直坚持帮忙。平时挑果他很少帮忙,因为年纪大了,坐久了身体受不住,家里就不让他做了。他开始怀念这山上的一草一木。他原是农技站站长,以前一年四季都会到果园来看龙眼树的生长情况,从叶子的稀疏情况判断开花情况,从苞蕾的大小情况判断结果的情况。这片土地上的龙眼树哪棵长在什么地方,树的形状是怎么样的,他了如指掌。这里有他大半辈子的心血,是他用一生来守护的三滩人的希望。他庆幸自己能生于此、长于此——这片他今生今世也无法割舍的土地。看到如今龙眼大丰收的景象,老人感慨一代代三滩人的执着与坚守,让桂圆依旧作为三滩人世世代代赖以生存的经济来源,桂圆也将给予三滩生生不息的希望。

　　桂圆季逐渐进入淡季,桂圆产量慢慢减产了。黄江清老人舍不得最后一点尾季的桂圆,坚持爬上高高的桂圆树,一颗不落地摘龙眼,摘不到就借助摘果工具。老人的手有些酸了,但再伸长一点点,就那么一点点,就可以把果子摘到了。烈日当空,汗水已浸湿后背。汗水浸入眼角,老人不得不扯过毛巾,用力擦拭。再抬眼,瞬间感觉这日光如此刺眼,再尽力一伸手,终于摘到了。摘了满满的一背篓,老人觉得累极了，坐着休息了好一会儿，才佝偻着背起那满满当当的生果，拄着临时找来的拐杖，一步一步有些吃力地走回家。背了这么多年的龙眼，老人突然觉得今年的龙眼变重了许多。想着看来今年的水分不错，每次挑出来的果肉都晶莹剔透的。还在想着，突然一个趔趄，老人摔倒了，龙眼撒了一地。老人没感觉到哪里疼，就是起不来。她坐了好久终于能起身了，先是把大串的龙眼捡起来，再一颗颗捡起散落的龙眼，然后拄着拐杖背起背篓，一瘸一拐地回家了。回到家后，她觉得累极了，简单吃了点饭就躺在床上休息了。晚上突然醒过来，发现天已大黑，不觉饿她也不想起来吃饭了。

第二天早上，黎涛准备去上班，想着顺道去帮老人家把果子拉到收购点。好几天没过来了，家里应该堆了不少果子，再不收就要坏了。黄江清家里没有年轻人，水果季每家每户都在忙着自家的事情，忙不过来，黎涛也是忙中难得抽出一点时间来帮老人拉果子，他不来就很难有人来了。黎涛敲门不见人来开门，隐隐约约听到人声，门是从里面锁的。黎涛急忙绕到后门，伸手进去摸后门的备用钥匙。门打开了，他冲了进去，看到老人躺在床上。黎涛急忙问老人怎么了，老人说是昨天在山上摔了一跤，以为没什么事的，没想到今天早上突然就动不了了。黎涛把老人抱上车带到医院。老人的腰扭伤了，还有臀部肿得厉害，年纪大恢复较慢，近半个月内行动可能不太方便，需要有人照料生活起居。黎涛给老人的丈夫和儿子打电话，第二天他们就回到了家中。儿子心疼老母亲，忍不住责怪母亲不听劝，非得上山，终于把自己给摔着了。母亲无可反驳，她深知儿子不会理解她，只怪自己不够小心，也怪自己老了，不中用了。她说："十几岁就当家，这个活做惯了，停不下来，一停下来感觉浑身都不自在。在泥土里长大的人，自然是一辈子在土地上慢慢耕耘，然后在土中离去，这是我们一生的意义。"丈夫明白妻子的心情，但他很心疼妻子辛苦繁忙了大半生。他劝妻子趁机可以稍微休息一下，但是土里长大的人哪里有那份安稳的余生呢！他也责怪自己，没让妻子过上好的生活。几日后，儿子回工地了，他留了下来。一是老太婆需要人照顾；二是家里的活也需要人干。他也不放心老太婆一个人在家了。

到了11月，桂圆季也慢慢进入末尾，忙碌辛劳了几个月的村民终于能稍微休息下来了。即使万般辛苦，但脸上洋溢着幸福甜蜜的笑。三滩的桂圆季，是丰收的季节，也是热闹的季节。许多去外地打工的人会回来帮忙收桂圆，现在又陆陆续续离开。村子变得安静起来，依旧是炊烟袅袅、岁月静好的平静小山村。带着丰收的喜悦，期盼着来年的春风，能够风调雨顺，大获丰收。

又是一年桂圆季，黄江清老人的身体比去年略显硬朗，许是因为老伴今年没有外出打工了，但儿子还是一如往常去了外地。老人想着，能有个人陪着就很知足了，等到春节儿子回来，如果还能带个儿媳回来，家里就热闹了。天气越来越热，果子一大片一大片地在那无人知晓的夜里迸发式地成熟了，这注定是个丰收的季节。有一天，黄江清和老伴从山上摘龙眼回来，家里有人在。进门一看是儿子回来了，还带回了女朋友小雅，20多岁的儿子虽然脸上略显青涩，却多了一分成熟。小姑娘的脸上，带有桃红的娇羞，怯怯地说："一起回来帮忙的！"全家人都欣然而笑。在当今网络时代，年轻人都通过短视频发布自己的日常。小雅录了一条小视频，视频中那漫山遍野的累累硕果，以及烘烤好的晶莹剔透的桂圆，出乎意料地在网上大火。许多人评论，这是家乡的桂圆，多年没回去了，甚是怀念

第一章　产业兴旺

小时候家乡的味道。还有人问这些成色这么好的桂圆卖不卖？怎么卖？还"艾特"作者带不带货。小雅应广大网友的要求，也看到了经济网络时代的发展前景，开起了直播，开起了网店，让许许多多的人尝到了自家手工烘烤的桂圆，尝到了博白三滩桂圆的味道。甚至有外国人不小心看到了，也想尝尝中国的味道。小雅卖的桂圆品质高，味道好，大获好评，家里的收入翻了几番，两位老人都甚是欣慰。互联网是时代新的列车，紧跟时代的步伐，唱响时代旋律的高歌，带动经济的高速发展。

　　这一天清晨，对于黎涛来说是个大日子。三滩的桂圆销往东南亚已有多年历史，有家知名企业发现了三滩桂圆在各方面的品质及桂圆各方面的功能，具有良好而长远的发展前景，于是趁热和三滩最大的生产企业达成协议，今年要带该企业驻华代表进行实地考察，最重要的是合同的签订。这场协议谈了一月有余，终于要在今天一锤定音。黎涛的内心有忐忑，但更多的是抑制不住的激动和喜悦。签了这个合同之后，桂圆的市场将不局限于国内，以东南亚为起点，将走向世界各地，之后就不需要担心桂圆的销售问题了。但黎涛明白，销路不愁，但桂圆的品质和产量必须得到保证。在传统工艺的基础上，要加强技术开发，让桂圆成为三滩人世世代代延绵不绝的生存和发展之纲。在传统的生产中，恒涛公司面向的主要是经销商和各大药店，主要是批量销售。黎涛也意识到这个问题，为何我们要做生产商而不是经销商呢？依托于市场和传统产业，从生产到销售再到市场，更能体现商品的最大价值，这也为他今后的发展指明了道路。

　　谢广勇借助自己的旅游业，办起了第一届三滩桂圆节。从初期的宣传做起，引起重大反响，许多人来到三滩，尝到了新鲜的三滩桂圆。

■ 恒涛公司生产车间现代化生产场景

通过许多趣味游戏，在三滩留下了轻松愉悦的笑声。《玉林日报》也到当地采访报道，一时之间掀起了一阵桂圆潮，让无数人认识了三滩，认识了三滩的桂圆。三滩桂圆走进了千家万户，造福千家万户。桂圆是一种产品，是有益于人的食品、补品、药品，桂圆没有像许多补品和药材那样千金难买，价钱亲民的桂圆可以让身心健康，收获甜甜的快乐。

博白一家家SC生产企业平地而起，"博白桂圆"地理商标以迅雷不及掩耳之势，走出博白，走出广西，走向全国，走向世界。在全国很多地方都有合作企业，三滩桂圆"当红"。纯朴的三滩人明白，桂圆是卖出去了，但三滩桂圆卖的不仅仅是一种产品，更是一种品质。在桂圆质量上一定要有保证，并非所有桂圆都是三滩桂圆，也并非所有地方卖的桂圆都是三滩桂圆。名声有了，品牌也有了，但品质和信誉才是商品的长远之道。所以必须做到，厂家从商品源头做起，相关部门严把关，让三滩桂圆永存三滩的味道。

恍惚之间，黎涛感慨，时光飞逝十多年过去了，曾经意气风发的少年已不再，自己的理念和初心日复一日、年复一年不断地践行，甚至在时代机遇之下，获得升华。他不仅仅造福了三滩人，也是中华民族伟大复兴洪流里不可或缺的那一份力量，是当代青年的典范。黎涛庆幸也感激在困境中未曾放弃使命，看到家乡变得越来越好，他感到无比欣慰，多年的努力终究是没有白费，不觉眼眶湿润。这是家乡风光无限好的今天和明天啊。

三滩桂圆给三滩人以生存之源，三滩人身强体壮得益于桂圆；三滩桂圆给三滩人以发展动力，三滩人经济来源于桂圆。一代又一代三滩人守护三滩桂圆，他们走出去，又走回来，一是因为对桂圆与生俱来的依赖；二是因为对桂圆割舍不下的情怀；三是因为对三滩这片充满灵气的土地和人民永远无法剥离的血脉之情。老一辈守护的是那祖祖辈辈传承的桂圆，新一代的后生，在传承的基础上，勇担使命——是桂圆的使命，是三滩的使命，更是泱泱中华乡村振兴、民族进步、国家发展的使命。作为当代青年，要不畏困难，勇于创新，更要甘于奉献，坚守使命。

三滩的桂圆是根，也是枝叶，源远流长，孕育着传统产业生生不息的希望。三滩桂圆，从历史中走来，向未来走去，延绵不息，定能造就伟业传奇。

双凤镇古树茶产业：传奇藏古韵，
千年树茶经

■ 陈佩玲

双凤镇位于六万大山脚下、博白县北部，距县城25公里，东与福绵区樟木镇交界，南和本县浪平乡相连，西、北分别同钦州市浦北县平睦镇、六银镇接壤，充粟水库坐落境内，是一个集山区、库区、贫困地区、革命老区于一体的乡镇。双凤镇山清水秀，物产富饶，林业资源、水资源和旅游资源丰富。晋代美女梁绿珠出生地绿萝村至今保存有绿珠井、绿株梳妆石等遗迹，极具自然人文景观开发潜力。双凤镇的文化底蕴极其深厚，一个具有深厚文化底蕴的地方一定存在别样的魅力。这样的一种魅力，不仅仅体现在地方的人文风情中，还体现在地方的产业发展上。

树茶芽根茂，产业胜景繁

古树茶是一般不经过人工干预，能与自然和谐共生的乔木，是千百年来历经大自然的物竞天择、优胜劣汰存活下来的生命力顽强的古树茶。它具备了抵抗各类病虫害的能力，无须使用农药，没有任何农残的担忧，天然健康。"古树茶"三个字，让人脑海中浮现那一棵棵"挺拔参天、枝干粗壮、树冠庞大"的茶树。但当走进古树茶种植基地才发现，几百年的古茶树并没有想象中的那么庞大，一般只有长在原始森林的野生古茶树相对较大些，但数量稀少。了解后才知道古树茶分为野生型和栽培型。野生型古茶树多数生长在原始林中，多为有明显主干的乔木。栽培型古茶树分布最广泛，绝大多数为小乔木型和灌木型。在外形上，具有数百年树龄的栽培型古茶树，为了方便采摘，树高3~6米，主干树围35~110厘米。而具有数百年树龄的野生古茶树，树高可达10米以上，主干树围110~160厘米，这样的古茶树数量不少。古树茶周边地区植物的多样性、原始性保存非常好，生态环境的优渥也造就了古树茶纯净天然的特质。它不需要施肥浇灌，所需的成分和营养都靠强大的根系去汲取，其中不乏丰富的矿物质。这里的古茶树属绿色环保型，营养价值极高。

  双凤镇有大规模的古茶树林，坐落在博白县双凤镇圣女岭下。圣女岭海拔800多米，终年云雾缭绕，400米以下山地非常适合茶树生长。庞东是该片古树茶种植的主要负责人。2013年，他回乡发现山上的珍稀古树茶的幼苗被村民当作商品，低价卖了许多珍贵的古树茶幼苗。村民们对茶树的破坏在一定程度上也影响了当地的生态环境。谈及此事，庞东说道："古树茶是老祖宗遗留给我们的为数不多的稀缺茶树资源，我们更应该想着如何去保护古树茶、发展古树茶。"庞东深感痛心的同时也发现了茶树种植的商机，于是四处走访调研，了解古树茶种植的情况。他曾前往云南、福建、贵州等地，学习种植古树茶的经验，引进了相关的技术。彼时，地方政府从持续提高农民收入、推动地方产业发展的战略出发，强有力地推动了产业发展，庞东迎来种植良机。

古树茶通常是半野生状态，通常有些树木遮阴，土壤有机质丰富，松鼠摘下的果子掉在地上，也能使古树茶生长发育。古树茶的发育能力极强，在种植初期只需施上些有机肥，往后也不需要太多的护理。对肥料的需求并不大，施肥的同时还需要除草，在苗距三寸范围内，用手拔草，以免除草伤根，影响成活。三寸以外的地方，浅耕1~2寸，在一尺以外的行间深耕4~5寸，并以茶树为中心理成1尺宽、1~2寸高的畦。古树茶耐寒耐旱，唯一的天敌是白蚁，如果不及时除灭白蚁，则会导致古树茶的干枯。灭蚁药的喷洒也不是固定的周期，一年只需两到三次即可。

古树茶在海拔400米以下的山地才能种植，光照是茶树生存的首要条件，不能太强也不能太弱，茶树对紫外线有特殊嗜好，因而高山出好茶。土壤是尤其重要的条件，双凤镇的土壤湿度较大，即使一个月没有下雨，土壤还是湿润的。圣女岭上的古树茶发芽时间是不统一的，山上常年云雾缭绕，几乎一年四季都有茶叶可以采摘。种植灌木型茶树，该地区主要采用梯田的方式。地势和海拔的地理条件让双凤镇具备了开发梯田的优势，坡度小于25度的缓坡比较适合修建梯田。梯田是治理坡耕地水土流失的有效措施，蓄水、保土、增产作用十分显著。梯田的通风透光条件较好，有利于作物生长和营养物质的积累。梯田的开发对于当地的生态环境起到了一个很好的保护作用，同时也为茶树种植涵养了水分。双凤镇拥有得天独厚的自然环境，山地上的小瀑布随处可见，就连吹拂过来的山风都带着些从山涧处飞溅的水沫。生态的保护和平衡为古树茶提供了一个野性生长和繁殖的环境。

第一章　产业兴旺

■ 双凤镇茶树梯田

据当地的茶农说，乔木型古树茶树干多高根即多深，树龄约为300年的古树茶树干高度在 2.5~3 米之间，根系深度可达 2.5~3 米。由此可见，古茶树所摄取的养分较为充足，古树茶自然内含物更丰富。双凤镇是广西最大的古树茶种植区域，负责人庞东谈道，双凤镇的古树茶是野生古茶树，有较大规模。他曾走访云南、贵州等地，那些地方都极少有这样连片的古树茶。双凤镇的古树茶不管是树的品质还是茶叶的品质都是经过专家鉴定和认可的。专家认为这里的古树茶品质上乘，香气独特，在一定程度上超越了广西区内的同类品种，具有广阔的开发和发展价值。古树茶最大的自然威胁是山火，如今村民的环境保护意识十分强，山火是基本不会发生的，因此古树茶受到的威胁极少。至于白蚁，只要及时防护就极少会有干枯的可能性。他将古树茶定义为汲天地之精华、养自我之灵气的一种千年茶树。古树茶在良好的生态下是极其容易存活的；古树茶对生长环境的要求也是极高的，正因为如此，才能养就高品质的茶叶。

据了解，庞东所种植的这一大片区域，大部分是通过与村民签订租赁合同获得经营权的。茶园日常的维护以及后续的采摘环节需要聘请村民，这大大提高了当地

■ 古树茶

的就业率，切切实实将福利带给村民。茶树的特殊性导致采摘的特殊性，古树茶的采摘是门复杂的学问，均采用手工办法。清明前是采茶的最佳时期，圣女岭上的古茶树直径最大的有40多厘米，高5~6米，与传统人工种植的茶叶采摘方式不同，由于古茶树较高，因此需要架梯采摘。每棵古茶树一年可以采收约30斤生茶，整片茶林一年可以采收5000斤左右的生茶，为当地提供就业岗位30多个。茶叶采摘标准，主要是根据茶类对新梢嫩度与品质的要求和产量等确定的，力求取得最高的经济效益。因为不同的茶品质特征不同，因此，对茶叶采摘标准的要求差异很大。庞东谈道："从古树茶发芽的特性开始看起。古树茶植株高大，生长于山谷、山坡的不同位置，发芽的时间往往不统一。即使是同一片茶园，常见的现象是今天东边的三棵树发芽良好，西边

的还没有动静。过几天，等东边的茶树芽头已经长老，而南边的发芽正盛，这就是古树茶发芽的自然规律。"因此在进行古树茶的采摘时，就必须对茶树的发芽情况做一个全面的估计，统筹安排，尽可能地保证芽头品质及产量。判断是否应该采摘了，也是一项重要的经验。如果采摘过嫩，就会导致产量下降；采摘过老则会影响茶叶品质。古韵流香古树茶的采摘标准是一芽二叶或一芽三叶为主。圣女岭茶山有一个约定俗成的习俗，那便是正式采茶前的一天为采茶节。采茶节是当地一个重要的节日，采茶节当天，村民们带上清晨烹饪好的鸡鸭鱼肉到茶山上，以茶代酒，燃放爆竹，举行相关的祭拜活动，以保佑风调雨顺，茶叶收成。祭拜活动结束后，会进行一系列的茶道表演，比如，泡茶、品茶等活动。同时，也会有专业的茶艺师前来参与，一些热爱茶文化的茶友也前来观摩学习。在风景秀美、空气清新的茶山上泡茶品茶，论茶道，领略茶山风貌，不仅是一种乐趣，更是一种享受。采茶节当天也会有一些茶商和茶企业前来。采茶节不只是一次祭拜活动，更是弘扬圣女岭茶文化的良机。茶客们品茗休闲，感受生态和谐的心灵之旅。

采摘、摊晾、杀青、揉捻、晒干、蒸压、包装、扎筒，这几个词对很多茶友来说，一点都不陌生。特别是去过山的茶友，更有切身的感受。然而，在这一连串简单的词语背后，是对每一片茶叶的态度和对"越陈越香"的承诺。双凤镇古树茶从采摘、烘焙加工入手，加大投入，改进工艺，不断提高古树茶产品质量，维护古树茶产业形象。圣女岭的古树茶红茶制作需要经过采摘、自然萎凋、揉捻、发酵、烘干、提香这6个环节。根据当天采摘的鲜叶量，提前准备好摊晾场地。摊晾场地要干净宽敞，通风，防潮防水。古树茶鲜叶采摘后经一定时间的贮放摊晾，目的是蒸发部分水分，使叶质变柔软，韧性增强，便于揉捻成条。摊放同时也是让部分鲜叶化学成分向有利于普洱古树茶品质形成的方向改变。摊晾时间一般6~12小时，温度控制在15℃~30℃范围，可根据天气情况适当调整。古树茶红茶加工仍然采用手工古法杀青的方式。杀青是制作红茶最重要的一环。其目的有三：1. 快速破坏鲜叶中酶的活性，制止多酚类化合物的酶促氧化；2. 挥发青草气，促使茶叶芳香物质生成；3. 蒸发水分，使芽叶柔软利于后序揉捻。使用传统的大铁锅进行手工杀青时一般要求锅温控制在180℃~220℃之间，投叶量控制在杀青锅容积的1/2~2/3。一般4公斤鲜叶，杀青过程每分钟不少于30次左右的抛、抖、闷手法的交替。传统手工杀青是一锅一锅炒出来的，耗时大，却也最能保持茶的醇香。传统手工杀青用的是铁锅，条件好的一般用铜锅，铜锅升温快，温度稳定，杀青品质的稳定性也更容易保持。同时为了避免茶汤出现烟味，杀青的锅台是炉灶分离的。除了制作红茶外，还有白茶。白茶的制作工艺是最自然的：把采下的茶叶薄薄地摊放在竹席上，置于通风效果好的室内，使之自然萎凋。晾晒至七八成干时，再用文火慢慢烘干即可。慢工出细活，极为考究的制茶手艺，使圣女岭的白茶获得极高荣誉——曾代表广西作为礼品送到中央。

■ 古法杀青生产场景

第一章　产业兴旺

走访制茶厂时，可以听到茶厂背后传来流水的声音，周边的环境自然和谐。负责人庞东打开制作好的红茶，刚解开绳子的松紧带就能闻到扑鼻的幽香，这是红茶中极为典型的蜜糖香型。红茶经过萎凋、揉捻、发酵等工序，在发酵过程中发生了以茶多酚酶促氧化为中心的化学反应，产生了茶黄素和茶红素等新成分，茶叶的香气物质也随之增加。蜜香是蜜糖般的甜香味，闻起来会比喝起来更甜。夏喝白茶解暑，冬喝白茶暖胃。当地的村民家中也会有小型的制茶机，在种茶采茶制茶方面都掌握了相关技能。村民在自家制作的茶叶大都用以销售以及家中饮用或者给亲朋好友的佳节礼品。

在圣女岭茶山顶，可以一览圣女岭的风貌，也可以远眺与之相望的俊秀的天鹅头。山顶上有一间砖砌的小房子，房顶上用几块木墩扎上一块布，屋内摆上一张小桌子，山风拂来，沁人心脾，满目苍翠，观景品茶，悠然自在。泡茶喝茶，身体舒坦精神愉悦之后，有更多精力探寻生活的本质。庞东拿来煤炭炉、古树茶和茶具，缓缓道："泡茶用的水都是山上的泉水，是没有污染的，直接喝也没有什么问题。用煤炭来煮水，能将山泉水的甘甜最大限度地保存下来。"位于无污染的山区的天然泉水，终日处于流动状态，经过沙石的自然过滤，通常比较干净，味道略带甘美。水质的稳定度高，非常适合泡茶。冲泡茶叶，一般只要备具、备茶、备水，经沸水冲泡即可饮用。但要把茶固有的色、香、味充分发挥出来，也不是易事。通常用100℃沸水，至少不能低于90℃。品饮名优茶，更要讲究。先用滚水烫热茶具，这道工序主要起温壶温杯的作用，同时可以涤具，随后放入茶叶。冲入茶具容量约1/4的滚水，然后快速倒去，以清洗茶叶中的杂质，并且唤醒茶叶。倒沸水冲泡10秒左右，出茶水到公道杯中，滤网放到公道杯上，过滤碎茶。然后倒入小瓷碗，温了就可以喝了。每次泡好要倒入公道杯里慢慢喝，不能泡在壶里太长时间，否则焖熟茶叶影响味道。泡好的古树茶茶汤黏稠感强；茶汤入口，稍停片刻，细细感受茶的醇度，一口下去，口感更为饱满。古树茶的甜味一般为清甜，甘韵比较足。古树茶的苦是化得很快的，听闻在喝茶时留出一杯，冷却之后喝，苦涩会加重。但古树茶不一样，茶香、回甘、生津、甜等都还在。这就是古树茶内质丰富、茶性稳定的表现。古树茶一般能持续 8~10 泡，次数越多越发能品出古树茶的醇厚浓郁，喝罢许久仍觉得回甘。如此远隔尘世之地，品尝如此沉韵丰厚的古树茶，心旷神怡，大有闲云野鹤之逸趣。

在谈及茶山后续发展规划时，庞东早有计划："希望打造一个规模更大的茶园，既能使游客有采茶的乐趣，又能体验生态文化的和谐之美。"圣女岭上关于绿珠女的传说以及相关的遗迹，对于助推古树茶的产业发展具有一定的积极作用。推动茶旅融合，延伸产业链条，以茶园为依托，发展集观光旅游、休闲运动于一体的新产业。茶山上有一片芦苇地，庞东打算将其改造成一个玻璃房。夜晚在玻璃房里，无疑是看星星、赏月亮的最佳去处。他在用浪漫的情怀做一件浪漫的事。除了玻璃房外，庞东还打算在附近建造一个游泳池，规划像高尔夫球场的人工草地，而这些规划也在逐步进行着。茶山是一个绝佳的观景台，在这里，可以欣赏到旭日东升的万丈光芒，也可以欣赏日薄西山的绚烂余晖。庞东开展露营项目，吸引了不少人慕名前来。除此之外，为了将古树茶产业做大、做优、做强，庞东经常走访云南，了解古树茶的相关情况，在关于古树茶后续销售规划上，他打算参照云南某些茶园，对整棵古树茶茶叶进行拍卖竞价活动。拍下的古树茶茶叶将进行采摘和制作，加工的茶叶将属于竞价者所得。丰富交易方式，也是发展古树茶产业的一个创新举措，对于促进古树茶的销售能起到一定的积极作用；同时也在一定程度上打造双凤古树茶的品牌效应，提升品牌价值。

结合古树茶的自然景观，庞东充分利用人文景观资源，打造一个自然与人文契合的双凤。

文韵深久远，传世千百回

双凤镇历史悠久，是我国晋代美女梁绿珠的故乡。如果要用一个词来形容双凤镇，那就是"传奇"。古时的取名风俗往往多用珠宝，男的多叫宝，女的则为珠，红男绿女，绿珠因此得名。好山好水不仅能养才子，也能养美人。元朝伊世珍《琅嬛记》中记载，绿珠为梁伯女。传闻绿珠脸若银盘，眼似水杏，唇不点则红，眉不画则翠，相貌娇美，十五六岁便是十里八乡出了名的难得一见的美人。不但生得美丽，而且绝顶聪明，能耕田，会织布，又能绘画作诗，自小便能唱歌跳舞。到了二八之年，善唱歌跳舞吹笛，成了远近闻名的多才多艺的美女。

酒香不怕巷子深，人美不怕传千里。南访的大官僚石崇富可敌国，家财万贯，民间也有石崇富可敌国的传闻。他也是一个"好色之徒"，家中妻妾成群，却不妨碍他四处搜寻美女。绿珠女是十里八乡出了名的美人，肤白胜雪，双目犹似一泓清水，吟诗作赋，能歌善舞，样样精通。一曲《昭君舞》更是舞得惟妙惟肖，一颦一笑都似天仙下凡。石崇得知，便让随从拿着银子去镇上买来最好的珠宝饰物，前往绿珠家中。绿珠的父亲毫不犹豫地回绝了。石崇见到绿珠身材曼妙，清丽绝俗，便甩下一句："三日后，我必过来迎娶绿珠。"说罢便带着随从走了。

迎娶绿珠那天，天空灰蒙蒙的，乌云凝重。一团团乌云，像千军万马般从天边疾驰而来，顷刻吞噬了所有光亮，淹没了整个天空，压得绿珠一家缓不过气来。绿珠一大早便收拾好了行囊，上山躲了起来。红布花轿到门，却不见绿珠身影，询问一番，但整个村子的人都闭口不谈绿珠去处。石崇怒令搜山。绿萝村四周环山，杉木参天繁密，但无论怎么躲，仍是躲不过石崇的魔掌。这座绿珠逃躲的山被后人命名为"圣女岭"。"我绿珠生死都是白州人，死后必化作仙鹤归乡。"绿珠在父老乡亲面前许下重誓，万分委屈地随石崇回了洛阳。

回到洛阳后，绿珠望着眼前的繁华更觉悲伤。石崇没见到绿珠的一丝笑容，只见绿珠日渐消瘦，每日寝食难安，石崇也跟着难受起来。任由石崇软硬兼施，都无济于事，问了许久，绿珠才松口道："只是思家心切，别无他念。"石崇听罢，便立即命人仿照绿萝村的样貌，重金打造了一个华丽的园林，取名为"金谷园"。金砖碧瓦，雕梁画栋，琳琅满目，十层高楼，层层各异，高耸入云，可极目南天，刻着三个珠红大字"望乡楼"，以宽慰绿珠思乡之情，而绿珠所住之楼名为"绿珠楼"。绿珠最后从"望乡楼"决绝跳下，落地后一阵狂风起，高空一只仙鹤，往南方飞去。

绿珠女化作仙鹤千里归乡，日夜哀鸣不止，听者皆觉悲伤。后世为表其贞烈，立祠纪念，并将绿珠庙前的河取名为绿珠江，还有绿珠村、绿珠乡等遗迹。现在人们每年的二月十五都会搞祭祀活动，以缅怀她。在那座绿珠神庙里，绿珠被称为圣母娘娘，位于观世音菩萨和土地公的中间，可见其地位之重。

在双凤，有一座大山也藏着一个传奇，那就是"天鹅头"。天鹅头属六万大山余脉，坡度平缓，最高海拔可达970米。由于山顶有一个20世纪50年代修建的防空哨站，当地土语中的"防空哨"就是"天鹅头"，所以"天鹅头"就叫开了。站在圣女岭可以看到天鹅头连绵的雄姿。天鹅头其实是几个岭头连成的天然大草坪，草坪尽头有茂密的杉树次生林，林中有奇石和哨所。杉木静静地站在蔚蓝的天空下，张开双臂，迎接阳光。阳光像一缕缕金色的细沙，穿过重重叠叠的枝叶透过来，斑斑驳驳地洒落在草地上。草地上闪烁着晶莹的露珠，散发着青草、鲜花和湿润的泥土的芳香。各种各样数不清的小花竞相钻出泥土，白的、红的，还有黄的，如繁星闪烁，让林中的大地闪耀出五彩缤纷的活力。藤条相互缠绕，如同罩上了层层叠叠的大网，也极似暗绿色的海底。这里一年四季景色变化多姿。春夏之交来到这绿色的世界，草坪在阳光的映射下放射着明媚的草绿色，充满生机活力；阴云下的草坪变成了墨绿色，别有一番风情。山的周边有柳杉庇护。有时山路雾很大，可欣赏在雾中若隐若现的柳杉。穿越幽深的柳杉森林，尽头是一片绿油油的大草原，就仿佛一下子进入另外一个世界。天鹅头有漫山遍野的杉木，而在天鹅头草甸主峰南面有一个可容数人的小窑洞，传闻是从前的防空洞。就在不远处，还有古时行军留下的遗迹：一百二火灶，以及一座神秘的"王母坟"。这些都为天鹅头草甸覆上了一层神秘的色彩。传闻明末政治腐败，社会黑暗，豺狼当道，民不聊生。1628年陕西等地严重干旱，赤地千里。高迎祥领导农民起义。后为义军主将刘宗敏重伤，吴三桂投降了清朝。李闯王与吴三桂争权，吴三桂从京城攻杀李闯王，李闯王逃到广西玉林县樟木镇六箩村天鹅头，率4000余兵力镇守天鹅头周围。数年之后，李闯王率兵亲临圣女岭开垦荒地300余亩，种下皇宫茶树。其间在附近开垦荒地700余亩，种植稻谷。吴三桂杀到此地，李闯王全军覆没。那120个火灶台，说是闯王部队生火做饭的，也有传闻说是太平天国人马在这里驻扎过。天鹅头的王母坟，据说是清朝一位王爷的母亲死后之墓。当年葬礼几天几夜，山下菩萨塘、斋寿塘等几个村名都与王母坟相关，非常神秘。

前往双凤采风当天，在路上遇到了出殡队伍。开车的司机见状，用方言念念有词道："顺顺利利，大家都顺顺利利。"司机说这是一种风俗。在一路的颠簸中终于到达双凤。听闻此地有一个名叫"官材坡"的地方，原名是"棺材坡"，当地人觉着不吉，便将"棺"字改成了"官"。这个官材坡也藏着一段故事。传闻李自成带部队来到双凤后，以做棺材为生计。李自成是出了名的孝道之人，在其母晚年，李自成时常侍奉在左右。白天，李自成在家中制作棺材，经营店面，维持生计。夜晚，李自成便会点一盏油灯，守候在母亲身旁。其母死后，李自成用自家做的棺材将母亲葬于此地。其母为人和善大方，与左邻右舍关系极好，在她死后，大家都前来吊唁。因此，后人将此地命名为"棺材坡"。

双凤镇的人文风情浓郁，当地人的方言带着一股慢悠悠的腔调。

双凤镇不大，四面环山，往山里走去随处可见清冽的小瀑布。从山丘上流淌下来的瀑布声，像小鸟欢快的歌声，仿佛在欢迎我们的到来。"哗啦哗啦"的水流声，那声音里好像是重重叠叠的浪拍打岩石，又好像一阵阵的山风吹过树林。双凤的水是清澈透明的，带着山泉水特有的冰凉和甘甜。走进山里仿若是进了一个天然的氧吧，吸上一口沁人心脾。双凤镇的小粉摊上还保存着传统的石磨技术，粉摊门口放着一口土灶，四壁被烟熏得黑漆漆的。旁边放着些干树枝和玉米秆，随便抓一把塞进灶膛，噼里啪啦地就燃开了。放半勺花生油热热锅，加些剥好的蒜瓣、切好的石磨粉，香味一下子就蔓延开来了。灶膛里闪烁着火苗，火苗舔着锅底，柴火烧得旺极了，在灶膛口蹿动着，扑向早已熏得黝黑的墙面。石磨放在店面负一层，浸泡过后的大米用石磨磨成浆，倒入蒸笼中蒸熟，切成 5~30 毫米不等的长条即可。

　　一个地区的文化底蕴深厚的程度与经济发展是脱不开关系的，文化要素是产品竞争力的核心要素。在现代社会，物质消费与文化消费日益融为一体。只有具有文化含量、文化品位、文化个性的产品，同时，既满足于人的基本物质需要，又满足人的精神需要的产品，才能在竞争中胜出。文化底蕴是一个地区的灵魂，而这个灵魂的充盈程度不仅仅在于时间的积累，更多的还要靠人们的保护。在双凤镇这个地区，人与茶有很深的渊源。这个地区种植有大片的茶树，喝茶品茶悟茶道，双凤镇不仅有一个个传奇故事，还有着千百年来人们对质朴自然生活的追求和风俗人情的延续。同时，乡村振兴，既要塑形，也要塑魂，不断推进古树茶产业发展，同时发掘历史文化资源，发展具有地区特色和文化特色的产业，让更多人看到乡村特色，吸引游客及投资商，推动全村经济发展。

　　双凤镇文韵丰厚，作为天然茶林地区，还有更多值得人们去挖掘和探索的东西。如今，一条条硬化道路直通农家，一幢幢新房屋排列整齐，一个个富民产业落地生根，一幅幅美丽画卷徐徐展开，相信双凤镇的人们将更奋力谱写乡村振兴的新篇章。

美丽乡村：产业、美景、美食
——江宁镇四联村剪影

■ 胡细秋

随着乡村振兴项目的推进，玉林市博白县江宁镇的乡村振兴项目正在如火如荼地进行中。

江宁镇地处博白县西部，辖11个行政村，325个村民小组，总人口约5.6万人，是一个集山区、库区、革命老区于一体的特殊乡镇。与钦州市浦北县相连，是玉林市的极度贫困镇。2020年是打赢脱贫攻坚战的决胜阶段，为全面打赢脱贫攻坚战，江宁镇党委书记莫运洲等领导贯彻落实精准扶贫政策。江宁镇山地多，平地少，制约了江宁镇种植业的发展。为此，当地政府因地制宜引导村民发展养殖业以及旅游服务等集体经济产业。

四联村是江宁镇的极度贫困村，距镇政府14公里，西与浦北县相接，东南与沙河镇、菱角镇相邻。四联村基本为丘陵地带，旅游资源有白鹭岛、合浦水库等，耕地面积仅为500亩，林地面积约2.7万亩；产业主要以水稻、经济林种植、养鸡、养猪、养鱼、编织工艺品为主。

第一章　产业兴旺

20世纪50年代，因为修建合浦水库，四联村成了库区。当年修建小江水库时，库区的四个村组合在一起，集山区、库区、革命老区于一体。四联村建成初期，基础设施薄弱，经济发展落后。

中国有一句话叫"要致富，先修路"，为促进四联村的经济发展，2016年春，四联村驻村工作队结合全村党员群众的意见，指出四联村今后发展的方向，就是搞好基础设施建设，以发展集体经济为主，党支部要带领群众走共同致富的道路。四联村的党员干部倾听民声、汇集民智，千方百计谋发展，尽心尽力为群众办实事，很快一条四级公路建成通车，为四联村的经济发展插上了腾飞的翅膀。此外，一大批事关村发展的重大问题和群众关心的热点难点问题——公共服务中心建设、住房保障、安全饮水、供电、网络等基础设施建设项目，相继得到了解决，这给四联村的发展打下了坚实基础。

同时，为了有效促进四联村的经济发展，大力践行"绿水青山就是金山银山"发展理念，以产业转型带动乡村振兴，昔日荒山沟变成了如今的"聚宝盆"。统筹村集体经济发展壮大和贫困群众增收致富，推动村资源变资产、资金变股金、农民变股东。通过盘活集体资源、入股或参股等渠道增加集体收入，实现集体富带动个体富。四联村先后投资790万元做内循环高密度养鱼项目、千鹤岛旅游（水上乐园）项目、走地鸡（肉鸡）养殖示范基地项目、桑葚基地项目、千鹤岛旅游（浮桥）项目、肉鸽养殖基地等6个村级集体经济项目，给当地村民提供了不少就业岗位。

产业：四联村肉鸽养殖村企合作示范基地

2019年10月，由江宁镇四联村村民合作社与恒生养殖场以"村企合作"模式共同合作的肉鸽养殖基地正式投入使用。恒生养殖场总经理兼四联村肉鸽养殖村企合作示范基地负责人朱光团，有着丰富的工作经验，对市场的发展有着准确的定位。朱光团是博白县江宁镇江宁村人，1968年出生，高中毕业，中共党员。1981年至1984年在江宁镇企业纸厂、农具厂工作，1985年至1989年在博白县邮电局工作，1989年至2010年在广东深圳市从事芒竹编工艺品出口企业管理工作。1996年至2006年博白县人民政府授予朱光团所在的企业出口创汇大户、纳税大户、重点保护企业称号，当选博白县、玉林市人大代表、政协委员，2011年返乡创业养殖蛇类以及肉鸽。

朱光团对市场的发展有着敏锐的观察力。新冠疫情暴发后，朱光团依据国内外市场做出准确判断，决定停止养殖蛇类转为养殖肉鸽。肉鸽的营养价值高，特别是乳鸽肉中富含蛋白质、维生素和微量元素，是一种低脂肪、高蛋白的肉类，受到越来越多消费者的青睐。肉鸽养殖，投资少、周期短、疾病少、收益高，是一项极具发展前景的养殖业。

在肉鸽养殖基地示范点，三大间蓝色鸽棚整齐排开，远远就听到了鸽子"咕咕咕"的叫声。这里的人很好客，负责人朱光团经理也是这样的人，他热情地迎接每一个来参观鸽棚的客人。朱经理中等身材，一双乌黑的眼睛闪烁着纯朴的光芒，见人笑脸相迎。他在棚子工作时常穿一身军绿色塑料工作服，从上身罩到小腿；脚上穿着一双黑色运动鞋，行动利索。

■ 江宁镇四联村肉鸽养殖基地经理朱光团带领当地政府领导参观鸽舍

进了鸽棚，肉鸽的叫声不绝于耳，参观者不免惊叹：好漂亮的鸽子！肉鸽养殖基地现有种鸽 3500 对左右，新产出青年鸽种 600 对左右。鸽种是从恒生养殖场购进的，生产鸽种每对 120 元，青年鸽种每对 65 元。肉鸽养殖基地项目目标是 10000 对，总投资 300 万元左右。项目款全部到位的话 3 个月可达到 10000 对种鸽。

朱经理介绍的这种鸽种，就是美国灰二线。鸽子的外貌不同，这只白鸽的翅膀和尾巴上长着又长又硬的翎毛，那只鸽子的羽毛是灰色的，像披了一件银灰色的外套，颈上长着一圈金黄色的羽毛，就像少女颈上美丽的金项链。近处的鸽子长着洁白如雪的羽毛，红褐色的小尖嘴，机灵的眼睛，细长的双腿，一双脚像鸡爪但纤细许多，站在那里，亭亭玉立，宛如一个高贵的少女。远处的鸽子张开双翅不断扑打，蓝红相间的脖颈在灯光的照耀下闪闪发光，一双眼睛灵光闪闪，漂亮极了！一只只鸽子昂首挺胸，神清气爽，活力四射。

棚子里，一只鸽子从巢中飞下来，迅速挪到食物盒边，快速地啄食着食物。看样子是刚下完蛋，饿坏了。

每个鸽舍几乎都是一对鸽子生活在一起，没有想象中的那般拥挤。为什么鸽子要成双成对地待在一起呢？它们都是配对筑巢的吗？朱经理解释说，雌雄鸽共同筑巢、孵卵和育雏。鸽子交配后，就会出去寻找筑巢材料，构筑巢窝。雌鸽产下蛋后，雌雄鸽轮流孵蛋。公鸽白天孵蛋，母鸽晚上孵蛋，彼此分工明确轮流值班，直到肉鸽长大。

肉鸽养殖基地每对种鸽每年可产蛋8~10窝，每窝2个。每对种鸽年创造利润80~100元。鸽蛋孵化期为18天左右，出鸽仔后20~25天可出售。市场价每只乳鸽15元左右，一只乳鸽成本10元左右。肉鸽主要喂食玉米、冬豆、高粱、小麦。每天喂食2次，上午8点一次，下午5点一次。

朱经理从鸽巢中拿出两个蛋，摸一摸，还是热乎的。白净的外壳，大小介于鹌鹑蛋与鸡蛋之间，让人不禁联想到外壳里保护着一个鲜活的生命，18天左右它就能孵化出来，真是妙不可言！

肉鸽每年需要防疫2次，要经常喂保健砂。保健砂是一种由维生素、矿物质及药物等配成的饲料添加剂。它能给肉鸽提供多种矿物质和维生素等营养素，具有增加肉鸽消化吸收能力、促进新陈代谢和血液循环、提高种鸽繁殖率的作用。肉鸽缺乏保健砂会出现精神不振、食欲下降、繁殖能力下降等问题，因此，为确保肉鸽健康成长，保健砂和饲料一样，被养殖者十分重视。

肉鸽养殖基地接通了水电，相当便利，人工及水电等费用每个月15000元左右，负担不轻。肉鸽养殖基地是村企合作项目，是四联村集

■ 江宁镇四联村肉鸽养殖基地，朱光团在检查肉鸽身体情况

体经济的重要项目之一。资金与技术、管理、市场深度结合，村民合作社参与管理，并按照入股比例分红，实现了村集体利益的最大化。

肉鸽养殖基地的鸽笼是多层立体笼，分为笼养式生产鸽笼和配对笼，这些多为长50厘米、宽35厘米、高45厘米的长方体网笼，网笼还设置有栖架、托粪板和巢盆。栖架是用于肉鸽自由活动的栖息架，笼里笼外放有不同作用的鸽具。其中有用木板或者铁皮制作的食槽，悬挂于笼前小门下方，用于喂养肉鸽。饮水槽悬挂于笼前。笼养的肉鸽一般用塔式自动饮水机，这种饮水机一次盛水多，饮水也不易被感染。还有保健砂杯、巢盆、垫料、栖架、脚环等鸽具。巢盆是用于肉鸽产蛋、孵育的；托粪板会自动将鸽粪从鸽笼底部放到地板。鸽粪会经常清理保证了鸽棚的干净。

此外，光照对肉鸽的生长发育有重要作用。鸽舍的天花板上装有整齐的白色灯管。鸽子对光线非常敏感，光线过强或者过暗，光线颜色太过丰富，都会影响肉鸽的生长。比如，红光会让鸽子躁动，食欲也受到影响；绿光会抑制母鸽的生产能力，母鸽下蛋少自然会影响到肉鸽养殖的发展；蓝光会产生和绿光类似的效果；黄光会让鸽子失去安全感，从而使一向温顺的鸽子感受到同伴的威胁，会发生互啄现象。因此，在肉鸽养殖的过程中，要避免以上光色对鸽子的伤害。使用白光补充光照，鸽舍每天晚上都需开灯，晚上10点左右就可以关掉了。这便是鸽子的大概生活习性，其实养起来还是很讲究的。

鸽舍四周的环境也得注意。鸽棚里的水泥地板干净整洁，偌大的鸽棚里除了摆放得整整齐齐的鸽架外，没有多余的物品。窗外吹来的微风，穿过鸽棚的每一个角落。鸽舍一排排一列列整齐摆放着，咕咕咕的充满生机的鸽叫声，让人仿佛进入鸽子的世界。

肉鸽养殖基地的建设，给当地贫困户带来了就业机会。肉鸽养殖基地有固定人员4人，其中1人是贫困户；临时工5人都是贫困户。固定人员每天工作8小时，每月工资2500元；临时工每天150元。贫困户家庭成员在工作中兼顾家庭，不用跑到遥远的广东打工，家里老人孩子有需要的时候不必在遥远的广东干着急，而能够随时请假回家照顾家人。同时，村民在家门口就业，不仅工资可观，还能安心地上班。肉鸽养殖基地的工作简单易掌握，每一个员工都会免费培训，培训三天即可正式上班。每一个具有劳动能力的村民都有机会到基地工作，在农闲时候还可以做临时工补贴家用。

员工小黄今年43岁，家里有5个孩子，还有2位老人需要赡养。小女儿今年在博白高中读高三，学习成绩好，非常懂事，平时省吃俭用。小女儿渴望能通过自己的努力考上一个好大学，大哥、大姐因为家里经济困难，都是读完初中就出去打工了。这几年，小女儿能坚持读书，多亏了哥哥、姐姐的帮助。小黄全家都相信知识能改变命运。小黄平时忙完农活，也希望能当临时工，多赚点钱，为小女儿上大学准备点学费和生活费。前几年集体经济没有发展起来的时候，这种在农村做临时工的想法完全是空想。自从村里建起了肉鸽养殖基地后，小黄能在农闲的时候做点临时工，既能减少丈夫的经济压力，还能体现自身价值，再也不是那个只能在家里照顾家庭赚不到钱干着急的人了。小黄在肉鸽养殖基地当上了临时工，农忙时候做自家的工作，农闲时候到肉鸽养殖基地做临时工。每天都有事可做，这种看得见的幸福让小黄对生活更是充满了信心，每天都精神饱满。同时这样的工作体验让小黄意识到，只要能吃苦耐劳，勤奋踏实，都能靠自己的双手与头脑脱贫致富。

鸽棚四周，树林环绕，极目远眺，大森林像碧绿的海洋一样，看不到尽头。这样的环境很适合鸽群，鸽子需要安静。鸽子反应机敏，警觉性较高，对周围的刺激十分敏感。闪光、怪声、移动的物体、异常颜色等，均可引起鸽群骚动。因此，这种世外桃源是鸽子最好的生活环境。

朱经理一路的创业经历可谓关关难过关关过，俗话说："一个成功男士的背后都有一个温暖有爱的家庭。"朱经理有两男两女，妻子与他一起经营肉鸽养殖基地。如今，朱经理的儿女已长大成人，工作上、生活上有妻子的支持、无微不至的关心，让朱经理可以后顾无忧地全身心去经营肉鸽养殖基地。肉鸽养殖基地建设以来至今没出现什么问题，一切都在按计划稳步发展。肉鸽养殖基地极大地带动了四联村经济的发展。

美景：千鹤岛国家 AAAA 级旅游景区

位于四联村小江水库内的千鹤岛 AAAA 级旅游景区，是四联村近几年成功打造的第一张旅游王牌项目。绕过美丽的山村，来到让人心旷神怡的旅游胜地千鹤岛旅游景点，一下车，便迎来清新的山风，轻轻吹拂着，像婴儿甜软的嘴唇亲吻你。

千鹤岛岛主黄业彬带着我们领略千鹤岛美不胜收的风景。站在千鹤岛对岸环顾四周，公路绕江边而建，平坦宽阔。引人注目的是路口旁树立的大石，凹凸有致却光滑细腻，大石上刻着行楷

■ 江宁镇四联村千鹤岛

"千鹤岛"。上面涂了大红色的油漆，底座是红色砖头砌起的阶梯式的高台。大石呈长方形，顶部是三角形状，竖立在路口，是千鹤岛的象征。

千鹤岛顾名思义，就是白鹤的岛屿。千鹤岛上栖息有白鹤、白鹭达五六万羽。站在江边，放眼望去，千鹤岛竹林密布，葱茏茂盛，鸟语花香。四周水面旷阔，碧波荡漾。一座浮桥从岸边延伸到江中。走在浮桥上，感受着脚下起伏的江水，身体随着浮桥的荡漾而轻快地摆动起来，悠闲自在，心旷神怡。停下脚步，驻足观望，眼前的千鹤岛青枝交错，绿叶涌翠。傍晚时候幸运的话，可遇见鹤群回巢，

■ 江宁镇四联村千鹤岛

成群结队地飞回丛林，发出"喔喔"的叫声。它们振翅翱翔，洁白的羽毛和天上的云彩融为一体，在夕阳的照耀下，闪闪发光。它们忽而在空中盘旋，忽而立在枝头，拨弄着竹林，随着枝头的摇晃舞动着优美的身姿，怡然自得。在这一片寂静的竹林里，白鹤可以自由自在地飞，饿了便在竹林里寻觅美食，还可到江边吃藻类或者抓小鱼。

岛主黄业彬今年58岁，头戴稻草帽，身穿黑色T恤，褐色的裤子塞进中筒水鞋，皮肤黝黑，身材瘦高，平易近人。岛主看到旅客憨厚地笑着，热情好客。岛主开了35年运输船，千鹤岛开发成旅游景点后转岗开上了旅游观光船。岛主回忆道："当时的运输船是木板的，随着经济的发展就改成钢板的，开发了千鹤岛旅游景点，就开上了旅游观光船。"为了促进千鹤岛生态旅游，当地村委还在千鹤岛建了一个餐厅，在餐厅旁边的树下搭建了秋千，供旅客休息观赏。

岛主打小就生活在四联村，千鹤岛一点一滴的变化都被岛主看在眼里，记在心里。岛主回忆："五六年前这里还是人烟稀少的小岛，交通困难，人民生活贫困，不能温饱自足，更无人会想到要开发千鹤岛，也没有关注到岛上白鹭的生存状态。直到2018年，随着精准扶贫工作的开展与贯彻落实，村民逐渐走上脱贫致富的道路。由于政府大力支持与引导，千鹤岛的价值逐渐被开发出来，如今已经是广西较大的鹭鸟栖息地之一，被专家称为第四代动物园的先驱，被人们喻为'蓬莱仙岛'，是国家自然保护区，成为当地重要的旅游服务产业。"黄业彬得意地告诉客人，千鹤岛的宣传视频一度在网络上转发，如今成为名副其实的网红岛。

千鹤岛旅游景点的开发离不开便利的交通。脱贫攻坚战打响以来，在各项帮扶政策的支持下，经过一年多的施工，江宁镇塘口经四联至千鹤岛公路建成通车，为千鹤岛旅游产业的发展助力。

　　2020年国庆、中秋双节长假，秋高气爽，是出游的好时机。受疫情和交通等因素影响，本地游成了不少人出游的首选。加之千鹤岛浮桥项目的建成，千鹤岛更具有吸引力，本地游的火热场面贯穿整个双节假期。整个假期都是人头攒动、热闹非凡。各地游客纷至沓来，走浮桥、观千鹤、坐游船，尽情领略天高云淡、山青水绿、鹤鸣鱼欢的秋日盛景。

　　不是旅游旺季，也有络绎不绝的游人到千鹤岛游玩。有年轻人，有带着孩子来观看白鹭的父母，还有耄耋老人。看着游客欣喜地在拍千鹤岛的美景，看到游客面对浮桥下自由自在的鱼儿兴奋地呼朋引伴，黄业彬就眉开眼笑。有时，他什么也不干，就静静地看着如画的一切。

　　翘嘴鱼是千鹤岛盛产的一种鱼，体形细长，侧扁，呈柳叶形。头背面平直，头后背部隆起，眼大而圆，鳞小。体背为浅棕色，体侧为银灰色，一张凸出而翘起的大嘴格外引人注目，因此叫它翘嘴鱼。顺着浮桥延伸的方向望去，浮桥由蓝色和红色浮筒连接而成，四列排开。中间两列是蓝色浮筒，两边是红色浮筒，排开的浮筒两旁是白色结实的围栏。浮桥从江边一直延伸到江中央，有几百米，距离千鹤岛不足50米，是观赏千鹤岛的绝佳地方。桥中央还建有供游人休息的亭子、休闲椅。坐在椅子上，不仅能看到近处的千鹤岛，还能看到远处的江水碧波，水天相接。

■ 江宁镇四联村千鹤岛浮桥

　　天空被夕阳染成了血红色，桃红色的云彩倒映在江面上，整个江面焕然一新。此时此刻，天边像燃起了熊熊烈火。江水盈盈，在夕阳的照耀下，晚风徐徐吹过江面，掀起层层波浪，像顽皮的小孩子似的跳跃不定，水面上一片金光。恰逢白鹭归巢，从四面八方飞回千鹤岛。成百上千的白鹭发出"嘎嘎嘎嘎"的声音，在空中盘旋几分钟后突然消失在竹林中，大概如小女孩所言"回家找妈妈了"。

　　岛主驾驶的旅游观光船，一般情况下可容纳七八个人。在游轮上远远望去，碧蓝碧蓝的江水在夕阳的照耀下，忽而呈红色，忽而呈紫红色，像变色龙随着环境的改变而变换着颜色，又像天边的彩虹忽明忽暗。走到观光船的船头，迎面的风很大，能听到轻软的沙沙沙声。风声很轻，很柔，抚摸着面部，舒服极了。岛主开着观光船带着我们在宽阔的江上游，呈现在眼前的大大小小的岛屿，被绿水青山环绕着，山山水水融为一体，远处的山峰好像遮了一层雾，若隐若现。这样的景色，图画二字已经不足以形容。在那一望无际的天空中有几抹晚霞，在红彤彤的天空掩映下，江水波光粼粼，如梦幻仙境。

　　船在江边停下，依稀能看到水里的鱼在晚风的吹拂下兴奋地露出了尖尖的小脑袋，张开圆圆的小嘴大口大口地呼吸着新鲜的空气。一条条肥硕、活泼的鱼，嬉戏相乐，自由自在。有时，一看见人影，就闪电般地逃开了；有时，它们似乎故意与人玩耍，往来倏忽，到处游窜，吸引游人的目光。高低不平的草滩上汪着一洼洼清亮的水，水面映出太阳的七彩光芒，就像神话故事中的宝镜一样。

千鹤岛周围是博白县最大的网箱养鱼基地，是水源林保护区，植被好、空气清新。基地水产资源丰富，以草鱼、鲮鱼、鲇鱼、罗非鱼著称。泛舟湖中，既可以领略小江水库那无穷无际的水色湖光，又可享受与鸟同乐、渔夫捕鱼的无穷乐趣，惬意无比。千鹤岛是一处赏鹤、品鱼、游湖、回归自然的生态旅游区。

■ 江宁镇四联村千鹤岛晚霞

美食：千鹤岛翘嘴鱼农家菜馆

千鹤岛旅游景点的开发，带动了千鹤岛服务业的发展。十一黄金周期间，千鹤岛的游客多达2万人次。越来越多的村民在家门口开起了农家乐，吃上了旅游饭。

翘嘴鱼名气大，当地村民自然也看到了其宝贵价值。贫困户黄学龙在政府的引导与支持下，在千鹤岛附近开起了餐馆，起名叫千鹤岛翘嘴鱼农家菜馆。距千鹤岛不足一公里，建在公路旁。餐馆外搭建了帐篷，路旁的树木错落有致，餐馆在树木的遮蔽下，冬暖夏凉。帐篷下整齐地摆放着圆桌和木凳。餐馆刚建不久，崭新、亮丽、朴实。庭院外一圈栏杆围绕，呈现一派乡村风情。餐桌上摆放着精致的茶具和清晨刚从山地里采摘的新鲜的茶叶。打开茶叶的盖子，一股芳香飘了出来。摘了一些茶叶放在茶杯里，黄学龙拿起热水瓶，将沸水倒入杯中。顿时，杯子热闹了起来，杯底的茶叶像江河里的小鱼在波涛中乱撞。不一会儿，杯中的茶水恢复了平静，茶叶也安静下来了。有的在缓缓下沉，有的在冉冉上升。过了一会儿，茶叶便进行了华丽的蜕变，把水染成了浅绿色，清新淡雅，味道香甜。捧起茶杯一抿，清凉甘甜，给炎热的午后带来了一股清凉。黄学龙说，这里的茶叶都是原生态、纯天然的，每天清晨到山上采摘，在晨露还没退去的时候，茶叶是最新鲜的。

千鹤岛翘嘴鱼农家菜馆依托千鹤岛，有力促进了千鹤岛旅游产业的发展。据了解，千鹤岛翘嘴鱼农家菜馆的鱼是黄学龙到千鹤岛江中打捞的，纯天然、无污染。其肉雪白细嫩，营养成分高，性味甘、温，有开胃、健脾、利水、消水肿之功效。来到这里的游客都说尝一口翘嘴鱼，才算真正来过千鹤岛。

据黄学龙介绍，翘嘴鱼最常见的做法是清蒸。蒸鱼一般选取肉质比较嫩的，蒸出来的口感滑、嫩、鲜、香。清蒸翘嘴鱼的做法一般是：把鱼打开，抹上一层薄薄的盐，再放适量木苈淀粉，洒上一点啤酒。腌制好后，将鱼放入煮开的蒸锅中蒸8分钟左右，洒匀胡椒粉，放上葱丝，淋上滚油，即可起锅，装盘，倒入蒸鱼豉汁，一盆美味可口的清蒸翘嘴鱼就可以呈现给客人了。

千鹤岛翘嘴鱼农家菜馆不仅是满足游客味蕾的地方，还是游客休闲歇脚的地方。菜馆地理位置好——坐落在公路旁边，交通便利，菜馆两旁还有两块天然停车场，方便了驾车的游客。黄学龙在接受记者采访的时候说，现在路修好了，他在这里开起了小卖部，开有农家乐，收入也不错，总算脱贫了。

黄学龙50岁左右，一米六五左右，偏瘦，四方脸庞，皮肤黝黑，眉毛稀疏，一双小眼睛很有神，见到客人便和蔼可亲地笑着，一笑起来眼睛就眯成了一条缝。

千鹤岛旅游旺季的时候，也是千鹤岛翘嘴鱼农家菜馆的生意旺季。如今是互联网的世界，自从千鹤岛成为网红岛之后，人们络绎不绝地慕名而来。如今家家户户通了水泥路，水电等基础设施也完善，生活水平不断提高，更加注重娱乐消费。江宁镇四联村一改以往的生活面貌，到2020年5月底，四联村剩余预脱贫户15户63人，"八有一超"各项指标、四联村"十一有一低于"各项指标已全部达到现行脱贫标准，如今的四联村不再是往日贫困落后的边陲小镇，而是人民生活逐渐富裕的幸福村。

小 结

江宁镇立足于推动产业兴旺，坚持在推进原貌改造的同时，按照"宜种则种、宜养则养、宜工则工"的原则大力发展产业，带动村民增收和村集体经济发展。宜种则种，主要是在村屯整治中见缝插针发展桑葚、柠檬、波罗蜜、百香果等；宜养则养，主要是大力发展养鸡、养鱼、养羊和肉鸽、鹌鹑、蜜蜂等；宜工则工，主要是大力发展芒竹编、电子加工、制衣等扶贫车间，带动群众就近就业。江宁镇通过大力发展产业，带动乡村振兴的可持续发展。

其中，江宁镇引进广西博白县凰图工艺品有限责任公司入驻四联村扶贫车间，把扶贫车间建在村里、建在屯里。通过扶贫车间实现无法外出务工的贫困、非贫困劳动力在家门口就业，从而解决四联村贫困劳动力、非贫困劳动力在家就业问题，提高村民收入，巩固脱贫攻坚成效。截至目前，江宁镇已建成并投入使用的扶贫车间13间，建设中的扶贫车间3间，解决近600人就业问题，其中贫困劳动力300余人。江宁镇党委政府将继续大力推进扶贫车间建设。

此外，在四联村所有贫困户脱贫之后，江宁镇四联村在推进脱贫攻坚与乡村振兴有效衔接工作中积极探索，争取乡村面貌实现明显改观。贯彻落实三清三拆"扫一遍"的指示精神，在2020年8月底，江宁镇完成了三清三拆都"扫一遍"的工作任务，大面积清理了村庄垃圾，在拆除废弃建筑物、道路硬化、村庄绿化等方面狠抓落实，完成了极度贫困村的蜕变。

如今的四联村，玉带似的盘山公路通到家门口，清洁安全的自来水通到每家每户。公共厕所、垃圾池、人畜分离养殖舍建立起来了。村子环境卫生整洁，室外健身器材、路边伫立的太阳能路灯、整洁的道路、白墙红瓦房庭院与绿油油的山坡田野交织在一起，汇成一幅美丽的乡村画卷。魅力四联、活力四联、和谐四联、幸福四联，见证了四联人一路的拼搏奋斗，也助力四联人小康生活品质的全面提升。

传承蕹菜文明，助力脱贫攻坚
——记博白镇官田村大塘垌王友军

■ 闫海青

青葱的画面，是他脑海里闪现过一遍又一遍的绿色海洋。那是他年轻时的希望，也是支撑他不停步伐的动力。绿色海洋对每个博白人来说并不陌生，那是一大片一大片接连不断的蕹菜地，也是王友军带

■ 官田村大塘垌博白蕹菜基地

领村民脱贫致富的法宝。

王友军，博白镇官田村大塘垌人。2000年开始蕹菜种植，如今已经具备二十几年的蕹菜种植经验，自己也从普通的蕹菜种植农户成为博白蕹菜种植经纪人。王友军自种植蕹菜以来，始终坚守着自己的初心，不断寻求各种途径，发展蕹菜种植产业，在博白乡村振兴中起到了带头作用，引领村民种植特色蕹菜，实现发家致富，并且推动博白蕹菜走出广西、走出中国、走向世界，让更多人品尝到博白蕹菜。

蕹菜文明，地域留香

博白蕹菜，对每个博白人来说并不陌生，甚至可以说家喻户晓。王友军作为地道的博白人，在很早之前就有了发展家乡特产种植的梦想。每次谈及蕹菜时，他的眼里总带着光，好像有无穷的希望和信念。王友军是土生土长的官田村大塘垌人，在很小的时候就常听父辈谈蕹菜的故事。据王友军回忆，博白的蕹菜有很长的历史文化，并且一直保有优良的品种，最出名的是城郊南门塘的蕹菜。解放以前，博白城郊五里庙会设有专门的蕹菜粥摊，生意十分兴隆。城内的餐馆、摊档也时常有蕹菜粥供应，光临的顾客颇多。在古时还流传着一种说法："陆川猪，北流鱼，博白靓蕹菜。"一位诗人在品尝博白蕹菜后，留下"席间一试青龙味，半夜醒来嘴犹香"的诗句。博白籍的中国著名语言学家王力先生，生前对博白蕹菜做过考证。他认为，博白蕹菜仅次于越南河内蕹，是居世界第二位的同类菜，在中央召开九大及十大时，博白蕹菜空运北京，当作美味佳肴登上了大雅之堂。也有博白人从美国回来探亲说，博白蕹菜曾空运到美国旧金山唐人街菜场出售。但当时的冷冻技术较差，运到的蕹菜茎叶有点儿干皱，可每斤仍能卖出一美元的高价，比鸡肉价仅差两角钱。

博白蕹菜作为当地的特色农产品，向来受到大众的欢迎。博白蕹菜也叫水蕹菜、空心菜，是一年生草本植物，茎空心，蔓生；茎长叶疏，叶尾尖细，鲜绿脆嫩，清香爽口。但博白蕹菜对种植地的要求非常高，早在很多年前，就有商人前往博白县寻找蕹菜苗进行异地栽培，但大多以失败告终。虽然也有一些异地栽培成功的事例，但种植出来的蕹菜与博白蕹菜的味道相差较大。蕹菜作为水生植物，对于水源、土壤的要求很高，而在博白县，正好可以满足蕹菜的种植条件。

玉林市博白县属于桂东南丘陵区，地貌类型多样，是南亚热带向热带过渡的季风气候，光照充足，气温高，雨水多，湿度大。夏长冬短，夏湿冬干，年均气温21.9℃，年均降水量1756毫米，全年无霜期约为350天。多雨高温的气候为蕹菜的种植提供了优越的条件。水蕹菜，从其名字就可知，种植条件中必须有充分的水资源。博白蕹菜栽植方式有两种：水田栽植与陆地种植。水田栽植是主要的方式。博白蕹菜生长条件特别，只适宜在博白县城郊方圆十几公里范围内的水田生长。博白县的蕹菜田，土质肥沃，灌溉方便，经常保持4至5寸水层；肥料全部施用腐熟的农家水肥，不施化肥。县府门前的南门塘种植的蕹菜最脆嫩，饮马江、东圩塘、鸡心塘、北街口、南园、鹧鸪麓等地都是著名产区。博白蕹菜流传至今，如今已经走进平常人家，成为食客们津津乐道的美食。

精心培育，钻研种植

博白蕹菜向来以其独特的口感而闻名，清香脆甜，食用方法多样，在种植方法上也颇有讲究。博白蕹菜的种植方法，从古时到今天一直代代相传。如今种植技术随着时代的发展，日益成熟。作为博白本地人的王友军，十几岁就初步了解了蕹菜的种植方法，主要靠跟着父亲学习种植和管理等方面的知识，初中毕业后就开始和父母一起种植蕹菜。当时家里的种植面积才几亩地。王友军说，种植蕹菜的方法十分重要，这直接关系到蕹菜的品质，所以说每一步都要讲究时间和步骤的先后。

在博白，村民们一年种植两次蕹菜，分别是2月、6~7月。2月正值开春温度上升，是育苗的好时节。到6~7月时，第一批蕹菜植株经过多次采收后，长势衰退，新枝细弱，产量低，品质差，此时要换茬重栽。种植蕹菜一般有选种、选地、育苗移栽、水分管理、中耕除草、施肥管理、病虫防治、采收、留种等步骤。每年开春前，王友军带领种植户们开始对冬天留种的蕹菜进行选种。选种一般要挑选茎细长、青白色、叶较小、箭形、叶茎脆嫩光滑、品质好、耐肥、耐热的水生型蕹菜。近年来博白一般以种植小叶尖、青叶白骨、四季蕹为主。王友军作为蕹菜种植大户，拥有十几年的种植经验，所以每逢开春，一些刚开始种植的农户就要请他来传授种植的方法。王友军说："要想让蕹菜顺利存活，首先要静待开春，等到温度上升后，才能正式选地开垦种植。"众所周知，蕹菜对土壤、水源环境的要求很高，所以种植蕹菜必须选择地势平坦、肥沃、排灌方便、保水、保肥力强的黏壤土或壤土栽培。每到选地环节，王友军总要亲力亲为，进行水源、土壤等多方面的考察。只有选择合适的生长环境，才能种植出品质上层的蕹菜。待选好地后，种植工作就开始了，这段时间是王友军最忙的时候。因为在种植前，水田要进行重新翻耕，清除前茬作物残渣，施肥栽种。王友军种植了上百亩地，一亩地要施腐熟农家肥 1500~2000 公斤、复合肥 15~20 公斤。施肥过后还要进行充分翻耕、耙整，将床土精细耕作整平，起畦，畦宽 1.2~1.4 米，高 20~30 厘米，畦与畦之间保留 30 厘米宽的畦沟，这对王友军来说是一个艰巨的任务。尽管每亩地都不再自耕，但他每天都要进行检查，确保种植土壤、施肥合适。除此之外，他还要时常去其他种植户那里指导，王友军的妻子甘娴说："他每到这个时候都是早出晚归，有时候午饭、晚饭都不在家吃。"土地翻耕施肥之后要灌入浅水，等到 2 月蕹菜育苗完成后就可以栽种了。2 月是最适合蕹菜育苗的时节，日平均气温回升达 12℃以上就可以育苗了，王友军说："育苗要选用充分成熟、饱满的种子，一开始要先用清水浸

■ 菜农种植蕹菜的劳动场景

种24~36小时，捞起沥干水分，就可以播种了。"在博白，主要采用条播。王友军说："撒种也是有方法的，不是胡乱撒种。一般条播法需要每条畦面间隔10~15厘米，开1~2厘米深的播种沟，将畦面浇湿，等到土壤充分湿润后再将种子均匀撒播在播种沟中，保持每亩苗床播种量为15~20公斤。播种完成后要用细土将沟覆平，再盖一层稻草保温保湿。"一般种子播后6~7天后就可以出苗，出苗后应及时除去畦面稻草，这样更有利于小苗的生长。在育苗期间要注意浇水，保持床土湿润。等到蕹菜出苗后25~30天，苗高15~20厘米时，就可以起苗移栽大田，每亩苗床可移栽大田10~12亩。

种植完成后，就是水分和病虫防害、中耕除草的中期管理。博白蕹菜喜湿，不耐旱，需水量较大，需要经常保持3~5厘米浅水层。当气温升高时，要适当增加灌水深度。当气温达到35℃以上时，则要保持10厘米左右深的灌水层。王友军在蕹菜的中期管理时，每天都要关注当天的气温，定时灌溉，若气温过高，水分缺少的话，刚种植的蕹菜存活率就会降低。在蕹菜植株存活后，需水量也会不断地增加，要经常换水，一般2~3天换水一次。在盛夏高温季节则需要隔天换一次水。种植田一般在清晨换水，因为早上的气温相对较低。在换水的时候要适当排水。在栽植初期田间容易生长杂草，王友军说："当初对于田间的杂草关注度不高，所以蕹菜种植的效果不好。"中耕除草是十分重要的。如果不及时清理杂草，那么植株就会缺少营养和光照，蕹菜品质也会大打折扣。中耕除草，一般要进行2~3次，等到植株基本长成，分枝生长繁茂，就无须再过多除草了。因为分枝在一定程度上可以抑制杂草的成长，在这个时候就可以进行施肥以待采收。这个时候植株已经成活，施肥尽量减少，一亩地只需腐熟粪水5担或4~5公斤尿素冲水兑成10%的溶液淋施。植株长成后就可以进行第一次采收，每次采收结束后要再进行一次追肥，以促进采收后的植株再度萌芽生长。在施肥种植期间要注意病虫害，如果发现虫害要及时用菊酯类农药兑水喷洒防治。

中期后就到了一年一度的采摘期，蕹菜以嫩茎叶供食用，必须分多次采收，而且每次采收都要及时，需要根据当天下单客户的需求采摘。王友军作为博白蕹菜的经纪人，每天接单的时间并不固定。为了确保蕹菜的新鲜，一般都是接单现采。有外地的菜商是需要赶早市的，所以有时天还没亮，农户们就要开始采摘了。一般蕹菜栽植后25~30天，当茎长35厘米左右就可以采收了。第一批蕹菜植株采摘结束后，到6~7月，就要开始第二次植株种植，方法相同，但不用重复施肥，相对于之前就较为简单一些了。10月，气温下降，天气转冷，蕹菜苗不再生长。此时结束采收，接着就是一年最重要的留种环节，蕹菜便进入冬眠期。忙完了一年的工作，王友军年末也是忙碌的——留种。冬眠的蕹菜留种，需要从大田中选取符合品种特征、茎蔓粗壮的优良母株，摘取25~30厘米长的茎株做栽插种茎，按20厘米×30厘米的规格栽植。栽后淋足水分，活棵后适当追施1~2次稀薄粪水，等待开花。在开花结实期增施磷、钾肥，促进种子充实，果实成熟时及时采收、晒干、脱粒、贮藏，一年一度的留种环节就结束了，等到来春便开始新一年的种植。王友军种植蕹菜的方法每年都在更新，都在完善，只为种植出更好的蕹菜。虽然每次说起蕹菜的种植方法，村民们都会觉得过细，步骤过多，注意的事项很多，但是蕹菜种植的方法仍旧代代相传至今。

撸起袖子，打造特色

博白蕹菜作为当地名菜，不仅受到本地村民的喜爱，在广州、南宁、北海、钦州、来宾、河池等地也很受食客们的欢迎。王友军在很早之前就有大规模种植蕹菜的想法。但规模种植蕹菜，一是需要整地，二是需要充足的水源和资金。最重要的是蕹菜市场。为此王友军反复思考，就在其摇摆不定时，一次偶然的机会，让其认识到发展蕹菜种植的前景。12年前的一天早上，王友军的妻子甘娴挑菜到农贸市场卖给菜贩，了解到一位北海的菜商专程前来博白求购蕹菜，每天需要250公斤。然而自己种的蕹菜每天的产量只有100公斤，要想满足菜商的要求，就必须向本村其他菜农收购。甘娴觉得这是一个机会，便立马打电话与王友军商量。最后夫妻俩决定接下这单生意，回村后，与农户说明情况，便从菜农手里收购了150公斤蕹菜，然后通过客车托运发货。王友军说："当时北海菜商要求的是货到付款，这对我来说有一定的风险，因为是第一次与外地客商做生意，另外怕蕹菜在运输途中烂掉，但我考虑再三还是做了，并叫客车司机帮我收钱带回来。"后来这单生意顺利完成，这对第一次做远销蕹菜生意的王友军来说，惊喜万分，因为没想到轻轻松松就卖了250公斤蕹菜，而且小赚了一笔，至此就有开展规模种植的想法了。为了有十足的把握，王友军亲自跑了一趟北海、南宁等地，到当地的蔬菜批发市场了解行情，发现博白蕹菜很受欢迎，足以证明蕹菜前景广阔。回家后，王友军左思右想，为了更好地发展，首先得打开市场，便做起了博白蕹菜的经纪人，成了博白菜农和外地客商之间的一座桥梁。

在博白，每年的 3 月到 9 月都是蕹菜旺季，但往往旺季菜贱伤农，价格起伏不定，销路不畅，这是一直以来菜农们最担心的一件事。王友军做经纪人，让种植户们也少了这方面的担忧，王友军作为中间的桥梁，一来保证了蕹菜的品质，二来保证了种植户们的收入稳定；同时也省去了菜农们到农贸市场卖菜的时间，对农户们来说既省时，又放心，大家便纷纷将蕹菜交给王友军出售。有句话说"万事开头难"，起初王友军由于经验不足，销路不广。为了解决销路问题，王友军采取多种渠道，如抖音、微信等，销路慢慢打开。据王友军说，至今他从事蔬菜经纪十几年了，和菜农之间已经形成了一种合作的关系。菜农们信任他，每天都把卖相最好的蔬菜交给他卖给外地大宗客户。王友军说："每天蕹菜的订单都很稳定，菜农每天都在等待我的电话，按时摘菜送来过秤。"王友军始终考虑菜农们的利益，因为菜农相信他，他就得确保菜农不受损失，确保每发一批蕹菜都是款到发货。王友军每天都要和外地客商打交道，虽然文化不高，但为人诚实，讲信誉，保质保量，深得客商们的信任。有一次，广州的一个菜商给他打来 2 万元订货款，但中途改行做其他生意了。王

■ 成熟的蕹菜

友军获悉后,将货款一分不少地退回给这位菜商。王友军说:"做生意讲究诚信,别人相信我,我就要担起这份责任。"因为他现今的很多生意都是电话下单的,有的根本没见过面,全靠诚信维系着这种稳定的合作关系。讲信誉,保质量,成就了大家对王友军的信任。越来越多的菜商以及宾馆、酒楼的采购商找他收购,蕹菜的销路越来越广,他的生意越做越大。如今,广州、南宁、北海、钦州、来宾、河池等地客商都找他订购博白蕹菜。王友军并不止步于蕹菜的销路,也特别注重蕹菜种植的发展。他出身菜农,对蕹菜种植,特别是水生蕹菜的种植很有经验,所以他在做经纪人的同时,也不忘推广蕹菜种植技术。

脱贫攻坚,幸福生活

对王友军而言,种植蕹菜并且让博白蕹菜走出去是他一直以来的心愿。在其种植蕹菜的前期,也遇到过各种大大小小的事情,比如,种植地面积受限、水坝受损、水资源不足等,但他并没有因为这些困难而放弃蕹菜的种植。从2000年种植蕹菜到今天,王友军先后开辟了四五个蕹菜基地。官田村五里庙的蕹菜基地有200亩,也是做得最久的一个基地。王友军的第二个空菜心基地位于乌豆江畔的雷埠村,从2003年做到2017年,基地近300亩。2018年5月乌豆江上游一座水坝被洪水冲垮后,乌豆江流向雷埠村的支流彻底断流,基地的水田全变成了"旱坡"。王友军说:"当时受影响的还有博白镇白中、竹围土、安乐坡、蓝屋等村,受影响的水田面积超过了400公顷,受影响人数7000多人。水坝被冲垮后,大部分良田丢荒,仅有一部分种植红薯或一些蔬菜。在一条干涸的水渠边上，立着一个'博白蕹菜（空心菜）标准化种植示范基地'的牌子。需水量大的蕹菜根本没法种植，蕹菜基地也变成了荒地。"据雷埠村村民高猛回忆："以前，每到凌晨一两点，整片水田都闪烁着菜农摘菜的手电筒光，收购商更是在四五点钟就开始来到田边，等待菜农摘菜上来。最多时候，收购商的货车一直排到村口。"高猛的家在路边，他很怀念以前那种大家齐摘菜、货车排队收购的壮观景象。他说，以前每天早上一起床，走出家门口就可以看到长长的车队。"整个村子非常热闹，就像一个集市。"因为这个蕹菜基地受损，村里种植蕹菜的农户失业，只能去城里打工。为了改变这一局面，王友军在水鸣龙利村物色了一个新的基地，但是离县城有十几公里。做了三年正做得有点起色，结果因为南流江引水渠损坏，以及干旱，经常缺水，现在这个基地也基本放弃了。蕹菜基地一再遭遇挫折，也无法阻挡他种植博白蕹菜的决心。如今王友军依旧坚守在官田村五里庙的蕹菜基地上，与村里农户并肩作战，勤劳种植，共创美好生活。王友军在做大产业的同时，致富不忘乡亲，免费为贫困群众提供种子、技术以及销售渠道，引领贫困群众发展博白蕹菜特色产业。在合作社的支持下，博白镇、水鸣镇、径口镇等多个乡镇实现了连片种植，种植面积达1000多亩，带动了300多名贫困农户以土地入股、自主发展、基地务工等多种形式参与博白蕹菜的种植行列，有效助推脱贫攻坚。

近几年来，博白蕹菜种植改用蕹菜种子育苗，带苗移栽，重施农家水肥，每亩产量由原来的5000公斤提高到8000~10000公斤，官田、新仲、黎埠、西江、城东等村都是著名产区。现博白每年种植博白蕹菜面积高达2000多亩，年产量1000多万公斤。如今博白蕹菜在广东、广西等地的各大酒店、饭店均作为名菜。每天出外做生意及访亲、办事的人往往几十斤乃至上百斤地购买作为送礼佳品。博白县委也把发展博白蕹菜列为一项农业综合开发多种经营项目,由县农业农村局担纲。充分发挥地方优势,有计划地在城郊区建设博白蕹菜生产基地,结合无土栽培及冬季大棚种植新技术,提高单产。并进行保鲜及真空包装,提高产品供应量及延长供应时间,这将大大强化城市菜篮子工程,满足社会需求。

自王友军发展种植蕹菜以来,在致富的同时,也帮助村里几百户人家逐步摆脱贫困。这一产业的振兴,让村民有了固定的经济来源,解决了博白县剩余劳动力的问题。村民不再外出打工,在村里种植一年都能有两三万的收入。王友军认为,蕹菜是代代传下来的,不能在我们这一代断掉;同时蕹菜也是博白的特色产业,只有产业发展好才能更好地带领群众脱贫致富。他从2000年几亩地的

■ 博白蕹菜荣获地理特产标志

蕹菜种植基地,到几百亩甚至几千亩;从普通农户到经纪人、代言人,一路走来十几年如一日。从2011年博白蕹菜年获得国家地理标志产品保护到2020年获得国家地理标志证明商标,这一段历程对王友军来说值得铭记。在申请国家商标的这几年里,王友军没停止蕹菜推广的步伐,先后到过北上广、江浙沪等地。现在博白的蕹菜销售渠道已经打

王友军与蕹菜合作商签约

开,发展前景更是欣欣向荣。如今运输的方式也多种多样,可以通过专机跨省市销售,这是一项难得的突破。2018年王友军蕹菜合作社的成立,大大扩大了蕹菜的产能,同时也解决了村民外出就业的难题。王友军蕹菜合作社的销路以外地居多。蕹菜的保鲜期一般是一到两天,食用的最佳时间是早上采摘晚上食用。为了保证远途运输,农户们凌晨三四点就开始采摘,发班车赶往南宁吴圩机场,将蕹菜运达上海、深圳等地。2019年到2020年,王友军致力于博白蕹菜农产品的发展与扩大,帮助村民摆脱贫困,蕹菜的品牌也打响了。在疫情防控期间,蕹菜不能及时采摘,烂在地里。为了解决这一问题,王友军通常是亲自戴着口罩从村里的水田里运送,起早贪黑把农户的蕹菜送往市场。在疫情时期,每日的蕹菜销售也达上千斤。我们常常说:"阳光总在风雨后,不经风雨怎么能见彩虹。"王友军用自己的行动向我们证明了努力的意义。因为他的努力,我们看到了博白蕹菜的今天,当然我们也会期待更好的明天;因为他的努力,造福南流江下的民众,让无数贫困户脱离贫困;因为他的坚持和付出,我们才能看见南流江种下的片片青春。

第二章

生态宜居

亚山镇杨屋屯：成就诗意家园

■ 林燕兰

由脏乱落后到美观先进，是一份留住乡愁的诚意。

杨屋屯——一个生态宜居的诗意家园。别具风格的村标墙、整洁的村道、盛开的鲜花，村民在树下乘凉、话家常，悠然自在，这是时下展现在人们面前的博白县亚山镇潭岸村杨屋屯。开展"三清三拆"后，这个位于亚山镇北部仅43户农户、188人的村屯干群合力，因地制宜、就地取材，让美景环绕村屯，2019年12月，亚山镇覃岸村成为博白县唯一上榜的"全国乡村治理示范村"。一个经过蜕变的村庄，成为人们理想中的诗意家园，留住了记忆中的乡恋。

溯源·荒芜的旧山村

问一个村庄是如何变化的，就要追溯它原来的样子。

听同行的村妇女主任介绍，过去，亚山镇杨屋屯是一个极其落后的村落。村里的道路狭窄，杂草丛生，没有水泥路，车辆经过，尘土飞扬，但谁都没有想过要修路。村里大部分都是20世纪70年代的瓦房，有很多贫困户。有的贫困户有四五个孩子，只靠着家里的几亩地，靠长年累月的田地劳作来养家糊口。大冬天的，贫困户们身上依然是破破烂烂的单薄的衣衫，脚上穿的是鞋底磨破了的解放鞋。被面缝缝补补，里面的棉胎又薄又硬。家中开支大，常常入不敷出，大一点的孩子穿不合适的旧衣服，小一点的弟弟妹妹就接着穿，一个一个轮流穿。每到雨天，生怕一觉醒来，栖身之地就没有了。

同行的陈书记补充：贫困户的孩子大多数小学还没毕业就要外出打工养家糊口了，有些村民的文化水平甚至停留在只会写自己的名字。村里的孩子们经常会爆粗口，尤其是在跟人闹矛盾打架的时候。这些没有人教过他们，都是从大人那里学来的，大人怎么说，怎么做，甚至每个动作，每个表情，他们都模仿得"活灵活现"！

妇女主任回忆，以前的小巷子总是弥漫着一股难闻的异味，也让人目不忍睹。到处都是鸡粪、鸭粪、鹅粪、狗粪，以及小孩子的粪便，村民司空见惯，也不觉得这样有何不妥。村里也没有统一放置垃圾的空地，村民们都是看到哪里有空地就把垃圾倒在哪里。经常有人把垃圾直接倒到路边，头也不回地扬长而去，村里到处都是垃圾，到处是苍蝇，到处是老鼠。这个村简直就是流浪猫和流浪狗的窝，低矮的瓦房，人与老鼠、蟑螂生活在同一屋檐下。夜晚，村庄也不安宁。村里的和外地来的小混混，经常到村里挑衅，打架斗殴，摩托车轰鸣的声音在深更半夜里肆无忌惮地搅扰着人们的清梦。

妇女主任说："那个时候村民的心是狭隘的，只能装下利益。相邻的两块地，其中一家总想着如何把分界线往旁边的那一块地移动，以便扩充自己家的土地。某家的地瓜或花生，或果树上的果长势很好，

■ 贫困户住房

还没到成熟的季节，就有不少不翼而飞。田间是被偷的那户人家难以入耳的声声谩骂。"

很多村庄入口处都有一块指示牌，或是气派的门牌，上面用遒劲的书法写着村庄的名字。可是亚山镇的杨屋屯入口处，只是一片荒芜的三角地。不，确切地说，入口处是一个垃圾堆，满是丢弃的玻璃和一些乱七八糟的垃圾，上面有一群苍蝇在觅食。夜晚，那里是蛇鼠的舞台。很多路过的外地人，都以为这里是一个垃圾基地，而村里人对此习以为常。

觉醒·改造的契机

觉醒，往往需要一个契机。

据村干部说，亚山镇杨屋屯来了一位新书记，名叫庞一奇。目睹村里的一切，他的内心百感交集、觉得自己所在的村庄生病了。如果一棵树的内部病了，烂了，那整棵树也就快要倒下了。现在，他知道自己不是医生，看着村子就像看着老母亲病态的样子，却又不知病因，无从下手。村子的现状就像一块大石头，压在庞书记的肩上，他的心像灌满了铅一样沉重。

前几天，村里有一户人家夫妻吵架，女的说："这日子没法过了，家里连锅都揭不开，孩子们都饿着肚子，大哥又要分家，各过各的。你一天到晚无所事事，就知道赌，我受不了了，这个村子简直不是人待的地方！我要离婚。"五个孩子在一旁号啕大哭。"离就离，谁怕谁呀，离了我就不会再找吗？"男的赌输了，红着眼喊。庞书记不停地调解，东奔西忙。而妇女的那一句"这个村子简直不是人待的地方"，在庞书记听来如五雷轰顶。

有一天，庞书记接到通知说是要到镇上去开一个重要的会议。他以为又是一个跟一年一度的总结大会那样的会议，每个村的书记都要汇报自己所管理的村子的成果。那一晚，庞书记辗转难眠，他不知拿什么去总结，拿什么去跟领导、跟村民交代。凌晨三四点醒了，他再也睡不踏实了。于是，他起身刷牙洗脸，整理好行装，早餐也没吃，耷拉着脑袋，皱着眉头，眼里还布满血丝，一只手插在口袋里，另一只手握紧了公文包，忧心忡忡地往镇上走。那是深秋的早上，路两旁鬼贞草上的霜还没融化。

没想到会议竟出乎庞书记的意料，会议不是汇报成果，而是关于"留住乡愁，建设诗意家园"的部署。会上，探讨了《习近平谈治国理政》第三卷中人与自然和谐共生论，竭力打造生态宜居乡村。除此之外，庞书记看到了镇上其他在生态宜居方面有突出成就的村子。他感觉像当头一棒，恍然大悟，自己应该为本村做一些有意义的事情，毫无生气的村庄也应该换一副模样了。

在回村的路上,庞书记发现深秋的天空格外蓝,午后的阳光特别灿烂。风吹在脸上,令人神清气爽,走起路来特别精神。他朝着自己的村庄走去,像是在茫茫黑夜中朝着一盏灯走去。

回到家,庞书记站在房间的窗前,设想着怎样改造自己的村庄。别的村庄以前也是这样破破烂烂,经过改造,就能焕然一新,自己的村庄也一定可以通过改造,成为一个模范村。该怎么下手呢?村里到底有什么是可以利用的资源呢?一个接一个问题浮现在脑海中。村里有很多荒废的田地,可以租出去发展种植业,既可以发挥土地价值,又可以提供更多的就业岗位,增加农民收入。要想富,就得先修路。村里面几乎没有一条像样的水泥路,狭窄是主因,因为靠近路边,村民总是千方百计削减路面的宽度,以扩大自己的那点小利益。再看看村里的环境,到处都是垃圾,乌烟瘴气,臭气熏天,村里连个像样的房子都没有。危房一大片,邻里的关系僵持,常常发生民事纠纷。有时候一大清早,就东家骂西家,西家嘲讽东家,整日以吵架开头,以嘲讽结束;宜居的村庄不应该有这些不不文明的现象。

想到这些,庞书记的脑海里浮现一张诗意家园的蓝图。蓝图中的村庄,房子鳞次栉比,景色宜人,人人和睦。庞书记就在家里拟好改造的方案,然后,就去村委会跟村干部商量。取得一致同意后,决定开始实施方案,并分配好各自的工作。在庞书记看来,改造一个村庄,是一件关乎村民生活、关乎子孙后代的大事,刻不容缓!

困难·村民的利益问题

　　庞书记召集村民开会，涉及修路问题、田地出租问题、危房改造问题、绿化问题、娱乐场所的修建等等。他号召大家：习近平主席说过，绿水青山就是金山银山。建设生态宜居的诗意家园是关乎美好幸福生活的大事，还请大家伙积极配合。大家有钱出钱，有力出力。村民们经过讨论之后，大部分都同意了，但是有小部分的村民并不配合。在他们看来，改造的过程中会造成他们利益的损失，是一件没有回报的事。万事开头难，庞书记这一次是领会这句话的含义了。可既然选择了做村子改造的第一人，庞书记便只能风雨兼程，义无反顾。

　　有一家贫困户所住的房子已是摇摇欲坠了，庞书记劝他们重建新房，并答应帮他们家争取贫困户危房建设的指标，可以申请到一部分建房基金。前提是他们在建房期间要找到一个暂时居住的地方。可贫困户担心一旦房子推倒重建，如果争取不到指标，那就连个住的地方也没有了。再说，即使争取到指标，也没多少钱，自己得拿出一部分，然而家里已经揭不开锅了，哪里还有钱建房子呢？任凭庞书记怎么劝，他们还是态度很坚决地拒绝了。后来，庞书记又去了他们家几次，每一回都是吃了闭门羹。

　　有一天夜里，下起了倾盆大雨，那个贫困户家里的厨房倒塌，客厅里有一面墙也开裂了，裂缝有一根手指的宽度。那家人的妻子愁容满面，紧紧地搂着几个孩子。孩子们在母亲的怀里号啕大哭，丈夫木讷地盯着眼前成为一片废墟的厨房，眉头紧锁。庞书记得知消息后第一时间赶到贫困户家里，关切地问道："人没事吧？人没事就好！走，先到我家去。等灾情过后我帮你申请建房指标,指标基金足够建房子啦。我跟老伴都商量好了,建房子期间,你们就先住在我家,别担心,都会过去的!"就这样把方方面面考虑得十分周全,贫困户们最后都同意改造危房了。

另一件棘手的事就是修路。要想扩建道路,就难免会涉及道路两旁的村民。这家说:"凭什么要我们割地建路?我们没饭吃的时候,也不见得村里人有谁施舍我们一点点粮食,坚决不让地!"那家说:"他们不让,我们家也坚决不让,没得商量!"于是,庞书记就走街串巷,逐家逐户地上门,耐心地劝说讲解。一面发动村民们积极捐款,一面跑到城里去申请修路基金,风里来雨里去。原本瘦小的他,在奔波和劳累之中越发羸弱。一些本不该在他这个年纪出现的白发,竟占了醒目的大片位置,本不该这么快驼下去的背,更弯了,他比同龄人更早地经历了岁月的沧桑。申请到修路基金,筹集了捐款,答应给让出部分土地修路的村民相应的经济补偿,最终使得修路工程得以顺利实施,一切都在他的努力中有了转变。

关于荒芜土地的问题,一方面,有些村民顾虑规模种植会对土地造成损害,等到以后想种庄稼了,会因为土地贫瘠而颗粒无收;另一方面是租金太低,村民不太愿意出租土地。庞书记就挨家挨户地上门做思想工作,直到说服村民为止。然后,庞书记千方百计联系上一些种植大户,以一颗虔诚的心跟他们洽谈村里闲置土地的出租问题。顶着炎炎烈日,他亲自带那些老板到山上查看土地状况,讲解种种有利条件。最终老板愿意承包村里的土地,同时也愿意出资修建通往山里的道路。

祖宗厅的重建与否,一直是备受争议的事情。开过好几次会议,重建与不重建,双方的争辩都很激烈。同意建的一方说:"祖宗的事就是大事,重建可以光宗耀祖,永保子孙后代平安康乐,应该重建。"反方说:"现在饭都吃不饱了,谁还有多余的钱来修建祖宗厅?祖宗不是也希望他的子孙后代可以吃饱饭吗?如果为了修建祖宗厅而饿死了子孙后代,那是祖宗愿意看到的吗?不同意重建!"庞书记说:"我们村要改造成生态宜居的诗意家园,祖宗厅的重建是非常重要的一部分。我也知道咱村里穷,拿不出多余的钱重建祖宗厅,但是有困难,我们可以一起想办法解决。我相信,办法总比困难多,世上无难事,只怕有心人!我会积极联系村里经济较好的乡贤老板,说服他们出资修建祖宗厅。还有,我也积极申请改造村子的基金,应该差不多了。剩余的,我们就自己凑,能凑一点是一点,就当是为了子孙后代吧!"他找来乡贤的地址,挨个上门去拜访,说明缘由,表明自己的诚心。他说他啥也不求,只希望把村庄改造成生态宜居的诗意家园。那些乡贤深受感动,很少有哪一位书记肯为了村里的事,没日没夜地到处奔劳。

振兴·一砖一瓦众人共建诗意家园

生活便是如此,人们不经意间的一声招呼,一句问候,一个微笑,一点缘分……这些东西藏在心里便是一种真实,久了,甚至是一生的刻骨铭心。这些温馨的记忆,当人们寂寞时会不自觉地涌出,倍感温馨。当村民共同参与亚山镇杨屋屯改造的工程时,体现出来的不只是觉醒,更是一种振兴的希望,是一个落后山村即将崛起的迹象。

玉林市委副书记覃天卫到亚山镇调研，在开展"树下课堂"活动中亲自授课，要求利用《农村人居环境整治和乡村风貌提升操作图示》进行指导，打造示范样板。而后，杨屋屯启动了农村人居环境整治和乡村风貌提升工作。

村口，往往是一个村庄的名片。为了成功打造杨屋屯的第一张名片，镇里村里共同努力，集思广益。之前村口那一块三角荒地，杂草丛生。作为入屯的必经之路，面积不大却位置重要，庞书记和村民们在村标墙上花了不少心思。最后，由乡贤老板出资，村民出资出力出地，镇村干部提供设计意见，硬化扩建村道、清理荒地杂草；村里的能工巧匠施工，砌起了三根高度不一的正方形立柱。村民从家中拿来旧水缸，经过简单的修饰后置于柱顶，种上三角梅，用红漆在三个大缸上写上"杨屋屯"三个楷体大字。立柱两旁放置两个大水缸，与立柱上的字相映衬。在村标墙两旁的村道上，种上了长春花、鸡冠花、三角梅及叫不上名的绿植……村口变美了，更重要的是，它展示了村民对生活的期望。

听说要美化家园，村民都很兴奋。镇里组织村代表、工匠到博白的示范村参观学习，看完示范村的做法后大家心里有了底。村代表在镇干部的带领下先后到北流西埌镇新村、福绵镇十丈村学习。回来后，镇村干部连夜开会，形成了亚山镇"三清三拆"七步工作法。第二天宣传发动，镇村干部和村民沟通，并安排人员排查、登记造册，解决村民顾虑。第三天，杨屋屯的"三清三拆"工作正式拉开帷幕。

"哒哒哒……"大型钻机的作业声，将这个小村屯的村貌改造工作推向高潮。村民们同心协力，清理杂草、收拾旧瓦片、搬除垃圾、扛

■ 改造后的杨屋屯

运材料……小村屯俨然成了大工地。村民高武秀从动工开始，每天都加入"三清三拆"工作中。她天天都来帮忙干活，觉得大家一起干成效快。就连村里的孩子都加入改造工作中，中秋节前就基本建成了。以前家门口都是荒草，改造后房前屋后都种上了花，村道整洁、干净，住着舒心。村里的墙、路、花圃美化，都是村民自己动手，能够靠自己的能力美化家园，他们觉得很自豪。村民杨传强和村里的七八个泥水匠组成了工作小队，负责村里旧墙、小路、花圃的美化。村里的工匠在改造工作中做出了很大的贡献，他们精雕细琢，建起了不少标志性建筑，三柱村标墙、龟寿池、休闲区都有他们的汗水。

村民们清除村道上的垃圾和杂草，用锄头铲平路面坑坑洼洼的部分，再浇上水泥。道路两旁的空地，村民们就地取材，从本地竹林里砍来竹子，经过一双双灵巧的手，围成了一排排的篱笆，形成了一小块一小块精致的菜园子。曾经满是胡乱涂鸦的墙壁，重新刷过一层石

■ 杨屋屯改造后的文化墙

灰，然后在上面贴上工整美观的社会主义核心价值观的内容，还有村规民约的内容，以及二十四孝故事图。那些破旧的围墙，推倒重建。令人惊讶的是，那些平时只会在村里打闹、挑起事端的"小混混"，听到改造的消息后，都纷纷来帮忙，在墙上布置了一些有趣的图案，村民们凭着自己的智慧，在一些小径排上了整整齐齐的鹅卵石，并画上铜钱的标志。祖宗厅的重建工作也开展起来，村民怀着一颗虔诚的心重建新的祖宗厅，将自己的祖宗杨家将的故事贴在祖宗厅外面的墙上，让子孙后代铭记自己的祖宗、自己的根。

在拆危房的时候，有一个贫困户因为不小心被砖头砸伤了脚。村民们都去探望他，还将家里小孩穿不着的衣服送给贫困户的孩子。有的还把自己珍藏多年的药酒送给贫困户疗伤，有的给送来家里的土鸡蛋，有的帮助干一些农活。大家安慰他："会好起来的，我们大家伙会帮你一起渡过难关。"从前，这个贫困户门前冷落；现在隔三岔五都有人去探望，贫困户第一次在村民们面前老泪纵横。

妇女主任指着一大棵仙人掌说："我给你们讲个故事吧！"

乡村振兴中的 博白 故事

杨屋屯仙人神掌

一条小巷子的几户人家自愿捐出自己家养了多年的小仙人掌，合种在路旁。在此之前，这几户人家经常为了鸡毛蒜皮的小事而恶语相向，近距离对开的两扇窗关闭了好多年，上面满是灰尘和蛛网。在这次修路的过程中，东家让出几寸，西家也让出几寸，这条巷子就变宽了许多。在一起修路的时候，两家人交流也多了，尘封多年的窗户也打开了。"干完活，你来我家吃饭吧，我家今天刚杀了鹅！""好嘞，明天，你来我家吃饭吧，我家明天杀鸡！""给！我家今年青菜长得好，给你尝尝鲜！""谢谢哈！我这有刚摘的青柚，挺甜的，给你！"巷子里一户人家病了，或者遭遇困难，整个巷子的人都过去探望和帮助。他们互相扶持，相亲相爱。巷子里几户人家共同维护的那些仙人掌，日积月累，长势越发茂盛，苍翠欲滴。开花时节，这条巷子便成了村中一道亮丽的风景线，仙人掌向着阳光，直指蓝天，自信而耀眼。

村子里有一个垃圾场，常常苍蝇乱飞，路过那里，总有一股难闻的异味，它是这次改造的重点对象之一。在忙碌的季节，村民们宁愿先放下手头的活，也要抽出时间来帮忙清理。他们拉着斗车，将一车车的垃圾清理掉。大家伙有说有笑的，都很卖力干活，尽管衣服被汗水湿透，脸热得通红，还大口地喘着粗气，但忙得不亦乐乎。在垃圾场的位置,将买来的青柚树苗一棵棵栽种上去,在周围筑好美观的篱笆。篱笆脚下种了一些菊花,最后给它安上一道门,美其名曰"青柚园"。这就是"干群合作心连心,青柚采摘话丰收"。庞书记跟大家说:"等到咱们这个青柚结果的时候,我们就可以举办一个'赏柚会',到时候也体验一下古人'待到重阳日,还来就菊花'的惬意,感受一下陶渊明归隐的田园情趣!""要得要得,书记可千万要记得和我们摘果!"村民们笑着说。

■ 杨屋屯青柚园

成就·焕然一新，诗意家园的典范

真心的付出，岁月在沉淀中给出了最好的回答。在村民们辛勤的改造下，杨屋屯彻彻底底变了模样，惊艳了所有人。

这个村子位于博白县城的南部，拥有丰富的温泉资源，依山傍水，自然环境和地理环境十分优越。2019年12月，亚山镇覃岸村成为博白县唯一上榜的"全国乡村治理示范村"。

妇女主任说："村民们的主要收入来源为种植业和务工，屯内大部分劳力在润大制衣厂（扶贫车间）务工。"为全面推进乡村振兴，覃岸村杨屋屯以"三清三拆"为重要抓手，坚持"因地制宜、就地取材、留住乡愁、彰显特色、长效运行"的原则，扎实有序地推进乡村人居环境整治。覃岸村充分考虑自身特点与优势，严格按照乡村振兴战略要求实施；始终坚持"绿水青山就是金山银山"的理念，按照生态宜居美丽乡村示范村建设要求，采取"先拆除后建设"的方式，大力开展"三清三拆"。整合"三拆"后的土地资源进行绿化，以创建社会主义新农村示范村为目标，全力打造山水生态宜居美丽乡村，村容村貌得到明显改观。

妇女主任笑着说："我们呀，共清理杂草、垃圾86吨；清理建筑垃圾68吨；清理池塘、水渠9处；清拆危旧房42间共1380平方米；清拆乱搭乱盖12处共152平方米；清拆广告牌22处。潭岸村依托客家文化旅游产业园项目建设，修建儿童游乐园游泳池、假山、图书室等公共服务设施；硬化、扩建道路共计2公里；建成文化广场3500平方米；修整沟渠430米；在主干道安装太阳能路灯52盏，便于村民出入。现在的生活可好了！"

第二章　生态宜居

　　这里，有中国园林的通幽曲径；这里，有醉人的鸟语花香；这里，是人们理想中的度假胜地。漂亮的村口，就好比给外来的客人递了一张亮丽的名片。三个由红砖砌成的立柱，顶上各擎着一个水缸似的花盆，盛开着美艳的杜鹃花。路两旁是精巧的篱笆，还有盛开的野菊花。漫步其中，让人脑海里浮现"采菊东篱下，悠然见南山"的景象。走在村子的小巷间，墙壁上的宣传栏到处可见，有的是关于孝的，有的是村规民约。其中一条是随意散放到路上的家禽村民可以抓回家归为己有。这一条是一种幽默，但确有效果。原来脏乱臭的巷子现在变成了宽敞、干净整洁的小道，还写着标语"幸福都是奋斗出来的！""倡导新生活""邻里和睦"等等。经过改造的危房焕然一新，成为一座座小别墅。村里其他房子也陆续装修好，在阳光下，墙壁的瓷砖闪闪发光，显得很气派。

■ 杨屋屯入口

083

路上偶尔会见到几个小孩子，他们都会笑着跟客人打招呼，有时还是一个小导游，为来客讲述着村庄的变化。这里的安宁与祥和，是繁华都市难以比拟的。没有城市里的车鸣与灯红酒绿的嘈杂，这里的夜晚，有萤火虫的追逐，家人围炉夜话的欢声笑语。在皎洁的明月下，在一排排太阳能路灯下散步，也有城里人的惬意。白天，登上最高的楼顶远眺，全村的美景尽收眼底。

村里建有一座"龟寿池"，池不大，但麻雀虽小，五脏俱全。池的边缘，有三个瓦罐改造的花盆，里面种着杜鹃花，盆上写着红色的"龟寿池"三个大字。池水清澈见底，有各色的金鱼，在水里穿梭嬉戏。当然，主角是乌龟，它们不紧不慢，优哉游哉的，在水中漫游。村里的小孩常常趴在池边逗弄乌龟。

最让人津津乐道的，莫过于村里的娱乐场所了。这里，有高高的假山，是孩子们捉迷藏的好去处。宽阔的沙滩排球场，在劳作结束后，是一个放松的好去处。踩着柔软的沙子，让疲惫的身体得到放松，有在海边度假的清闲。这里有秋千椅，还有旋转木马，类似荷兰的风车；有旋转的水车，有复古的黄包车，还有古代的轿子、安徒生童话里灰姑娘的南瓜马车，中西结合，古今融合，成就了孩子们的快乐童年，满载着童年的回忆。这里，自然也少不了休闲的区域，奶茶店应运而生。舒适的座椅，别出心裁的装饰，似乎每一个布置的背后都有一个迷人的故事。空中飘扬着优美的音乐旋律，品一杯奶茶，手捧一本喜欢的书，静静享受慢下来的时光，是一种怎样的惬意，村民们都懂。还有一个点歌平板，有时候压力大了，可以点一首心仪的歌，在场的客人都是忠实的听众。把自己的内心所感唱出来的时候，也是自己的高光时刻，收获的是雷鸣般的掌声！谁都可以当一个歌

■ 水车

者，一个歌唱生活的歌者。

曾经荒芜的田地，如今建成了休闲绿地，周边都种上了荷花。每当夏季来临的时候，满塘的荷花竞相开放。碧绿的荷叶，像亭亭的舞女的裙。荷花在叶丛中，露着半张脸，那就是诗人笔下的"江南可采莲，莲叶何田田"。水面上是两座"网红桥"，从桥上走过，是一次胆量的锻炼；在另一座"摇晃桥"上走，更是心灵的一场冒险旅程。在岸上，俯瞰满池的荷花，真可谓"接天莲叶无穷碧，映日荷花别样红"。

昔日"脏乱差"的小村庄已成为过去，这样的新农村建设让全村人民有了奔头。他们越来越重视一个好的居住环境，能让人有明确的奋斗目标和前进动力。荒芜的土地，有了一个华丽的变身。田间，青柚花的香气扑鼻而来，远处是一片绿色的海洋。青柚和火龙果的种植，为当地的村民提供了更多的工作岗位。"现在我也有工作了，有工资了，工作还比较自由，有空就做，又可以兼顾家里，日子啊，是越过越好了！"一位妇女说。她笑得合不拢嘴，脸上洋溢着幸福。

■ 网红桥

乡愁·生态宜居展文化自信

  重建的祖宗厅宛若一座雄伟的小型宫殿。碧绿的琉璃瓦，闪烁着光芒，雪白的墙，燃烧着的香火，弥漫的是一种崇敬的肃穆。墙上的碑文，刻着捐款者的名字及捐款数量，是名垂青史的见证。门两旁的对联，是庞书记亲手写的，那是对整个村庄寄予的深切厚望。

  "杨家将是我们的祖先，我们是真真正正的杨家后人。我们无比热爱自己的祖国，也热爱自己的家园。"一个男孩子说，"我要努力读书，以后一定要考上大学！"男孩子的爸爸骄傲地对到访的客人说："我们杨家人，要顶天立地，即使遇到再大的困难也要勇往直前！"

  妇女主任说："我们村这几年有很多孩子考上大学了！每年高考成绩出来，等孩子们收到自己心仪的大学录取通知书，我们就会在村里祖宗厅大门前的广场上举行表彰大会，按照他们成绩的高低，发放不同额度的奖金进行表彰。那一天，可热闹了！"妇女主任边走边说："其实我们村的人特别争气，也特别有拼劲。2018年，我们村的贫困户子女都考上了大学,尤其是村东头那户,思想最顽固,书记说了好多次他都不愿意改造自己的危房。他的大儿子高考成绩在我们村里排第一,被名牌大学录取了。那位贫困户在接到孩子的大学录取通知书的时候,热泪盈眶,紧紧地抱着孩子,说:'咱家人终于有出息了!'后来,我们村里一些有钱的大老板还成立了一个基金会,专门帮助贫困户的子女上大学。我家那小子,以前老是不爱学习,总喜欢玩,在参加了村里的表彰大会,听了那些优秀的同村大哥哥、大姐姐的获奖感言后,回到家,都不用我们催,自己就主动做作业、看书了。他还跟我们说,他以后也要像那些哥哥、姐姐一样,站在领奖台上发言。他也想得到村支书表扬,他也想让他爸爸骄傲!我听了可高兴了。"

庞书记站在村口,看着一片祥和、洋溢着幸福的村庄,笑了。"大伙都能过上好日子了!我们的努力没有白费,都是值得的!"他和其他村干部走在路上,有很多村民争相邀请他们到家里坐坐。"如果不是庞书记和村干部,我们村也不会有今天!"村民小杨说,"我们现在知道要好好爱护自己的家园,与邻居相互扶持,互帮互助,也给孩子们树立一个好榜样!"现在村里的每个家庭都立有一个家规,大多数是关于孝心和努力读书的。村规民约被村民牢牢地记在心里,并严格遵守着。

妇女主任高兴地说:"现在,我们的日子是越过越好了,还经常有上级领导来开讲座,给我们传授知识,宣传习近平主席的重要讲话内容。这有助于我们更好地理解关于建设生态宜居的诗意家园的内涵。大家现在可幸福啦,连走路都唱着歌!"是啊,村民们走起路来都是昂首挺胸的,特别精神。走路唱歌,是一种幸福,也是自

■ 农家小院

信。小巷里，不时传来阵阵欢声笑语。夜晚，在自家院子里的大树下，爷爷、奶奶给孙子们讲故事，讲村庄如何从一只丑小鸭变成了美丽的白天鹅！

漫步村庄，谁都有理由相信，这里，以后一定会成为全国闻名的诗意家园。

共创美丽家园

■ 梁婵

"中国要美,乡村必须美。"一入屯,便能看到结菜麓屯果园外墙上镌刻着这样的标语,醒目显眼,这也成了结菜麓屯建设"壮美广西·乡村振兴"的行动指南。

广西博白县江宁镇江宁村结菜麓屯已经有几百年的历史了。自乾隆时期的1768年,朱氏就在这里定居,繁衍生息。地处广西玉林市博白县西部山区的结菜麓,四面环山,郁郁葱葱的古树环绕着村子,景色迷人。但这里山高路远,出门就是山,交通不便。结菜麓这个地方有些独特,这里的祖祖辈辈,靠一双双勤劳的手,创造幸福家园,现在整个屯的面貌已经焕然一新,有着新农村的风貌。至今,全屯有人口700多人,共120多户;水田面积237亩,山岭面积1126亩。自古以来,这里的村风淳朴,村民团结,崇文重教,学风浓厚,人才辈出。都说"一方水土养一方人",这话说得一点儿都没错,一个个高学历人才从这里走了出去。改革开放以来,随着山区经济发展,村民们生活水平有了显著提高。原来凹凸不平的土道变成了一条条水泥公路,在阳光照耀下闪烁着白光;路两旁的太阳

乡村振兴中的 博白 故事

■ 江宁镇江宁村结菜麓屯牌

能路灯，一个个挺直了身子，像忠诚的卫兵守护着村庄；一幢幢新楼就像雨后春笋，拔地而起。

  改善人居环境，是全面建设小康社会的重要任务，是实施乡村振兴战略的一场硬仗；而生态宜居是乡村振兴的基础，是提高广大农村居民生态福祉的保障。近年来，一场覆盖广大农村的人居环境整治和乡村风貌提升行动正在如火如荼地展开，许多村庄都走上了新农村的发展变化之路，人们过上了幸福美满的新生活。结菜麓屯在这个过程中就抓住了机遇，在博白众多乡镇中率先进行了乡村振兴大会战。如今的结菜麓发生了天翻地覆的变化，大量破败的废弃房屋，被清拆复垦成微菜园、小果园，在精编竹木篱笆的装饰下，呈现一派清雅的田园风情。在这里，一切都是这样赏心悦目：充满传统风味的文化长廊，一大片迎着阳光茁壮成长的蜜柚基地，满山苍翠欲滴的树木，世代相传的朱子家训……连公共洗手间也与农家微菜园呼应，环保、美观，充满现代气息。

走在结菜麓的小路上，呼吸着新鲜的空气，你可以看到蜜柚树在风中摇曳，错落有致、风格各异的房子在翠绿掩映下更加醒目；在蜜柚基地上闻一闻那几朵刚开的蜜柚花淡淡的芳香，听着鸟儿的歌唱声，听着水车转动传来的哗哗水声，让人流连忘返，不舍离去。

其实，在没有进行乡村振兴大会战之前，结菜麓屯也跟传统的村落没有什么不同，基础设施较为落后。一幢幢破败不堪、濒临倒塌的老房子，露天房和废弃的猪牛栏错落其中，一切都是那样杂乱、颓败；结菜麓屯的河渠里，布满大大小小的漂浮物，时间一久，河水就变成巧克力色了。屯里的小路上，建筑垃圾随处可见，一些积存的垃圾或者乱堆乱放的物品躺在屯里的角落里。一阵风吹过，路上便尘土飞扬。村民长期居住在这样的环境里，生活难免有所不适。昔日，篮球场、舞台、图书馆，这些只是村民们的美好设想。

近年来，随着社会经济的发展，村民们的生活水平有了显著提高，过上了幸福生活，向往更美好的生活环境和生活品质。2019年，在镇党委、政府的指引下，大家商量决定，把结菜麓建成美丽乡村。在党员和村民小组长的带领下，村民情绪昂扬，掀起一场轰轰烈烈的乡村振兴大会战。

同谋献策，共建伟业

"要是我的家乡也能建成这样该多好啊！"广西壮族自治区农业农村厅主任朱其伍感慨道，他在去过玉林市兴业县大平山镇下塘坡、福绵区福绵镇十丈村验收美丽乡村后，感慨颇深。朱其伍主任看着美丽乡村建设取得的丰硕成果，触景生情，想到了自己的家乡，心中也有了把家乡建设成为美丽乡村的设想。饮其流者怀其源，江河将我们推向浩瀚的大海，曙光给我们带来明媚的早晨，而家乡，是将我们引向壮丽人生的发源地。做人不能够忘本，朱其伍主任用自身行动向我们诠释了这一点。虽然朱其伍主任在广西壮族自治区农业农村厅工作，常年不在家乡，但是他的心里无时无刻不记挂着家乡，心里始终惦念着家乡的父老乡亲。朱其伍主任高瞻远瞩，尤其是近年来他关注着国家积极倡导乡村振兴，加上看到了下塘坡和十丈村在美丽乡村建设中取得的成效之后，想把家乡建设成为美丽乡村的决心更加坚定了。自己生活过得好了，也要带领村民们过上幸福的生活，有更加良好的居住环境，争取做到住得舒心，吃得放心，交通顺心。他是这么想的，也是这么做的。

2019年7月26日，朱其伍主任特意从南宁回来，跟叔公、叔伯以及兄弟姐妹们围坐在一起，气氛和谐而温馨。在话家常之时，朱其伍主任把自己到兴业县大平山镇下塘坡、福绵区福绵镇十丈村验收美丽乡村时所看到的美景分享给叔公、叔伯以及兄弟姐妹们。大家听完以后都有所触动，想把自己的家园建设得更加美好，改善生活环境和提高生活品质的想法在大家的心里扎下了根。当朱其伍主任提出要把结菜麓屯建设成为美丽乡村的想法时，大家纷纷表示支持，一起商量着怎么样把结菜麓屯建设成为美丽的乡村。有了亲人们的鼓励和支持，把结菜麓屯建设成美丽乡村的设想就自然而然地形成了。

虽然有了把结菜麓屯建设成为美丽乡村的设想，但是大家对美丽乡村建设具体要怎么做还是一头雾水，毕竟没有去看过示范点是怎样将建设美丽乡村落在实处的，还没有什么经验。朱其伍主任考虑到这一点，于是放弃了自己的公休，千里迢迢从南宁赶回来，组织屯里27位村民前往玉林市兴业县大平山镇下塘坡、福绵区福绵镇十丈村参观学习，让村民们看看这些示范点是怎样建设的，看看示范点有什么宝贵经验可以借鉴。村民们参观学习完之后大开眼界，感慨万分，对建设美丽乡村的认同感油然而生。回来的当天晚上，他又立即召开村民大会。全屯村民坐在一起，商量如何把结菜麓屯建设成新农村。

一次参观不能使村民们学到很多，之后结菜麓屯党支部又组织了村民代表外出考察六次，学习乡村振兴示范点的措施与取得的成果，借鉴人家的先进经验。在多次外出参观学习以后，结合自身情况，江宁村结菜麓屯新农村的初步设想就这样成形了：一是要把村门前的田地利用起来做生态养鱼；二是建设村篮球场、文化室、舞台，四周种上花草；三是在大古塘附近一带种植桑葚果，打造四季有花、四季有果、五彩缤纷的美景；四是建设工厂，即欧星电子厂分厂；五是建设凉亭、老年人休闲娱乐场所、小孩活动中心；六是建设图书馆；七是建好村里的大水沟，解决排污、饮水等问题；八是铺好环村路，安装好路灯。在这个设想中，从生态养殖到打造花香四溢、硕果累累的美景；从基础设施建设到生态排污。这些是未来结菜麓建设成为美丽、生态宜居型新农村的一道道亮丽的风景线，也蕴含了结菜麓屯村民们心中的美好期盼。

宣传动员全屯一心

万事开头难，提出了美丽乡村的设想以后，如何更好地把设想在全屯村民中宣传开来，让村民们都了解这个设想的内容，能够团结一致，往建设美丽乡村，共创美好家园的方向前进，是一项重要而艰巨的任务。在开始的时候，村民们还不太了解建设美丽乡村设想的内容，也没有走出去看其他地方美丽乡村的示范点，不知道到底怎么样才算美丽乡村，所以心中还有所顾虑，对村里进行美丽乡村建设的参与度还不是很高。镇政府收到结菜麓屯的提案以后，对此设想予以充分肯定。镇政府的领导干部对结菜麓屯建设成为美丽乡村的设想十分重视，对结菜麓屯在此过程中的努力提供大力帮助。2019年8月10日，江宁镇人大严永副主席、江宁镇政府黄志华副镇长、江宁村第一书记邓昌运和村委会主任朱其欢一起到结菜麓屯召开了全村动员大会。会上，严副主席、黄副镇长、村主任都分别做了动员讲话，并播放电影宣传美丽乡村"三清三拆"的国家政策，让村民们了解了国家在乡村振兴方面的一些政策措施。如此一来，美丽乡村建设的设想就渐渐走进村民的心中了。

当然，在宣传动员方面，仅仅给村民普及国家在乡村振兴方面的一些政策措施，宣传动员的力度还不是很大。特别是有一些村民对结菜麓屯建设美丽乡村要实施的"三清三拆"工作还有一定的顾虑，因为这意味着要拆掉那些破旧的房子。村民们对这些破旧的房子还是很有感情的，家中不知有多少代曾经在屋顶已千疮百孔的老房子里面住过。不仅如此，村民们想着留个念想，还可以放一点平时不用的杂物，避免风吹日晒雨淋。而村里建设美丽乡村，开展"三清三拆"工作以后，这一切都将不复存在，心中难免有所不舍。

为此，结菜麓屯党支部又组织村民代表外出考察六次，带领村民到十丈村、南宁、美丽南方等美丽乡村先进建设村屯参观学习。村民们走出家门，看到外面的这些美丽乡村先进建设村屯，与结菜麓屯对比，差距是不言而喻的。特别是走在这些美丽乡村先进建设村屯里，跟在自己村里的感觉完全不一样。在这里，随手一拍都是风景照，赏心悦目。外出考察先进建设村屯，村民们目睹了乡村振兴后的美丽景色，除了惊喜与振奋外，也激发了把结菜麓屯建设成为美丽乡村的积极性；同时，也加深了村民们对国家乡村振兴的理解，在建设美丽乡村方面有了现成的经验可借鉴。

结菜麓屯通过向村民宣传、外出考察先进建设村屯等多种形式开展丰富多彩的生态宜居美丽乡村建设宣传教育活动，增强了村民的认同感，生态宜居观念深入人心。打铁要趁热，之后，江宁镇党委莫运洲书记、严永副主席、江宁村第一书记邓昌运和村主任再次到结菜麓屯召开动员大会，莫运洲书记做了重要讲话，有了前面的铺垫，这次的村民宣传动员大会取得了良好的动员效果，村民们的顾虑烟消云散了，情绪十分高涨。村民思想统一，全屯一条心，一致同意把结菜麓建设成为美丽乡村，大家毫不犹豫地签名按手印。村民们都认识到了自己是生态宜居美丽乡村建设的参与者、实践者和贡献者。参与其中的责任感、荣耀感让大家不遗余力地投入生态宜居美好家园的建设中。宣传动员这么快取得村民们的一致同意，镇政府和结菜麓屯党支部是最强的助推力。

党员带头，共创新家

"幸福都是奋斗出来的"，这是习近平总书记 2017 年 12 月 31 日新年贺词中的话。在这句平实质朴的话语里，饱含着亲民情怀。这句话催人奋进，也点燃了亿万人民奋发向前的激情。这句话，嵌在结菜麓屯屋子的墙上，时时刻刻提醒着结菜麓屯人通过奋斗来建设美丽乡村，共建美好家园，创造幸福生活。

有了伟大的设想，在宣传动员上取得全屯村民的一致同意之后，就必须把"结菜麓屯建设成为美丽乡村"这个伟大梦想付诸实践中去。在结菜麓屯的美丽乡村建设中，党组织发挥了重要的先锋模范作用。江宁村结菜麓屯共有 9 名党员，党员积极参与建设美丽乡村。为了更好地进行美丽乡村的建设，早在 2019 年 8 月，结菜麓屯就成立了党支部，同时党员组织成立了结菜麓屯乡贤联谊会，以带动更多村民参与美丽乡村建设中。在结菜麓屯党支部的带领下，党员干部积极参与结菜麓屯美丽乡村建设中去。令人感动的是，原籍结菜麓屯的党员领导干部听说结菜麓屯即将实施建设美丽乡村的设想以后，也都在百忙之中抽出空来，纷纷回乡参加"三清三拆"工作。为此，结菜麓屯党支部还特意举行了领导干部回乡"三清三拆"活动，党员干部们纷纷响应，积极参与其中，为村民树立了榜样，激发了村民参与美丽乡村建设的积极性、主动性，很大程度上发挥了党员的先锋模范作用。有了党员干部的榜样力量支撑，村民们都十分积极地参与结菜麓屯美丽乡村建设的队伍之中。尤其是村民们在未知是否有项目支持的情况下，也都纷纷让出自家的土地，为建设美丽乡村、创造美好家园贡献自己的一份力量。

第二章 生态宜居

■ 江宁镇江宁村结菜麓屯村民在清理山岭

2019年8月16日早上,结菜麓屯的村民积极行动起来修整路基,打扫干净各个角落,男女老少干劲十足,干得热火朝天。博白县乡村办刘文武主任和镇党委莫运洲书记看到党员干部和村民们顶着毒辣的太阳,满头大汗,衣服湿透了也顾不上,心中非常感动,不断为大家点赞。2019年9月4日早上10点,江宁村结菜麓"三清三拆"工作正式启动。自治区粮油局办公室主任朱其俊,县委常委、统战部部长孙保强,江宁镇党委书记莫运洲分别讲话。村民代表朱其云、朱汝雄分别做了表态发言。启动仪式后,在清拆现场,随着挖掘机的轰鸣,一间间乱搭乱建的房屋,一排排临时工棚、板房顷刻之间被拆除,一堆堆建筑垃圾、乱堆乱放物品被清运干净。党员干部和村民们上下一心,投身美丽乡村建设,共同美化家园。不久的将来,结菜麓屯一定会形成爱家乡、爱劳动、讲文明的淳朴民风。

乡村建设需要由"输血"变"造血"，结菜麓人深深地明白其中的道理。在空暇之余，结菜麓屯党支部委员、乡贤联谊会理事会、公司董事会经常开会讨论如何健全乡村振兴的长效机制。他们一致认为要提升乡村的"造血"功能，如果仅仅依靠"输血"，那么是很难持续发展下去的。经过多次与镇党委政府、上级沟通，他们争取到了一个重大的项目，在结菜麓屯的土地流转中建设1000多平方米的扶贫车间。建成后将吸纳600多人就业，从而带动村子的发展。他们还争取资金建设高密度水循环养鱼基地1200平方米，预计年产鱼60000千克，增加收入60万元。

此外，党支部书记朱光喜、乡贤联谊会理事长朱汝雄、结菜麓公司董事长朱其云、退休干部黄立娟组成了乡村建设筹备组，助推生态宜居美丽乡村建设。"建设美丽乡村的过程中，我们遇到的最大的困难就是资金。没有足够的资金，我们就很难实施美丽乡村设想中的项目，特别是大的项目。"结菜麓公司董事长朱其云说。面对资金不足的困难，乡村建设筹备组组员们积极争取各方资源。一方面主动与当地的领导干部联系，争取项目、争取资金美化家园；另一方面，积极动员当地户籍的老板回乡建设，还找当地的工匠、建筑人员、工程车一起参与进来。

"一滴水只有放进大海里才永远不会干涸，一个人只有当他把自己和集体事业融合在一起的时候才最有力量。"群众的力量不可估量，生态宜居美丽乡村建设离不开群众。为了拥有足够的资金，乡村建设筹备组的组员们挨家挨户动员农户参与，登记旧房、土地面积。"我们都想把自己的家园搞得美丽整洁一些！"村民们不论钱多钱少，自愿捐款，为共建美好家园献上自己的一份力量。如今，乡村建设筹备组共组织捐款30多万元，争取到上级乡村建设资金26.8万元，为打造美丽乡村奠定了基础。

有了经济基础，党员干部牵头注册成立了广西结菜麓现代农业发展有限公司，吸引村民以资金入股、土地入股、土地流转等形式加入公司，共同建设了现代生态农业产业园。通过公司、农户、土地三个方面的有机结合，调整了村里产业结构，助推和护航村集体经济。目前已完成土地流转500亩，其中种植蜜柚100亩，花卉20亩；正在规划建设300亩森林公园，推动结菜麓屯在美丽乡村建设中向前迈进了一大步。

取得多成效，展示新风貌

2019年以来，博白县江宁镇江宁村结菜麓屯按照"产业兴旺、生态宜居、乡风文明、治理有效、生活富裕"的总要求，坚持党支部引领，以建设生态宜居美丽乡村为导向，努力践行"绿水青山就是金山银山"发展理念，紧紧围绕乡村振兴目标任务，全力推进全域农村人居环境整治工作，大力推进民生工程建设，努力促进乡村和谐稳定，因地制宜推进脱贫攻坚和谋求产业发展，绘就了一幅乡村振兴的新图景。目前，结菜麓屯在生态宜居美丽乡村建设中呈现了一道道美丽的风景：蜜柚基地、高密度水循环养鱼基地、文化长廊、公共洗手间、家族祠堂以及森林生态公园……

待到明年春天，柚子花开香满屯，这是结菜麓人对蜜柚基地的美好期盼！"红宝石"作为蜜柚的代名词，来源于泰国南部洛坤府市的

■ 江宁镇江宁村结菜麓屯蜜柚生产基地

巴帕南县，是近几年才进入我国的柚类水果。这个品种的蜜柚和别的柚树不一样，由于它的售价不菲，一般在高档超市才有售卖，所以大部分人对它比较陌生。结菜麓屯在建设美丽乡村的过程中，结合本地的气候和地理优势，2020年2月，结菜麓屯村民在清理后的山岭种上了100多亩蜜柚；在文化长廊、文化广场、扶贫车间和养鱼基地的周围都能看到蜜柚树的身影。如今，一走进蜜柚基地，一棵棵绿油油的蜜柚树迎风起舞，茁壮成长。

蜜柚树的枝干看起来与其他柚子树并无差异，深褐色的树皮微微有点褶皱，越往下树皮的颜色越深。在柚子树的上面，嫩绿的牙尖和小蜜柚果都是葱绿色的，摸起来毛茸茸的，还略带着一股叶子的香味儿，这是"红宝石"与其他柚子树的区别所在。在蜜柚基地，结菜麓公司董事长朱其云找到一棵开了几朵花的蜜柚树，像珍宝般欣赏。蜜

第二章　生态宜居

柚树刚种下不久，树苗还小，它的根深深地扎进砖红色的土壤里，枝干向外伸展着，那几朵小花在阳光下尽情绽放。一片片洁白的花瓣旁边，有几个嫩黄嫩黄的花蕊探出头来，吸收着日月精华。当你俯下身子向柚子花凑过去时，一阵柚子花的芳香就会扑鼻而来，让人有种心旷神怡之感。这种蜜柚四季都会开花，以后整个村子常年都能闻到淡淡的蜜柚花的芳香，香味持续一周以上。蜜柚基地紧靠着文化广场，等到明年春天村民们来到这里，就能闻到阵阵扑鼻而来的柚子花香，随后不久就会迎来一个个硕大的蜜柚果。村民们生活在这样的环境里，仿佛置身花园，幸福指数定会大大提高。

　　不用挖鱼塘也能养鱼，这是在农村少见的场景，结菜麓屯却做到了。他们打造了一个高密度水循环养鱼基地，有着与传统养鱼不同的地方。来到养鱼基地外面，有好几个负责打理养鱼基地的爷爷奶奶正在那里专心致志地工作。他们看到有来访者，就停下手中的工作，跟朱其云董事长打招呼，而后打开了养鱼基地的门。在高密度水循环养鱼基地外面，便听到了潺潺的流水声；透过铁丝网看，里面有好几个大容器。走近一看，碧绿的水里，大大小小的鱼在游动着，时不时还把脑袋探出水面吐几个泡泡，有趣极了。旁边有一口水井，几根水管交错分布，给养殖容器源源不断地输送水。

　　养鱼基地下便是蜜柚基地。从养鱼基地望去，一大片绿油油的蜜柚树映入眼帘，十分优美。"我们之后会开发这个高密度水循环养鱼基地，利用井水来养殖，相当环保。之后再从养鱼基地这里引一条水到下方的蜜柚基地浇灌蜜柚树，一水多用。"结菜麓公司董事长朱其云面带笑容说道。用天然无污染的井水来养鱼，再用养鱼的水来浇灌蜜柚树，既让水资源得到了循环利用，又使得养鱼和蜜柚有

101

所收获。结菜麓人用自己的智慧，取得了多种成效，这也是结菜麓屯的先进之处。

循着淡淡的芳香，结菜麓又一个充满着传统风味和现代气息的特色景观映入眼帘——文化长廊。这是结菜麓屯生态宜居美丽乡村建设的又一成果。在以前，这里曾是一条小水沟，水沟的两旁长满了茂密的杂草，潺潺的流水从这里流过，不时能看见小鱼、小虾在水里欢快地畅游，你追我赶的，热闹极了。

"像那条长廊，利用一些旧物件搭建出来，否则几年以后就很难看到这些旧物件、旧材料了。"朱其云董事长望着不远处的文化长廊感慨道。为了更好地保留传统的建筑风味，结菜麓屯的村民在参观了先进建设村屯以后，充分借鉴了别人的经验，鼓足干劲，将"三清三拆"

■ 江宁镇江宁村结菜麓屯文化长廊

拆下来的房瓦、房梁、木条以及以前用的水缸这些旧物件都充分利用起来，建造了这座保留着一些传统古朴文化韵味，又蕴含着现代气息的文化长廊。它就坐落在结菜麓屯的文化中心和蜜柚基地中间。文化长廊的顶上，是一个倾斜的鲤鱼鳞片状的屋顶，由一片片老房子房顶的瓦片组成。一根根老房子的房梁和板条支撑起了这个长廊。远远看去，颇具老房子的传统气息，看起来很有亲切感，容易引起人们的乡思。长廊屋顶的下面，分布着两排竹子做的栏杆和长长的竹椅，现在已成了蛋黄色。走近一看，文化长廊的地板也是用旧房子的木板做成的。走在上面，会听到一阵"哒哒哒"的声音，别提多美妙了。几个旧式大水缸的旁边，一个五颜六色的大水车正在一圈又一圈地转动着，哗哗的流水声夹杂着偶尔几声鸟叫声，这种藏在文化长廊里的喧闹正是村民蓝图里画好的。

水车的旁边有几个中年妇女有说有笑的，她们正倚着栏杆拍照，脸上洋溢着笑容，看起来有种想把结菜麓屯这优美的景色尽收进相机里的冲动。尽管到了秋天时节，结菜麓还依旧艳阳高照的，走在路上，一颗颗豆大的汗珠顺着脸颊滑落。在这样炎热的天气里，文化长廊便成了一个乘凉的好地方，一阵阵微凉的风吹来，给人们送来了清爽。这不，在干了一个早上的农活以后，有个村民直接躺在竹椅上呼呼大睡起来，睡得可香了，而文化长廊也在这个时候充当了农忙劳累的村民们的一个休憩的舒适场所。正是这样普普通通的文化长廊，保留了传统的文化气息，留住了结菜麓人浓浓的乡愁，为生态宜居美丽乡村建设又增添了一道亮丽的风景线。

如果说蜜柚基地飘来的是沁人心脾的花香，文化长廊增添的是浓厚的文化气息，那洗手间则反映了村民审美意识的变化以及幸福指数高不高的问题。厕所问题是事关百姓福祉的大民生，蕴含着人民至上的深厚情怀。持续用力、久久为功推进"厕所革命"，是对标全面建成小康社会，对接乡村振兴战略，对表人居环境整治和文旅公共服务融合发展，全面助力建设生态宜居的美丽乡村的重要举措。

在结菜麓屯祠堂的旁边，坐落着一个小院，小院的门上挂着一个竹灯笼，屋顶由瓦片组成，旁边砖红色的围墙上有一块地方，涂上了蛋黄色的颜料，"不忘初心，牢记使命"这八个红通通的大字镌刻在墙上。走进小院一看，一排竹椅整齐地排列在那里，供村民们休息，最里面的是结菜麓屯的公共洗手间，一个微型菜园紧紧挨着洗手间。微型菜园那一抹油亮的绿色与卫生间淡淡的蛋黄色互相辉映，清新雅致。菜园与洗手间的建设，都非常注重防止蚊蝇的滋生，以免通

■ 江宁镇江宁村结菜麓屯祠堂内的朱子家训

过排泄物传播病菌。这为村民提供了安全健康的生活保障，有利于打造全新的农村新面貌，改善结菜麓屯的人居环境，提高村民生活环境的舒适度。

"树本有根，水本有源。"在生态宜居美丽乡村建设的背后，指引结菜麓屯人向着建设美好家园奋进的，离不开结菜麓人世代相传的家训和家风。走进几道门，迈进结菜麓屯的祠堂，仿佛翻开了一页页结菜麓屯的历史篇章。祠堂是家族变迁史的集中地，也是一个地域的民俗博物馆，是家族的精神家园。它作为一个家族的象征，其含义与意义是非常深远的，是结菜麓人承前启后、继往开来的精神基础。

原来的祠堂破旧，在村民们合力翻新改造过以后，祠堂的面貌焕然一新了。祠堂里面的窗子变成了天蓝色。在祠堂祖宗祭祀的桌子旁，

■ 江宁镇江宁村结菜麓屯祠堂

"不忘初心，牢记使命"八个红字，刻在祠堂两旁深褐色的砖上。这个位置十分显眼，走进祠堂的最后一重门便能瞧见，时时刻刻提醒结菜麓人不忘祖祖辈辈留下来的嘱托，牢记如今建设生态宜居美丽乡村的重大使命。为此，结菜麓人还由本村的书画人才朱汝焕将世代相传、有着悠久历史的朱子家训和朱子家风书写在结菜麓屯的祠堂里面，这是结菜麓人的祖先留下的宝贵财富。将朱子家训和朱子家风书写在墙上，传授给下一代，提醒后人谨记历代贤祖的品德风范与功绩，继承世代相传的家训与家风，知过去想未来，以此激励结菜麓人鼓足干劲，在生态宜居美丽乡村建设的道路上越走越远，共同创建美好幸福的家园。

立足当下，展望未来

"绿水青山就是金山银山"，这是习近平总书记提出的重要理念。结菜麓人将此理念贯穿于生态宜居美丽乡村建设的全过程中。他们坚持走生态优先发展之路，尊重自然、敬畏自然、顺应自然，促进生态宜居，推动乡村振兴战略。"我们规划在后山建设一个500亩左右的森林公园，保留山岭原有的松树和其他品种的古树的同时，也利用土地的优势，在山上种上一大片蜜柚树。这不仅可以美化乡村风景，也可以带动生态旅游业的发展。"朱其云董事长介绍道。2019年，结菜麓的村民齐心协力在后山开了一条环山公路，相信在不久的将来，森林生态公园的宏伟蓝图将会变成现实，结菜麓屯的村民们闻着柚子花香在景色优美的森林公园中漫步、野餐、居住……

实施乡村振兴战略，是党的十九大做出的重大决策部署，是决胜全面建成小康社会、全面建设社会主义现代化国家的重大历史任务。农村美不美、环境优不优、农民富不富，事关全面建成小康社会，事关广大农民的根本福祉，事关农村的社会文明和谐。生态宜居在其中发挥着举足轻重的作用，是广大人民群众美好生活的需求。因此，广大乡村要深刻认识实施乡村生态振兴的重要性和必要性，坚持生态优先、绿色发展，扎实推进农村人居环境整治，加快农村"厕所革命"，完善农村生活设施，建设好生态宜居的美丽乡村，推动乡村振兴健康有序进行，为建设壮美广西而努力奋斗！

那卜镇围屋：打造宜居那卜

■ 曾瑞婷

党的十九大做出了关于实施乡村振兴战略的重大决策部署，其中建设宜居乡村是乡村振兴的重要内容。实现宜居目标，应着力在"宜"字上下功夫。何为"宜"？《说文解字》曰："宜，所安也。"是指让人感到舒服和安适。乡村建设遵循人与自然和谐发展规律，从各方面入手打造宜居乡村，让百姓住得舒服与安适。

近年来，全国各乡村积极响应乡村振兴政策的号召，大力开展建设工作，在此背景下，广西博白那卜镇以百年围屋的修缮为中心展开整治。从老百姓最关心的环境、住房、村风民俗等方面入手，打造宜居那卜，给民众一个住得舒心、住得放心的那卜村镇，那卜未来可期。

环境宜居——以客家百年围屋修整为中心

资料显示，那卜镇位于广西博白县南部，东南与广东省廉江市长山镇相邻，总面积63.29平方公里。全镇通用客家话，属客家镇。

明清时期是客家人入桂的高潮，博白是客家聚居大县。客家人迁

第二章　生态宜居

■ 那卜镇那卜村三角梅后的庞氏围屋

入之后，落地生根，购置田产，繁衍生息，移风易俗，直至今日。其中有一部分客家人迁居至那卜镇，生活至今。从前客家人为抵挡外贼的侵犯，修筑客家围屋，一族人共同居住，同心协力，从而形成了团结奋进、相亲友爱的客家文化。百年来影响至今，为今天的宜居乡村建设打下了基础。

　　博白有许多客家围屋建筑，比如，大垌镇凤坪村卧龙岗陈氏围屋、沙河镇礼安村客家围屋等保存较好的城堡式围屋。那卜镇那卜村的百年围屋也是历史悠久的、现今保存较好的围屋之一，更多显现的是建筑风格上的与众不同。那卜围屋周围种植有许多三角梅，这些三角梅花团锦簇，享受着暖阳。在三角梅背后，就是那座百年客家古宅——博白那卜庞式客家围屋。

这座"高龄"围屋的故事得从百年前谈起。它的先祖名为庞一诚，他是随先祖前辈族人来此居住的。庞祖公曾任广东琼州府（今海南省）乐会、感恩、昌化县文书，原配妻子朱氏是大地主家的闺秀，家境殷实。庞祖公在与家人商量后，约在清朝同治年间，决定参照南方著名建筑"三座九拖廊"的格式，建造庞氏新屋祖堂。在建造新屋之前，庞祖公请地理先生勘察过风水，选中一块"螺地"，说这里是一个"三螺饮水，丁财两发"的吉祥之地，也就是今日的那卜。围屋建成之后，庞氏族人聚居于此，直至今日。

据当地村民说，百年前曾经有强盗来这座围屋打探过。他们看这座房子富丽堂皇，估计是一户大户人家，便想抢劫，为此还做了十分

■ 那卜镇那卜村庞氏围屋全景照

详细的计划,对攻克这座围屋有很大的信心。但是后来这帮歹人发现围屋不仅外面有厚厚的围墙和炮楼,里面也是四通八达,易守难攻。围屋里面,庞氏先祖先是稳定人心,鼓舞士气,而后明确分工,有人守门,有人在炮楼上支枪反击,有人安置妇女儿童等。最后奋力反击,几个回合下来,贼人败下阵来,而庞氏族人不伤一兵一卒。在庞氏先祖带领下,庞氏族人团结拼搏,以少胜多,一战扬名,从此往后便很少有贼人来犯。尽管过去了100多年,但是这段历史仍旧鲜活地留存在族人们的脑海中,上至耄耋老人、下至几岁娃娃都能绘声绘色地讲述。

"忠厚卫家入则孝出则悌,文章华国幼而学仕而行",150多年间,住在围屋的庞氏族人一直恪守祖训,传承着团结友爱、奋力拼搏的精神。庞氏族人围屋防御的是敌人,积淀下来的是团结与奋进的精神。这些精神已深深融入作为客家子孙的庞氏族人血液中。走出围屋的庞氏族人们,奋斗天地、报效祖国,先后涌现出如庞作宏、庞正杰、庞维、庞昌、庞博、庞邦意、庞捷、庞邦强、庞邦成、庞强等一大批在各行各业大有作为的能人。但只要是围屋里的人,就无论穷达、不论高低,个个都心系家族、关心族人,都是血肉至亲的兄弟姐妹,俨然是相亲相爱的一家人。如今,庞氏族人不断壮大,还成立了以庞作祥等人为首的理事会。理事会成员负责族内各项事务。从围屋中走出去的庞正安老师颇为感慨,他深信,时光飞逝,这座百年建筑伴随着老一辈的成长,是留住族人的精神家园。

150多年的沧海桑田,在最辉煌的时候,围屋曾有200余族人居住。岁月荏苒,时光变迁,这座百年围屋虽保存完好,却不再适合大量人口居住。于是,许许多多的族人搬离围屋,在附近建房居

■ 那卜镇那卜村庞氏围屋内部

住。围屋整体是三横九纵,即三条横屋、九条走廊,中轴线主屋,类似中原殿堂式民居。这座百年围屋不似福建一带圆筒城堡型的客家围屋建筑,这里更多是方正、对称的。方方正正的建筑更牢固,采用我国民族传统建筑工艺中先进的"抬梁式"和"穿斗式"混合结构,屋内厅堂与天井较多,使得百年来围屋部分虽有破损,但主体部分仍"风雨不动安如山",保存完好。围屋后侧树木荫翳,周围田野绿油油的,夹杂着庞氏后代的新房,以老宅为辐射基点占地很广。在距离老宅前约10米处是两座方正的尖头屋,两座大屋如同两位守护神一般,一边一个,挡住围屋的主体,巧妙露出漆红的大门。院内那株100多岁的高龄阳桃树,伴着庞氏13代族人,与围屋做伴度过了百年光阴。

围屋在岁月的洗礼下略显沧桑，墙皮有些脱落。从围屋的一道门望进去，正上方是一列由块块青砖砌成的镂空花窗，两侧花窗嵌有琉璃。百年风霜，青砖表面已然脱落，露出斑驳的墙体。围屋左侧是曾经用于防御的炮楼，60多年前被老虎头的一场大洪水冲垮，只在墙壁上留下用来放置枪支的痕迹，主体依然坚固。

墙皮脱落，青草丛生，曾经辉煌的围屋经日晒雨淋已成危房，对村子的形象和环境造成很大影响，对庞氏族人而言更是一块沉重的心病，修缮围屋工作必须提上日程了。庞氏理事会召集庞氏族人以及广大村民募集资金进行修缮，共获得百余名族人捐款。在做了许多准备工作后，2019年6月30日，围屋修缮正式开始。在修缮过程中，理事会成员不管风里雨里定会及时去查看进度，保证修缮的工程顺利进行。很快，围屋修缮完毕。此次围屋的修缮并没有对内部做大的改动，只是翻新墙壁、清扫地砖、修复花窗、修整外围等，工程结束后，庞氏族人在墙面上做了一块功德碑，详细记录了族人的捐献情况，记录了为围屋奉献的村民及族人名单，也为后人树立了团结友爱的好榜样。

修缮过后的围屋焕然一新，村民心中美好的家园蓝图得以实现。"围屋本来就是我们大家心中的圣地，是我们族人最开始生长的地方。这次修缮了围屋，了却我们的一块心病，同时也让村貌得以改变，环境变好了，我们也住得更加舒服！"八哥开心地说道。八哥是村里的理事会成员之一，也是庞氏的后代。日常里庞氏家族的大小事他都会操心，对于此次围屋的修缮他付出了极大的努力。

除了对围屋主体部分的修缮，理事会还与村干部联手，把围屋周围的环境进行了修整。对于脏、乱、差的地方进行彻底清扫，在围屋周边砌上围墙，围墙上边刷上新标语"文明连着你我他，新风吹拂

那卜镇那卜村庞氏围屋一角

千万家""大力实施乡村振兴战略,谱写新时代乡村发展新篇章";贴上村规民约、家风家训;挂上便民工作栏……在围屋前的大块空地上放置运动器材,种植树苗,摆上盆栽三角梅;给公共食堂购买齐备的厨房用具等。"在整改围屋以及周边环境之后,环境变好了,村民开心,我们放心。那卜村整体村风村貌得到改善,村民的环保意识有所增强,乡村更宜居了。"那卜镇政府干部黄振华时刻关注着那卜的环境建设,常给理事会以及村干部支着。看到那卜的变化,他感到十分欣慰。

近来,因为环境的改善、围屋的修缮,吸引了一些游客前来参观这座百年围屋,给村里带来另一条发展致富的出路,但"路漫漫其修远兮",那卜还需继续努力。习近平总书记强调"绿水青山就是金山银山",保护环境美,就是保住"金山银山"。打造宜居乡村,让村民在美丽的环境中住得舒适、住得安心,是提升村民幸福感、获得感的重要举措。

住房宜居——新时代的"新"围屋

自古"安居才能乐业",要让老百姓宜居,住得舒适非常重要。走进那卜不难发现,围屋经过百年时光后,许多村民搬出围屋,但没有远离,而是在围屋周围建造新房。一般是一家一栋,星星点点,宛如一个大棋盘。随着人口的增多,那卜土地面积已不足够划分给每一家每一户,宅基地面积太小也无法建房。乡村父老没有合适的房子居住,

■ 那卜镇那卜村庞氏"新围屋"后花园一角

就不能称之为宜居乡村，也不能让百姓满意。如何解决住房问题，成为那卜急需解决之难题。

"在乡村振兴的路上，不能让任何一个村民落下队伍！"为了解决那卜居民的居住问题，那卜政府领导班子与村干部、理事会积极协商，收集村民民主协商统一后的意见，借鉴其他乡镇措施，很快制订了解决方案，达成一致，那就是建造新时代的"新围屋"。那卜是客家聚集地，客家人在这里建造围屋是为了防御。而今那卜村效仿祖辈，用以解决如今的难题：建造一栋新房子，供那些没有得到土地或者不想要土地只想要房子的人居住。所以这座房子被大家亲切地称为新时代的"新围屋"。这样的决定，让那卜这个大家庭更加温暖、团结。

"新围屋"不仅仅是供人居住的房子，更多的是那卜干部的辛勤付出、那卜人的团结友爱的体现。在建造过程中，许多人为之付出努力。先是由那卜村理事会成员带头，召开村民大会，传达建造"新围屋"的建议，与村民商量建造的具体事宜等，很快就开始动工。因为"新围屋"是一个新概念，理事会在传达之时少不了做村民的思想工作，村民也十分理解和配合。他们经过层层筛选，在村中征用一块"风水宝地"作为宅基地。这块地不再是一方普通的土地，而是被寄予对美好生活向往的乐土。而后，理事会召集村民为宅基地房屋的建设出钱、献力。房子建成之后，有需要的村民可选择居住其中，不需要居住在此的村民则可获得一份补贴。这样的方式，不仅解决了村民的居住问题，使那卜人为实现乡村振兴的目标而更加团结友爱、拧成一股绳。

当然，"新围屋"的建造过程不可能是一帆风顺的，其中也有许多坎坷。族内大小事务基本上由家族理事会操心。理事会的成员大多是

第二章 生态宜居

■ 那卜镇那卜村庞氏"新围屋"后花园一角

兼职，都有自己的事要做，也十分忙碌，有时难以兼顾房屋的建设工作，只能几个成员之间相互配合，相互换班去查看。政府也极为关注，给予许多帮助与支持。政府派人员协助工作，及时帮忙解决在房屋建设中遇到的各种困难。村民也十分配合，许多村民反映这本就是关乎村民自己切身利益的事，却麻烦理事会劳心劳力，所以他们一致决定能帮则帮。于是，在建造房屋过程中，时不时有村民自愿送来自家种植的水果或者饭菜，为建筑工人准备饮水等。村民虽未具体参与建设工作中去，但是他们的"后勤"工作十分到位。"新围屋"的建造不是一个人在奋斗，而是整个村都积极奋斗着。

在房子建设过程中，那卜镇政府干部林博涛参与了全过程。他作为一名青年党员，刚从大学毕业就报名成为选调生，自愿来到那卜为乡村振兴事业奉献力量。如今他已工作一年多，谈起那卜的"新围屋"建设，他表示政府十分重视，在乡村振兴方面有积极的行动。村民也

117

■ 那卜镇那卜村庞氏"新围屋"部分

很团结，不计较个人利益，积极捐钱献力，是多方力量的合作，才让这栋房屋迅速地建造起来，让更多的村民有房可住，有家可居，找到自己的归属感。目睹这栋房子从无到有的过程，那卜退休老干部、理事会成员之一庞正科感慨乡村正在一步一步变好，从以前的脏乱差变得整齐干净。现在村中的基础设施不断完善，有了这样的"新围屋"，村民居住得更加舒心。

这座"新围屋"并不是传统的客家围屋，也不似福建那种圆筒建筑风格，可以把它称为那卜村自建的"商品房"。那卜的商品房一层两户。被赋予团结、友爱之意的"新围屋"，凝聚的是大家的艰苦奋斗，是乡村宜居的象征。

"新围屋"建造在旧围屋的后侧方,以"旧"建"新",如同习近平总书记所说的"不忘初心,方得始终"。建造房子也要不忘来时的路,寓意深刻,饱含情感。"新围屋"的大门面向田野,各种农作物环绕,房子外部的米黄色瓷砖一块一块地在阳光下闪耀着,温暖人心。楼共7层,一梯两户,每户人家都是四房一厅一厨一卫。在底层为每个住户准备了一间储物间,每户人家都有完备的水电设施,基本可以满足生活居住问题。每户人家的房型一样,但内部可自行装修,非常自由。墙壁刷白,有人安装空调,有人购置洗衣机,有人装修成欧式风格,有人喜欢中国古典风,各有特色。这样的"新围屋"让那卜村人过上了城里的生活。

　　那卜类似商品房性质的"新围屋"在博白并不多见,也是区别于其他村镇的特色之一。在"新围屋"里居住的是同村的人家,他们同宗,住在同一栋楼中,相亲相爱,完全就是一家人。"我们村的人都是兄弟姐妹,住哪儿都一样,况且新房子这么亮堂干净,环境很好,我也愿意去尝试,感觉住得很舒服。"这是"新围屋"建成后第一家住户发出的感叹。除去房屋主体的基本配置,这栋"新围屋"还带后花园。后花园与庞氏围屋相邻,花园东南方向有一片竹林,竹子很密,夏日可用来遮阴。花园外围整齐排列着绽放的三角梅,花园里还种植了许多芭蕉树。芭蕉个个紧靠,象征了村民的团结友爱,是整个花园的点睛之笔。

　　在"新围屋"里,一家饭香,飘香四溢,一声"吃饭啦"更是引来整栋楼的孩童。孩童们欢声笑语热闹非凡,结伴去一户人家吃饭。主人好客而热情,一片和谐景象。家家户户乐于分享,友爱互助,热情交往,都只怕没好物招待客人。时光不能静止,希望留住美好,人生足矣。

风俗宜居——族宴

有道是：纵有金山银山，难买文化遗产。美丽的环境是居住的重要条件，而怡人的风俗民情更是重中之重。作为客家大镇，那卜人团结友爱、奋力拼搏，许多年轻人外出奋斗，留老人们在家。但每当大节将至，无论男女，不论老少，会从祖国的四面八方赶回来，笑颜满面，共庆佳节。

族宴，在那卜与围屋一样，存在百余年了，被那卜人看得十分神圣。族宴很隆重，在这一天里，几乎所有的人都会回来，是整个大家族的大团圆。客家的族宴自客家先祖定居博白后开始，为的是团结族人。开始族宴就是聚在一起吃饭，而后花样越来越多，逐渐地有人准备表演，比如，唱歌、说相声等，十分热闹。据村中老人回忆，每逢重要佳节，村里德高望重的老人便开始组织举办族宴，大人们也开始忙活着，小孩有时也会去搭把手。整个村人为同一件事而努力准备着，热闹而隆重。在族宴的举办中，怎样出钱出力、如何分配任务、怎样表演等都形成了一套完整的规矩体系。族宴，是伴随许多人从童年到老年的难忘记忆，也是在外奋斗的那卜人心底里最深的怀念。族宴为团聚族人、团结邻里起了重要作用。许多在外奋斗多年的那卜人已经在外成家立业，每当佳节来临，还是会推掉工作，携一家老小回来过节。在外奋斗的游子感叹，家族宴会是他们最难忘的回忆，从小就参与其中，作为那卜的一分子，就是走到天涯海角，在族宴举办的那一天，也是一定要回来的。看看村里日新月异的变化，见见多年未见的童年伙伴，与乡邻唠唠嗑，和兄弟姐妹叙叙旧。人，只有不忘根，才能走得更远。

之前那卜举办族宴条件不是很好。如今的那卜，乡村振兴各项活动如火如荼。环境整改后，村貌发生了天翻地覆的变化。在举办族宴之前，理事会经过协商后决定修缮百年围屋前操场的公共食堂，以供族人们回村享受族宴，让族宴办得更完美。同时，理事会号召村民对食堂内部的环境进行整理，打扫清理，刷上新漆，令人耳目一新。在食堂的外围贴上有关村风民俗的新标语，种上一盆盆绽放的三角梅，环境得到了极大的改善。食堂外部预留了五六个停车位，十分宽敞，同时这里也可当作族宴备餐之地。对于食堂内部的划分，理事会早已胸有成竹。公共食堂内部总共划分为三个主要部分，靠门左侧的地方设为厨房日常用具处，大门正中间对过的地方砌了炉灶，架起几口大锅，就是烹饪区了。右侧则整齐摆着数张餐桌。食堂内部的炒菜用具皆已换新，购置新锅具，只为迎接村民回来举办家族宴会。大节将至，当村民们从各方赶回来时，一定是村中最热闹之时。

        现在的家族宴会一般由理事会发起组织。节日前夕，理事会便召集村中老小准备族宴事宜。留村老人们纷纷献力，赶紧把农活做完，留出空余的时间一起打扫操场，擦拭和摆放桌椅。夕阳未落，乒乒乓乓搬桌椅的声音与欢笑声交织在一起，回荡在整个操场上。光阴不怠慢任何人，却对认真生活的人情有独钟。在小河边上的，是那卜的女人们，她们反复刷洗厨房用具。在那卜的族宴上，是不允许女人干重活的，这是规矩，也是传统。男人们必须把重活全都揽下，女人们便做一些轻松的活儿。有了青壮年这一批主力军的回归，族宴的事情便可推进得十分顺利。通常情况下，无须提醒，在外奋斗的游子们自觉处理好工作，一般会提前回到村中。待这些青壮年回来后，族宴的准备工作才正式开始。

天刚刚放晴，太阳露出点点光芒的时候，归家的青壮年们便成群结队地开始准备宰猪杀鸡。女人们制作宴会菜肴，制作工序很是复杂、烦琐，她们却从不为此觉得疲乏，内心充满喜悦。因为人多、菜多，需要大锅，掌大勺的一般是男人，但是少不得女人在旁打下手。为族宴准备了多年菜肴的大婶们感到很开心，一说到族宴她们显现得很是自豪。她们认为能一直举办族宴是族人同心的一种表现，说明那卜人团结友爱。虽说一到族宴就会忙得不可开交，准备菜肴细节烦琐，但主妇们看到餐具干净、齐全，准备起族宴来，很是得心应手。公共食堂周围环境越来越整洁，族宴办得也越来越成功，她们就无比自豪。她们乐于为族宴服务，乐于用自己的勤劳换来族人的快乐。

这会儿的小孩们可更不得了，不用上课，可以专心地玩耍。他们终于见到许久未见的小玩伴们，他们之间也许有些生疏了，但是没关系，几轮游戏下来，大家就无比亲密了。孩子聚集在一块儿，你推一下我，我推一下你，一会儿在地上打个滚儿，哭鼻子也是难免的，吵吵闹闹，嘻嘻哈哈，也是族宴中最动人的乐声。

每逢家族宴会，按规矩，每家每户皆会给理事会发红包，齐心协力，并且讨个好彩头。理事会将这些红包中的钱款，用于采购族宴所需的材料，一项一项，明细在账。考虑到老人无经济来源，凡60岁以上的老人送来的红包，理事会回礼——原封不动地还礼。

族宴开始，宴桌上，欢庆的同时更不能忘了前辈们留下来的传统礼节。宴席上，得由长者先动筷，说"开饭了"，晚辈们才能动筷夹菜，而后有说有笑地开始；小孩儿可以单独一桌，如果上了大人的桌，便不能吧唧嘴和抖腿，不然少不了老人们的一番教育……族宴难得地把大家聚集在一起，宴会过后，人们便自由地观看节目、玩耍、闲聊，好不热闹!

　　村里的老师傅八哥主持了很多年的族宴,他显然十分有经验。在他看来,族宴不仅仅是一次宴会,更是一次族人们心灵的回归,是一件很神圣的事情。"办一次族宴,需要注意的东西非常多,礼节、规矩等许多东西要烂熟于心,才能做好宴会的准备工作。同时还需要很多人的同心协力才能把一场宴会办好。但是大家从来不喊累,只要看到村民们开心,族人们一起欢庆,再累也觉得满足。"八哥看到年轻人回村十分开心,也很高兴大家能聚聚。现今的族宴在这一届理事会的主持下办得十分顺利。怎样把族宴热热闹闹地办下去,如何传承,是八哥等老一辈人面临的难题。八哥同其他理事会成员都觉得族宴是件大事,选"继承人"要谨慎。族宴传承的是一种团结、奉献的精神。他们需得在村中年青一代中挑选懂礼节、知规矩的好"苗子",手把手带年轻人办几次,才敢放心地把工作交给年青一代,这样代代相传,薪火不断。

　　那卜客家族宴传承至今,不仅仅是简单的一次家族聚会,更像是纽带,一个可以使族人关系牢固的纽带。此外,更多的是传承尊老爱幼、团结友爱的家族文化,弘扬客家移居博白保留百年的优良传统,纯洁村风民俗,让村落更宜居。

结语:宜居那卜,未来可期

　　那卜村作为博白县那卜镇辖区内最大的村屯,积极响应乡村振兴的号召,充分落实各项政策。围绕新屋屯和李园屯的百年客家围屋,秉承"有效保护、加强管理、合理利用"的理念,注重拆保结合,合理规划。充分利用古建筑资源,让百年客家围屋"活"起来,打造具有古韵味的乡村振兴示范点。同时针对村中大事进行合理规划,如今的那卜镇,乡村建设初显成效,在每个村都至少打造了一个独具特色的项目,那卜村庞氏围屋就是其中之一。

据了解,在脱贫攻坚和乡村振兴的热潮中,那卜镇充分抓乡村风貌,提升全域综合治理工作。开展"三清三拆"工作,因地制宜,分类施策,以"四步工作法"来推进乡村风貌,提升全域综合治理工作。明确"以点带片,连片成带,全镇推进"的工作思路,以"四片四点一带"全域推进乡村风貌提升工作。以示范村屯建设为重点,辐射带动周边村屯建设,做到每个行政村都有一个乡村风貌提升"三清三拆"示范点。示范点建设在全镇全覆盖,大力推进以那卜村示范点新屋屯为中心的"石咀片"建设,通过示范点的建成打造,辐射周边村屯建设。

乡村振兴自党的十九大提出以后,无数人正为之努力奋斗着。乡村振兴路漫漫,吾辈应当上下求索。不忘初心,牢记使命。接过复兴重任,建设宜居乡村,振兴中国乡村!如今,那卜的宜居建设已具雏形,今后将继续完善、不断发展,全面发动群众、乡贤、能人等各方力量,参与乡村风貌提升、乡村振兴。那卜,未来可期。

永安镇稳子坡：建设美丽乡村

■ 何文兰

生态宜居是乡村美丽幸福的底色。美丽乡村是美丽中国的基本单元。乡村是中国的根，要建设美丽中国，首要任务是全面提升农村生态环境，努力把农村打造成环境优美、生态宜居、底蕴深厚、各具特色的美丽乡村。并积极推动社会物质财富与生态财富共同增长、社会环境质量与农民生活质量同步提高。稳子坡屯紧跟党的十九大的号召，描绘出振兴乡村、规划生态宜居的美好宏图。

——题记

稳子坡屯坐落在一条二级公路旁，有片小小的山姜地。"狗吠深巷中，鸡鸣桑树颠""暖暖远人村，依依墟里烟"，是如今稳子坡屯的写照。这个小小的村落，有着不一样的韵味。走进屯里，夹着山姜花味道的气息扑鼻而来。路边，一条溪流潺潺流淌，溪水清澈见底。村里的房子都靠得很近，天气寒冷之时，就会看见村里的人聚在某家门口，懒洋洋地晒着太阳。宁静、祥和，大概是稳子坡屯的大意。

"三清三拆"赋予生态环境明亮底色

走进稔子坡屯,一间间房屋被山姜围绕着。早晨的阳光,透过阳桃树,洒在画满壁画的房舍上。屋顶上,缕缕炊烟袅袅升起。那条环绕着稔子坡屯的小河,几只翠鸟飞快地掠过清澈的水面,又轻快地飞到对岸的竹枝上。鸭在河里觅食,鸡在房舍门前挖着虫子,正如陶渊明的诗:"鸡鸣桑树颠""户庭无尘杂"。这个小小的村落,带给我深刻的印象。"稔子坡屯本来不是这样的,如今你们所看到的,都是因为改造以后才有今日这番景象",永安镇镇长陈舒帆说道。任何天翻地覆的变化,都有一个艰难的改造过程。

循着一条干净整洁的水泥村道,就可以到稔子坡后山。这里,铺上了人工种植的草坪,放眼望去,犹如一块绿色的毯子。阳光洋洋洒洒地落在草坪上,草坪被金色的阳光笼罩着,甚是好看。在草坪外面,桂花树一片葱茏。

金秋时节,一阵风吹过,桂花的香味扑鼻而来,沁人心脾。村干部刘小军介绍,这后山本来是荒废的山地。开始山上没有种植树木,每逢下雨,总是塌方,给山下的人家造成极大的威胁。从进行"三清三拆"工作以来,这个后山是重点改造的区域。根据实际情况,稔子坡屯改造带头人陈明当机立断,从生态为主要出发点,种植人工草坪和基础的植被,解决了这个安全隐患。更重要的是,经过考察发现,后山环境优美,可以改造为一个生态公园。这样既维护了生态环境,又在这个过程中促进了经济的发展。如果这里改造为生态公园,一方面,会带动稔子坡屯生态旅游产业的发展,并扩大稔子坡屯的知名度;另一方面,种植绿色植被和覆盖人工草坪,很大程度上改善了这片区域的生态环境，更解决了逢下雨天就会塌方的问题。这个重大的举措，使得这片后山青翠欲滴，鸟语花香。村里人每次看着改造得如此美丽的后山，都会发出感叹：没有想到稔子坡会变得这么漂亮！

永安镇镇长陈舒帆说，改造之前的稔子坡屯问题重重。"三清三拆"改造之前，村里有许多破败的房屋、猪栏，这些断壁残垣存在着极大的安全隐患。这些年久失修的房屋大都坐落在道路两旁，是进出村子的必经之路。房屋摇摇欲坠，时刻威胁过往行人的生命安全。除此以外，稔子坡屯的房屋大都年代久远，大量倒塌或废弃的房屋，不仅占用了大量的土地，而且极不美观。更重要的是，近几年来，几乎每家每户都养了猪，但养猪家庭都缺乏生态理念，为了贪图便利，他们把猪的排泄物直接排到河里边。河里粪泥堆积，导致河水散发出阵阵恶臭，村子里臭气弥漫。稔子坡主要种植的是竹子，容易滋生蚊虫，蚊虫一堆一堆地悬挂在竹叶上，严重影响村里的生态环境。种植的大量竹子，经济效益低，又占用耕地，还对生态环境造成损害。竹子的问题也引起了大家的思考。此外，留在村里的大都是老人，他们缺乏保护生态的观念，经常将生活垃圾扔在沟渠里和河里。沟渠、河里垃圾堆积，腐烂的垃圾散发出来的臭气与养猪的恶臭，长期影响着人们的健康。改造后的稔子坡屯，河水清澈见底，房屋错落有序，小小的村落，带给我们的是说不尽的美感。问及稔子坡屯是怎么在如此短的时间取得那么大的成就，村干部刘小军说："都是陈明的功劳，正所谓火车没有车头就跑不了，稔子坡屯没有带头人，也不可能取得这么大的成就。"陈明是稔子坡屯人，在退休之前是永安镇的干部。退休以后，他没有在家享清福，而是立志回到稔子坡屯，立志实现稔子坡屯生态宜居。

回到稔子坡屯，陈明做的第一件事，就是进行"三清三拆"的具体规划。怎样才能让村民们接受这项工程，怎样才能让村民们明白这项工程有百利而无一害呢？他有了主意。他亲自组织村民外出参观考察先进村屯，自费组织理事会成员和部分村民到玉林市五彩田园、亚山镇杨屋屯、江宁镇四联村、福绵镇十丈村参观考察。通过这几次参观，村民开阔了视野，充分认识到稔子坡屯同样可以改造得很漂亮。村民们的这次外出学习，积累了经验，为制订稔子坡屯推进改善农村人居环境、提升全村风貌、振兴农村经济的规划布局，勾勒了美丽的蓝图，如环村屯道路维修扩建，文化广场布局，田园、山岭路的设计，环村污水集中处理，村标设计等，都做了详细的规划，还有材料预算、投资总额、规划到哪里、需要的土地，等等，清清楚楚，一目了然。

在进行"三清三拆"工作前，陈明召集村里人开会。会议在晚上进行，没有开会场地，他们就席地而坐。就整改的大体方向，陈明细心地进行整体的工作安排。村民知道"三清三拆"是有利于稔子坡屯的大事，因此积极性特别高。让陈明没想到的是，在稔子坡屯村干部们的引领下，村民们纷纷站出来，表示会尽最大的努力为村屯的改造出力。有了村干部的以身作则，村民们纷纷都表示可以充当工程的人力。有了充足的人力，"三清三拆"改造之路便轻松多了。村民们积极地参与稔子坡屯建设中来，陈明倍感欣慰。一开始是自己一个人过独木桥，很多事都是自己担下来，说不累、不难是假的。可如今有了以村民为主的集体大部队，他身上的担子减轻了一些。他明白，一群人干活总比一个人几个人干活要强得多。陈明做了具体的规划，开完会次日，就开始热火朝天地动工了。在陈明带领下，全体村民统一思想，真抓实干，"三清三拆"实施过程中，全屯共动用人力1500多人次，挖掘机、铲车、运输车138台次。清理水沟垃圾杂物250多吨，拆除路边旱厕5个，清理残垣断壁、路障20多处，清拆破旧房屋60多间，约2000平方米，清理闲置杂草荒地约800平方米，平整文化广场场地1600平方米。村民们更是自发组织起来，对废弃的房屋进行拆除，清理村道，清理乱堆乱放的生产工具、建筑材料，整理房前屋后和村巷的杂草杂物，清理水沟池塘溪河的淤泥漂浮物和障碍物，等等。进行"三清"工作，任务重时间紧，稔子坡屯村民最大限度地发挥自身的力量，没过几天，村子的面貌就发生了改变。河里沟渠里的垃圾被清理了，不再散发难闻的臭味；房屋周围的杂草清理了，不再是杂草丛生、颓败的样子。更重要的是，拆除旧房危房、废弃猪栏、露天茅房，还有拆除乱搭乱建的违章建筑，拆除违建的广告牌、招牌等"三拆"措施，让稔子坡屯看起来更加宽阔，整体看起来整齐而有序。该清理的清理了，该拆除的拆除了，"三清三拆"工程的实施，给稔子坡屯换上了一个新面貌，接下来该对稔子坡进行更为全面而又全新的改造了。

协调人际关系，打造和美家园

改造之后的稔子坡屯，不仅风景美丽，而且邻里关系和谐，大家有什么事都是有商有量的。陈明记得他回到稔子坡屯开始动员工作的时候，在人际关系方面，是存在许多问题的。村民们做事情大都直来直去，有什么事不满了，都是直接破口大骂，不知道怎么处理，只知道吵架解决。因此，稔子坡屯好几户人家都是老死不相往来，每次在路上见到，都是大眼瞪小眼，谁也不理谁。村民们之间没有团结一致的精神,在"三清三拆"的过程中,就表现得特别明显。大家同在一个屯,相处起来却像敌人一样,遇到什么事情,都是谁也不理谁,以至于最后做的决定谁也不满意。

　　陈明知道,只有人际关系和谐,才能打造和美家园。可如何去改变这种复杂的人际关系,却是一个大难题。在"三清三拆"工程中,陈明将有矛盾的村民安排在同一个小组,虽然他知道这样的做法会使他们的矛盾进一步激化,但是,要想消除彼此的隔阂,还是需要有一定的相处媒介的。刚开始这样安排,有矛盾的几家村民坚决不服从,说要换小组。陈明见罢,知道思想动员的机会来了。首先,他将有矛盾的人聚集在一起,询问他们彼此有什么不满,都可以说出来,说出来了,心自然就顺畅了。可是他们只是你瞪我我瞪你,谁也不说话。见谁也不说话,陈明发话了,他说道:"同在一个村,更应该团结一致,不搞派别,不搞独立,不做无谓的争吵。如果一个村的内部都不团结,那这个村应该怎么走向共同发展、共同进步呢?大家的争端无非是一些小事情,应该彼此把话说开,握手言和,一起努力去建设我们稔子坡屯。"村民们听了,有些动容,虽然他们的矛盾没有彻底解决,好歹没有再提更换小组了。"三清三拆"工程实施的过程中,陈明明显地感觉到,村民彼此的心里已无嫌隙了。他们整日待在一起,一同劳作,一同休息吃饭。在这个过程中,他们彼此相互敌对的冰心冷面慢慢融化了。有矛盾的村民开始相互说话,那就表明解决隔阂的时机到来了。在这个过程中,陈明用了点"小心思"。进行集体讨论的时候,他故意将彼此有矛盾的村民安排到同一个组。在讨论过程中,他们慷慨激昂,积极献策,全然忘了彼此之间的矛盾。矛盾不会是永远的,随着相处,他们都逐渐认识到自己以前的一些做法错误,纷纷表明自己的心迹。"以前有不对的地方请多多包容。""以前多有得罪,希望大家不计前嫌。""没事没事,大家都在稔子坡屯,都是一家人,没有什么得罪不得罪。""现在我们不讲以前的事,我们只讲以后的事。以后的事,就是改造好我们的稔子坡屯。"大家纷纷表态。看到这样和谐的一幕,陈明心里乐开了花。从那时候起,平时老死不相往来的几户人家都冰释前嫌,往来密切起来。人际关系协调了,村民之间的心结打开了,心情也自然舒畅了,以前的一些不愉快,都通通抛到脑后,团结一心,只为打造美好的稔子坡屯。

"在改造的时候,您有没有遇到什么困难?"有人问陈明。他看着一片山姜地,陷入沉思,好久才回道:"困难是有的,其中我觉得最棘手的是转化村民的思想这个过程。"在陈明刚刚回到稔子坡屯的时候,他看到的是一个充满问题且急需解决众多难题的稔子坡屯。稔子坡屯想要解决问题,必须进行一次彻头彻尾的大改造。"三清三拆",首先就需要对屯里的老房、危房进行拆除。但是这些房子是村民们的祖房,拆除祖房,他们能同意吗?村里人世世代代生活在这里,这里的一草一木都与他们建立了深厚的感情,如果大刀阔斧地拆除、改造,村民们会同意吗?该怎样有序进行改造呢?陈明犯了难。

当陈明向村民提出这个提议的时候,果不其然遭到了部分村民的强烈反对。村民的老观念太牢固,认为自家的祖房、田地不能任由别人来改造,怕万一改造了,土地的所有权、房子的所有权就不属于自己了。村民因为对政策的不理解,怕自身的利益受损,纷纷抵制这项决定。村民激烈的反应,引起了陈明的重视。他深知无论做出怎样的决定,都要在尊重民意的前提下,不能一意孤行。只有村民真正地心甘情愿,这项工作才能产生最大的意义。村民们思想观念落后而顽固，那就打通他们的思想。家里人清楚这项工作，家里人是支持陈明的，但是如果村民们想不明白，坚决不同意，这项工作就没法进行。

"世上无难事，只怕有心人"，陈明从来都这么认为。他每天奔走至每家每户，做动员工作。有些村民觉得他脾气够倔，每天这样来回奔波，心里过意不去，纷纷地劝说他别白费力气了，不管怎么样都会有村民不同意的。陈明笑了笑，不说话，只是每天依旧奔波不停。走访动员了一段时间后，陈明发现有些村民无动于衷，无动于衷的原因可能是自己的方法有问题。他换位思考，从村民的切身利益出发，想着该如何用温和的方法，去疏通他们的思想。陈明想了无数种方法，构思了无数次的动员内容。可惜都没有找到合适恰当的方法。"只有知道他们的想法，才能找到好的方法进行动员。"陈明这样想。紧接着，他去找了村里的人做了访问调查。所幸，这项调查村民们是很配合的。陈明根据调查数据，得知了村民们对这项政策反对的真正原因是土地纠纷以及自身利益等问题。陈明从实际出发，先是耐心地向村民解读政策，随后提出自己的构想，并保证不会损害大家一丝一毫的利益。对于大家最为担忧的宅基地权属问题，他明确表示，拆除旧房的宅基地依旧是属于他们的，改造征用的土地会通过土地置换或者现金折现的方式进行赔偿。

陈明站在村民的角度，分析了"三清三拆"的利弊。大部分人的思想开始转变。有些村民主动找到他，表示愿意进行"三清三拆"改造。陈明悬着的心放松了一些，有了大部分人的支持，接下来少数人的思想工作就容易了许多。可惜并不如他想的那样，还是有几户"顽固派"，无论怎样解释分析劝说都不接受。他知道，接下来的工作更加严峻了。思想动员工作没有完全成功,他知道还需要继续想方法。"他们的心总不会是铁石心肠的,古有刘备三顾茅庐,今有陈明无数次访村户。"陈明安慰自己,只要自己坚持不懈,没有什么困难是永远解决不了的。因此,接下来,他每晚都走到这些民户中。村民都说,从来没见过这样执着的人。去的次数多了,没人愿意花时间搭理他,他还是解释着他的规划。做了一段时间的思想工作,还是不奏效。他没有放弃,冷静下来不断反思。平时自己走访做动员工作的时候,村民们都有一种排斥的心理,他说的话没人听,怎么会有效果呢?村民对他是排斥的,如果让别人来劝,会不会效果好点呢?陈明立马做了决定,让已经同意"三清三拆"工程的那些村民去劝说。第二天,陈明找到同意的那部分村民,分工合作去民户进行劝说。这样既提高了思想动员工作的效率,又能收到好的效果。落实到位之后,那些村民就开始行动了。村民之间,不是叔伯兄弟关系,也是乡里乡亲的,不久,果然取得了很好的效果,他们听进去了,了解到了这项改造工程是有百利而无一害的。他们的利益得到保障,又能促进村里的生态。村民大部分都同意了,他知道自己的努力没有白费,思想动员工作总算大获全胜,同时又解决了村民与村民之间的矛盾,稔子坡屯向着人际关系和谐发展的大道,勇往直前。

加强基础设施建设,是生态宜居关键环节

稔子坡屯村落虽小,基础设施却十分完备。道路已经全面实施了硬化,两旁的绿化屏风、一排排路灯映入眼帘,村里的文化广场也正如火如荼地进行改造。"没改造之前,这里的基础设施是极其差

的，可是经过全面的改造，现在的稔子坡屯，基础设施齐全，村民觉得生活更便利了，幸福指数也逐渐提升。"陈舒帆说。笔者了解到，改造之前的稔子坡屯是个极小的村落，从古至今，基础设施不完善，杂乱不堪。农村公路是支撑农业和农村经济发展的基础设施，是农村地区最主要的运输通道。"要想富，先修路"，农业结构的调整、农副产品的深加工，都离不开公路交通提供的基础保障，加快农村公路建设，改善农村生产、生活条件，是发展农村经济、解决"三农"问题的基础和前提。稔子坡屯之前修建的土路，起伏不平，弯弯曲曲，宽窄不一，崎岖难行。尤其是排水不畅，一旦下雨，村道立刻积水，变得泥泞、坑坑洼洼。黄泥和雨水混合在一起，道路滑溜，走在上面就像滑冰，一不小心就会摔成个泥猴。村里老人一到雨天就不敢出门，雨天车辆也容易发生侧滑事故，这给村民的出行和日常生活造成了严重影响，严重地阻碍农村的经济发展。除此以外，以前稔子坡屯没有路灯，晚上行走的时候，一片黑黢黢，行路也极不安全。所谓乡村宜居，就是要生活方便，如果连基本的出行都无法保障，那怎么实现宜居呢？怎么提升村民们的幸福感呢？这个问题必须解决。陈明当机立断，立刻与理事会成员召开会议，提出稔子坡屯道路硬化的措施。村民们听了这项措施，喜上眉梢，理事会和村委会的资金很快就落实了。村民们兴致勃勃，大家同心协力，有钱出钱，有力出力，干得如火如荼。很快，稔子坡屯的各条小道都实现了硬化。纵横交错的道路全部铺上了水泥，干净而平坦，全村环境整洁美丽，改变了以往脏、乱、差的旧面貌，极大地方便了村民的出行。道路两侧进行了绿化，更多了一分现代化新农村的气息。稔子坡屯进行道路硬化，不仅仅是为了美化乡村，改善村容村貌，完善基础设施，更是浇筑了一条通往经济大力发展的康庄大道。稔子坡公路建设快速发展，取得了显著成绩，在消除贫困、促进农村经济发展等方面发挥了重要作用。后来依据发展规划以及村民的文化需求，稔子坡屯又建了文化广场，这是稔子坡屯生态宜居美丽乡村建设的又一大成果。文化广场的搭建，旨在为稔子坡屯村民提供文化滋养，提升村民整体的文化水平。稔子坡的文化广场让村民们有了一个聊天交流的好地方，浓厚的文化氛围在稔子坡屯处处可以体现出来。通过道路硬化、建设文化广场、绿化屏风等各项工作，健全了稔子坡屯的基础设施。在改造进程中，基础设施的整体发展，为稔子坡屯全面发展提供了物质保障。

引领经济发展与生态文明结合的脱贫之路

造成稔子坡屯贫困的重要原因是什么呢？那就是没有产业，没有致富的路子。既要摘下贫困这顶帽子，又要实现生态宜居，经济发展与生态文明相结合是最好的出路。

陈明根据稔子坡屯的地理位置、发展现状等，于2019年12月注册成立了博白县锦康种养专业合作社。合作社主要是以带动村里的产业发展为出发点，创建以种植山姜为主的产业。山姜，为姜科多年生草本植物，不但具有温中散寒、祛风活血的功效，同时还是一种"一年种百年收"的无病虫、无公害的纯天然绿色食品。它的果实可供药用，为芳香性健胃药，治消化不良、腹痛、呕吐、嗳气、慢性下痢等；根茎性温、味辛、能理气祛湿、消肿、活血通络、治风湿性关节炎、胃气痛、跌打损伤等，有着广阔的市场需求。市场上极少有山姜出售，因此价格很高。陈明凭借独特眼光，领导稔子坡屯村民大量种植山姜，稔子坡屯的经济得到了大力发展，村民的钱包鼓了起来，生活也得到了很大的改善，促进了生态环境的和谐发展。种植山姜这条经济发展与生态文明相结合的发展路子，具有光明的发展前景。

但是，成功往往伴随着困难。合作社成立初期，大家都不熟悉合作社的运营，此前屯里也并没有过大量种植山姜的经验，认为投资风险高，更何况合作社还没有稳定，就更没有人敢冒风险加入合作社，一开始全屯只有几个人加入合作社种植山姜。合作社成员少，那就带动不了屯里经济的整体发展，合作社的作用就不能完全发挥出来。陈明知道，这个问题必须解决。让村民相信合作社，扩大合作社的群众基础，成了产业发展最关键的问题。陈明知道，村民们手头并不充裕，大家习惯过稳定低风险的生活，一下子让村民投资到这刚刚成立的合作社，他们肯定有许多的顾虑。为了打消他们的顾虑，陈明从村民的切身利益出发，表明加入合作社的成员，不需要过多投入资金，可以提供田地种植。村民只需要拿出自己少量的田地租给合作社，到收获的时候根据田地多少来分红。这个方法符合村民们的实际，因为近几年来，村里大部分的青壮年都外出打工，家里田地多数是村里老人在管理。有的老人行动不便，家里的田地早已荒废。如今这样的一个形式，把土地提供给合作社，既防止了田地成为无人管理的荒地，又能在合作社产生效益的时候分红。

这样一个符合村民利益的决策，怎么不使村民满意呢？没过多久，合作社成员逐渐扩大到30多人。这项利民的政策引起了上级领导和业务部门的注意。在这样天时地利人和的条件下，又得到了上级部门的支持，合作社得到了加强，问题迎刃而解了，陈明松了口气。合作社规划利用该屯闲置农田、坡地进行大规模的山姜种植的构想终于落到实处。但是实现大规模种植，首先要有大量耕地。稔子坡屯耕地本来就少，而且还有大片的竹林。为空出种植耕地，大片的竹子需要砍伐。征求村民的同意之后，竹林被开垦出来，种植面积得到扩大。

山姜种植面积得到扩大，符合合作社的预期。为了使生产出来的山姜更好地适应市场需求，实现经济效益的最大化，陈明对合作社进行了整体的规划，也就是在销售形式上采用统一采购、统一供种、统一采摘、统一销售的方式运行。与此同时，合作社建立了精准扶贫种植基地，实现了"合作社+基地+贫困户"的扶贫模式。通过技术培训、吸纳就业、入股分红等方式进行扶贫。这是一个"以群众贴身利益"为出发点的方式，有着光明的发展前景。陈明规划在2022年，合作社和江西云食山食品有限公司、玉林惠丰香料有限公司合作，由两家公司以市场价保价回收，公司将收购到的山姜加工成果脯、饮料、香料等食品。2022年，首批山姜预计亩产3000斤，农户年增收每户达2万元以上，村级集体经济收入达8万元以上。博白县锦康种养专业合作社争取建设成为全县乃至全市制度健全、生产规范、管理到位、产品优质、效益良好的典范合作社。除了产业发展，稔子坡屯还注重生态的全面发展。在稔子坡后山，对于废弃的山地，理事会进行了一个全新的规划。那就是进行全方位的绿化。在后山，人工培育草坪，并种植一些可供欣赏的植被。进行这样的绿化，不仅能促进生态宜居，还能带来不错的经济效益。在进一步完善之后，在后山坡开建一个公园，可供游玩。与此同时，还在废弃的荒地建设"微花园""微菜园"等景观。在道路两旁,种植1200棵树,促进了稔子坡屯生态绿化的发展。

改造路上遇到的艰难险阻,不仅仅是长期遗留下来的环境旧账,还有村民对于改造的思想顾虑。如何让村民想得明白,让村民做得明白,陈明交出了一份完美的答卷。陈明回乡进行"三清三拆"工程,为建设美丽的稔子坡屯,促进生态宜居做出了巨大的贡献。

陈明秉持"退休不褪色,退岗不退休"的理念,为家乡的发展立下了汗马功劳。永安镇镇长陈舒帆这样评价:他是稔子坡屯发展过程中一个重要的带头人,没有他,稔子坡屯就不可能取得如此之大的成绩。"火车没有头,就发动不了。稔子坡没有带头人,就发展不了。"稔子坡屯干部刘小军说。在陈明的带领下,稔子坡屯有着光明的发展前景。问及陈明是怎样的一个人,与他长期相处的陈舒帆说:"他真的是一个很拼的人,别人不肯干的粗活累活,他总是第一个上前去做。和他一起工作,无论遇到多大的困难,他都会尽全力去化解。他做事情坚韧、有决心。和他一起共事,很有安全感,因为觉得有他在,办法总是比困难多。跟这样的人一起为稔子坡屯的发展做出贡献,就很有干劲,因为他的人格魅力会打动每一个人。"在稔子坡屯改造的过程中,陈明遇到重重困难,可是他每一次都能将困难化解。在困难顺利解决的背后,是他不懈的努力。和他一起共事的人,都会被他的坚持不懈所打动。这样的一个人,做什么会不成功呢?刘小军说起陈明,言语之间充满了对他的敬佩之情。"我不敢相信,这么多的困难,到底是怎么一步一步地去化解的。要是换作其他人,可能早就放弃了,可是他不是。遇到困难,他总是从根本入手,以群众的根本利益为出发点,去寻找一个两全的办法,虽然过程很波折，可是他却处理得很好。我们有理由相信，在他的带领之下，稔子坡屯一定会有一个长足的发展。"如今，稔子坡屯的生态、经济有了整体的发展。山姜种植基地在逐步扩大，稔子坡屯秉持着共同富裕的原则，带动了附近村落共同种植山姜。稔子坡屯的生态环境问题得到了解决，更有了经济发展的路子。在稔子坡屯在生态与经济相结合的发展路子上，村民们的幸福指数得到提升，他们相信，在未来的发展中，稔子坡屯会不断克服困难，不断迎接挑战，在未来的发展中，一定会走得更稳、更远。

第三章

乡风文明

退而不休报乡梓

——记永安镇稔子坡理事长陈明

■ 梁锋

俗话说：在其位，谋其职，负其责，尽其事；不在其位，则不谋其政。通常情况下，许多人离开了原来的岗位，或者从一个岗位上退休之后，便不会再考虑原来职务的一些相关工作了。然而事有千万，总有例外，永安镇稔子坡退休干部陈明就是一个。

陈明是永安镇永安社区籍的退休干部，退休以后，他便回到自己的老家稔子坡，组织本村退休干部吕莲、刘珊等回乡干部，带领村民，开展了轰轰烈烈的乡风文明建设活动。一方面，他在职多年，很早便有建设老家，报答乡里的想法，现在从岗位上退下来了，可以放开手脚实现这一桩心愿了；另一方面，曾作为干部的他，认为即使"退休"也不可"休息"，因为为人民服务、为村民办实事、谋发展的职业习惯时刻提醒着他："革命尚未成功，同志仍须努力！"

在镇党委、政府"全力开展乡村风貌提升活动，振兴农村经济"的号召下，按照镇、村"三清三拆"领导小组的指导和布置要求，稔子坡成立理事会机构。经过村民的投票选举，陈明担任理事会的理事长。陈明很快投身到这份工作中，将自己的设想做出了规划。他认为，建设乡风文明，必须走"净化—美化—持续化"这条道路。

为建设铺路——招兵买马

陈明要做的第一步便是深入群众之中，积极宣传"三清三拆"等相关政策，争取得到大家的支持，调动大家参与的积极性，这样才能更好更顺利地搞起来。虽然村民邻里之间平时的关系和和睦睦、互帮互助，但一旦伤害了他们的切身利益，小事情也会变得错综复杂。如果村民们对政策缺乏一定的认知，所有的工作将举步维艰，难以推进。

■ 永安镇社区稔子坡屯乡村风貌提升工作推进会

第三章 乡风文明

因此，采取什么方式来有效地提升宣传的效率和获得大家的支持，成了起步阶段的首要问题。陈明根据多年的工作经验，很快想到了解决办法：开夜校，即不断地到村民们家里开会。

他回到家乡没多久，很快地便投入工作中。他找到退休干部吕莲、回乡干部刘珊等人，与他们协商，白天的时间用来发动群众；用悬挂横幅、标语和微信群等方式进行宣传；对将要展开的"三清三拆"工作做好摸底调查、量化登记和拍照核实。这方面的工作是基础性工作，是地基，只有地基打好了，接下来的上层建筑才能四平八稳地进行。白天时间紧，必须牺牲晚上的休息时间，利用夜校，先对积极的村民、全体干部和乡贤进行政策宣传，由点到线，配合白天的宣传工作；再由线到面，将声势扩大化、政策深入化。

打通村民的思想是所有工作中最艰难的。稔子坡的村民大多刚刚摘掉贫困的帽子，每家每户平均下来可利用的土地不过七分地，大家不敢放开手脚来跟着陈明干。大家最大的担忧就是血本无归，愁上加愁。留在村子的人基本上不是靠那点土地就能养活一家子的，他们白天需要到外边给人家当小工，晚上才回来。陈明便是利用他们下班回家吃饭后的空余时间，给大家做思想工作，争取支持者。在争取的同时，号召村子里的党员干部以身作则，发挥好领头羊的带头作用。

经过一段时间的努力，有几个胆大的村民意识到这项任务对他们是有百利而无一害的，更重要的是被陈明理事长及干部们不辞辛苦、任劳任怨的工作精神所打动。他们纷纷响应陈明的号召，支持并参与他的工作实践中来。情感的力量作用是相互的，村民们因他们的工作而感动，陈明因此而备受鼓舞，有信心将这项能使老家改天换地的工作搞好，为可爱的乡亲们谋利益、谋幸福！

为了不让这为数不多的支持者不打没把握的仗，陈明知道，必须让他们心里头有个准数。在工作开始之前，也就是 2019 年 10 月，陈明自掏腰包，与部分理事会成员、村民代表一起，带上厚厚的笔记本，向先进村屯出发了。他们要做的便是"西天取经"。陈明带大家来到玉林周边的五彩田园、江宁镇四联村、福绵镇十丈村参观考察。这些地方的规划在玉林是排名靠前的，他认为通过这样的考察与交流，能开阔村民们的视野，为将要开启的建设任务积累经验，制订稔子坡屯推进改善农村人居环境、全村风貌提升、农村经济振兴的规划布局，勾勒美丽的蓝图。实践证明，这一招是非常有意义的。一回村，陈明便召集大家开会。会上，参加过采风的无论是理事会成员还是村民，都积极地提出了具有参考价值的建议。他印象最深的便是大家对于乡风文明建设的高昂热情以及对未来的设想，所有的规划布局、材料预算、投资总额、规划到哪里、需要的土地，都一目了然。他们还多次去贵港等地学习先进经验，这对于建设后期的工作具有关键性的作用。

在大体上疏通了这些问题之后，一个难题出现了。陈明老家的永安镇稔子坡扶贫工作在马不停蹄地进行当中，各方面条件相对落后，而青壮年多外出打工，无暇参与建设；政府方面的拨款指标与理事机构的工作预算有着一定的差距。可以说，村屯的人力、物力、财力都还存在一些问题。在获得村民们的支持后，人力方面得到了基本的保障，物力可通过财力进行弥补。因此，解决资金问题成了推进工作避不开的重要任务。陈明在理事会通过提议后，开展集资、捐资活动。作为领头人，他以身作则，捐出了 2.8 万元，村民们共捐出了 18 万多元。通过协调集资，共筹得资金 60 多万元，这超出陈明的预料，感动与惊喜之余，他更清楚了身上的重任。现如今万事俱备，拳脚可大展。

净化之路——三清三拆

常言道：不破则难立。

20119年11月15日一大早，陈明便带领村屯的干部和群众开展轰轰烈烈的"三清三拆"工作。经过前期的摸底调查和量化分类与核实，陈明基本掌握了村屯中的"该清该拆"的工作重点与难点。稔子坡的建筑格局在如今的发展中渐渐显出了问题，其中最突出的是新老房屋之间的"矛盾"。一方面，外出务工的青壮年村民在家乡老屋的前头或者后头的空地上，甚至在农田等不在规划范围的地方建造新房，加上墙上张贴的大大小小的商业广告，使得村屯呈出一种不和谐的格调，严重地影响着村屯的整体风貌；另一方面，随着每家每户的务农人口的减少，许多旧屋、露天旱厕和猪牛栏废弃，有的成了危房、残垣断壁，随时都有倒塌的可能，存在着严重的安全隐患。陈明利用筹集的资金，调来了挖掘机、铲车和运输汽车，指挥拆除危房和违规建筑。随后，他与热情高涨的村民一起"上房揭瓦，下扫卫生"，拆除"乱搭乱盖、广告招牌、废弃建筑"，很快完成了"三拆"基本工作。与此同时，陈明又到"三清"的工作现场，指挥清理村庄垃圾、乱堆乱放、池塘沟渠的工作，以几近苛刻的态度，不放过村屯的一道一巷、一沟一渠。大家投工投劳，迅速掀起了乡风文明建设的第一波热潮。

稔子坡屯隶属于永安镇永安社区，位于永安镇东南方向的木格二级公路旁，距镇政府所在地1公里。全屯共有人口78户559人，有中

■ 老屋被拆除的场景

共有党员 12 人，入党积极分子 3 人。该屯共有建档立卡贫困户 8 户 42 人，目前已经脱贫 7 户 39 人，2020 年预脱贫 1 户 3 人。村民主要收入来源依靠外出务工、木器加工、种木薯等。整个村屯占地面积不大，可利用的土地更少，房屋与房屋之间几乎都是连接在一起的，所有的过道都宽不到 2 米。排水主要设计在地面上。新的毛坯房与破旧废弃的鸡舍猪圈交错，规划杂乱。整个村屯最显眼的便是家家户户门口那些如同杂草一般放任不理的竹子，给公共卫生管理造成很大的困扰。这种品种低级、长势不好的竹子每捆最多卖一元钱，浪费稀缺的土地资源。

稔子坡入口处有一段桥，下面是杂草丛生、布满淤积物的河道。入口的小坡毗邻河道，小坡边上种植着一排排杂乱的竹子，四季都有落叶。这些枯萎的竹叶是河道的主要淤积物，其次是一些生活垃圾。这些河道边上的竹子是老陈家的，要砍伐必须征得他的同意。然而，

第三章 乡风文明

不管陈明他们说什么,他就是不同意,理由是自己家的东西在自己眼里踏实,砍了就等于没有了。大家都知道,这些不过是借口,根本的原因就是砍了竹子会给他造成损失,因此需要按价赔偿。这是情有可原的,赔偿也是无可厚非的。经过陈明等理事会成员的多次开会协商,按市场价给老陈家进行了赔偿。但由于资金尚未到位,在这期间,理事会的成员、村干部统一思想,将自己家的竹子砍了。总体上而言,困扰陈明等人的"竹子问题"有了解决措施,等资金到了,工作便可进行下去。

然而,让陈明最担心的事情发生了。在"三清三拆"工作进行到老李家的时候,便遇到了难题。老李家是"三清三拆"工作的交汇点,影响着中后期的建设规划。老李家的养猪场足足占用了河岸边的几亩田地,这些田地是作为耕地的公共土地,核实登记的时候猪场属于违规建筑,理应拆除。这个养猪场属于散养,没有经过科学规划,只是将猪养大、养肥的场地,没有考虑是他,比如环境因素:养猪场的废水、猪粪等直接排入河水中,对河流造成了二次伤害。除此之外,灌溉用水基本引自这条河流。长久以来,大大小小的沟渠淤满了粪泥,必须清理整顿。按照陈明的中期规划,河岸两侧将建设绿色生态种植基地,这将对净化水源与保护水源有着重要作用。

但无论如何做工作,老李就是不愿意让他的养猪场"倒闭"。陈明听说了,便赶过来与他协商沟通。在初步了解情况后,陈明代表理事会表示,将协助老李进行搬迁并建造新猪舍,老李答应了。但当所有的猪都运到了新址后,拆除工作与清理河淤工作即将进行的那一天,老李站在挖掘机的巨大机械手臂之下,要保住这几间空荡荡的猪舍。无论施工队的人怎么喊,老李也一句话不说。陈明火急

149

火燎地赶到现场，询问原因，老李说要搬迁费。这一下子把陈明点醒了，这块地用久了，老李已把它视作私产。他想，如果不给他费用，恐怕事情会变得复杂，尽管依法可以解决这一问题，但对村屯邻里影响不好。

在进退两难的时候，陈明思前想后，终于有了两全之法：这件事就和老陈家的性质一样，起因在村民们的相关"意识"薄弱上。从根源上解决问题，必须从意识入手，因此宣传工作再次被提上了日程。他回想起没退休的日子，所有的工作都坚持理论与实际相结合的原则，在思想这一块，绝不能松懈。

陈明带领老李等一批又一批乡风文明建设的"发展对象"参加一些会议。经过一段时间的学习，他们了解了基本的规章制度和乡风文明建设的蓝图，纷纷表示支持，积极投身到陈明领头的工作中去。

陈明经过多方面的权衡，吸取过去"面子工程"的经验教训，结合上头文件的精神，坚持以"办好事、办实事"的要求约束自己。因此，"三清三拆"的工作完成后，他便与理事会达成共识：建立"三清三拆"的长效，管护机制，做好村屯环境的保洁工作。建立这个长效管护机制是陈明十分看好的一举多得的决策。一方面，他考虑到在村民们的环保意识仍需要增强的情况下，保洁工作人员可以暂时性地充当村屯环境卫生的主力军；另一方面，面向村屯招收保洁人员，可以为无法外出工作的留守人员提供一份职业。将垃圾存放到固定地点，由保洁人员每日清运到指定地点焚烧；村屯卫生小组每日进行督察，实现"村收村运村处理"，有利于有序推进村屯整体环境的保持与村民环保意识的增强。这项决策是陈明解决"三清三拆"工作中增强群众环保意识、环卫设施投入不足、配合扶贫工作等问题的"利器"。

在这种氛围的影响下,稔子坡的村民们多次自发对村屯的环境进行大清理、大整治。陈明对"三清三拆"工作放下心来,因为他知道,这项工作已经深入村民的心里了。

美化之路——基建绿化

"既已破,马上立",陈明用行动诠释了这句话。随着"三清三拆"工作临近尾声,陈明很快便给村屯带来基础设施建设的春天。20119年11月下旬,陈明带领干部、群众又是上山又是下地,扛着锄头、带着耙去平整村里1200多平方米杂草丛生的荒地。这些荒地在陈明的规划中属于基础设施建设的部分,陈明打算在荒地及其周围空出来的地方建造本村屯的文化广场、文化长廊。他认为,一方水土养一方人,每个村屯都有自己独特的历史与文化。现阶段下,文化的作用越来越凸显,若要从山里"走出去",必须强调各具特色的乡土文化和人文风貌。村里有不少留守儿童、留守老人,文化广场配备的强身健体的器械、球场等,对他们来说是非常有益的。这个1600平方米的文化广场和50多米的文化长廊,按照规划于2020年年底落成并投入使用。

"三清三拆"工作完成后,陈明又去考察核实了一遍。他站在小山坡上,看着已经褪去破旧凌乱外衣的老家,不由得心里感慨,这片童年的故土还是心中的故土。它生养了自己,给了自己许多美好的记忆。现在,感恩使他由衷地将自己的力量奉献给这片大地。片刻,工作又将他拉回到现实当中。他深吸了一口气,一身轻松地走下山坡,踩着不久后将硬化的黄泥石子路,走向下一个规划:绿化与硬化。

这项工程既是"要致富，先修路"思想的结果，也是每一位村民的共识。

村屯道路狭窄，两旁杂草丛生，有的已经没过人头，里面堆放着垃圾。坑坑洼洼的黄泥路，用石子打的底，看似比较平坦。听说屯子里的两个老人摸黑回家，由于不久前下了雨，路面发滑，两位老人摔倒伤了膝关节。这让有老人的家庭都担心不已。

多年以前，摸黑赶路去上学的场景，浮现在陈明眼前。那时候他便希望将来村子里的所有路上都装上大灯，甚至照亮整个村屯。在这个理想下，陈明本着办实事、为村民利益着想的宗旨，实现了大家的心愿，也实现了自己的心愿：村屯道路硬化和安装太阳能路灯。

在后期的建设工作中，道路硬化是必不可少的一环。它关系着村子的发展。后期规划中的"山姜种植基地"同样需要在村屯后边开一条环山公路。因此，所有的道路即将实现硬化。最让陈明引以为豪的是，路边即将竖起一盏盏太阳能路灯。在道路施工还剩下最后一公里的时候，陈明接到了一个电话。电话是施工队打来的，说工程停止了；一个老汉推着一辆装满碎石的斗车停在路中间，便躺在未铺水泥的路上。这个老汉是隔壁屯刘家的，起初在道路规划布告出来的时候，他便找上门来反映说，这条路的最后一公里占用了他家的地。对这种情况陈明还是比较有经验的。地在当初划分的时候，是根据不够严谨的土法子进行的，划分含糊。这要细纠起来工作量肯定是不小的，况且真要细纠，刘老汉也不会善罢甘休的，唯一稳妥的办法就是用等值的地交换。

于是他与理事会的成员、村民代表和刘老汉沟通，将当初在村屯临界平整荒地的一小部分换给他。刘老汉一时也没说什么，同意以地换地。地换好并签了字，事情也就算解决了。但没想到，到了施工的时候，他竟然也学老李那一套。陈明赶到现场的时候，刘老汉还躺在原地，一大圈人围着他看，他就紧闭着眼，等着领头的来。陈明先向工头了解了情况，工头说刘老汉是听到施工放炮的声音过来的。放炮的地方距离他家近半公里远，中间还有一个弯曲的山坳，刘老汉硬说放炮炸到了他家的房子，要钱来了。刘老汉和老李一样，要求"赔钱"。刘老汉的问题是双方同意之后解决了的。他现在的做法，可以说是趁修路的关键期来"讹钱"，因此，陈明打算报警，通过法律的途径予以解决。

他来到刘老汉身旁，让他起来，并表示了报警的意思。如果他家的房子没有因为放炮而破坏的话，他的行为要被行政拘留的。刘老汉一听，躺不住了，悻悻地站起来，推着斗车跟在陈明身后，慢慢地离开了。好在刘老汉只是一时糊涂，没有持续地闹下去，不然被拘留得不偿失，阻拦施工造成损失，施工方也不会善罢甘休的。直到道路全部硬化，刘老汉这件事才算彻底过去。陈明也就松了一口气。

陈明两次妥善解决了建设中的问题，村民们深感敬佩，陈明也感到了些许安慰。在接下来的工作中，很多村民的参与积极性都很高。陈明回忆道，在给新硬化的道路种树的时候，全部指标1200多棵树，包括打固定桩、浇水和营养液等，只用了一个星期。

为了更好地融入村屯的现状，陈明等理事会成员与村民们协商，要利用自己的优势，吸收先进种植技术，发展庭院经济。一方面，这种"微菜园"可以为村民们实现增收，助力扶贫攻坚；另一方面，"微菜园""微花园"等模式占地小，而且有序，作为独特的景观，实现增景。这一方案首先是在贫困户老王家试行。

陈明找到贫困户老王。他早年外出务工，在工地上摔了下来，把左小腿的神经摔断了。回到老家，没再出过远门。他的妻子单薄瘦弱，患有精神方面的疾病，干不了活，只能拾掇屋前院后的田地改造为菜地，种些菜到街上卖，勉强养活一家七八口人。到他家，陈明简单说明了一下情况，老王和妻子的态度是比较犹豫的。陈明理解，因为这个家即使有国家政府兜底，也还是难以承受失败。他以理事会的名义担保，前期所需要的资金以及种植技术，理事会会给予相应的补贴和支持，让他们放心。老王一家考虑了好几天，经过陈明的多次走访征求意见，直到陈明带来了专业的团队专家，他们才终于同意。

经过专业团队的设计，老王家屋前屋后的菜地在原来的基础上进行了改造，很快便建起了"微菜园""微花园""微果园"。单从设计这一块，便看到了他家前后环境的优化，陈明十分有信心通过这一项方案，推动整个村屯的改天换地，使村容焕然一新。很快，这一项设计在坚持"三多三少"原则的基础上，被普遍运用到了旧房弃房拆迁后的废墟之上以及道路两旁的几分地中，村民们也将实现增收又增景。

后来，老王多次将一个装着脱贫后的第一笔钱的红包递给陈明，陈明每一次都推开了。他说他知道老王的感受，吃了这么多年的苦，现在尝到了甜，换作是他，心里也会五味杂陈很不好受。每一次拒绝之后，老王都两眼饱含着热泪，他见了也鼻子酸。看到老家的人路子慢慢走正了，他也心满意足了。

陈明喜欢站在老家的坡地上，安静地吹着风看村屯。每每看到村屯道路硬化、路面整洁干净、大小巷道鲜花怒放、孩子们在其中追逐打闹的场景，心中无就无比喜悦。村民们走在巷道上，用幸福的笑脸相迎，他不自觉地笑了起来……

持续化——产业发展

一个村子就像一个人，不能徒有其表、外强中干，缺少内部的力量和底气，再怎么好看也只是个容易破碎的花瓶。陈明深谙此理。关于稔子坡的乡风建设问题，还存在着诸多不足。虽然在理事会的带领下，全村的环境发生了根本性的变化，但后续的发展必须有经济基础来支撑。就如"三清三拆"后的环境长效管护机制、垃圾焚烧与运输所需的焚烧炉与运输工具、村屯的进一步美化等，都需要人力、物力和财力的投入。对陈明的看法是："我们以后打算成立农民专业合作社，发展我们的特色产业。把我们的产品通过合作社这个平台，与外面的市场对接，增加农民的收益，尽快脱贫实现小康，把我们屯建设成一个人居环境好、和谐、经济发展的新农村。"

经过建设初期的采风取经，"发展才是硬道理"的理念在群众心中逐步生根发芽，鼓足了要发展、谋发展的干劲。于是，在陈明的带领下，博白县锦康种养专业合作社应运而生了。

■ 稔子坡陈明理事长

155

稔子坡所在的永安镇位于博白县西北部,距县城29公里,东与水鸣镇相邻,南与顿谷镇、那林镇接壤,西与浦北县江城镇、官垌镇交界,北与浦北县平睦镇毗邻。位于十万大山之下,属于山区,为亚热带向热带过渡的季风气候区,年平均气温21.9℃,年均降雨量为1756毫米,全年无霜期长达350天以上。气候温和,十分适宜野生植物的生长。根据稔子坡的具体情况,陈明带领陈桂芬、陈永忠等人敲定了村屯的发展特色品种——山姜。山姜具有较高的观赏、食用和药用价值,且易种植。锦康种养专业合作社所从事的种养专业便是山姜种植业。

成立之初,面临的难题不少,其中最主要的便是资金少和社员难招,但归根结底,主要还是受资金不足的影响。前期社员主要是村屯中先富裕起来的人,如陈桂芬、陈永忠等人,而其他村民基本被排除在外。为了更好地结合扶贫政策,陈明提议,合作社可以开通多渠道入股的方式。因为种植业所选的项目是低成本的山姜,村民们可以通过土地入股、资金入股、农机入股等方式参与进来。

村民们仍然犹豫不决,因为他们不知道这个锦康种养专业合作社到底是干什么的,也不知道这个合作社能带给他们什么利益,怕加入合作社后自己的土地和劳动成果受到损害,过去就发生过这样的事情。于是,陈明继续发动群众广泛参与,大力宣传,告诉大家合作社是怎么一回事,加入之后有什么好处。告诉他们这是农业发展的大势所趋,并且承诺,在合作社规范化经营的前提下,实现增收。除此之外,陈明还发动本村屯所剩不多的8家贫困户,以及邻村新茂村的20多家贫困户,让他们一起参与进来。"有钱的出钱,没钱的出地,地少的出力",并且通过合作社内部的技术培训、吸纳就业和入股分红等方式进行扶贫。很快便有本村屯及周边的 50 多户参与进来，从事山姜种植业。在此基础上渐渐建立起了精准扶贫种植基地，促成了新的扶贫模式："合作社 + 基地 + 贫困户"。

如今稔子坡利用村里闲置的农田、坡地种植山姜，将于 2022 年与江西云食山食品有限公司、玉林惠丰香料有限公司进行合作，首批生姜收成预计亩产 3000 斤，农户年增收每户将达 2 万元以上，村级集体经济收入将达 8 万元以上。他表示，要争取建设成为全县乃至全市制度健全、生产规范、管理到位、产品优质、效益良好的典范合作社。这印证了陈明当初说过的话："我们以后打算成立这个屯里面的农民专业合作社，发展我们的特色产业，把我们的产品通过合作社这个平台，与外面的市场对接，增加农民的收益，尽快脱贫实现小康。把我们屯建设成一个人居环境好、和谐、经济发展的新农村。"

村屯一步一步走向正轨，与时代接轨，村民们都十分感激陈明，也感谢好政策。他们纷纷拿出家里珍贵的东西送给陈明，出一趟门也给他送行。每次到村屯，村民们都盛情地邀请他到家做客、吃饭，看看自己能为他做些什么，陈明知道村民的热情是出于对他的感激。陈明感受着淳朴的乡风，觉得村屯里的人甚是可爱。人们喜欢为大家谋福利办实事的人，为大家谋福利办实事的人岂能不喜欢大家呢？面对这些，他除了感动之外，更坚定了为乡亲办实事的信念。他说"三清三拆"、产业发展、基础设施建设等，都是他作为理事长的职责所在，乡风文明建设关系到村镇，关系到这里的每一位村民，也关系到他自己。取得这些可喜的成绩离不开全体村民的共同努力和各级党委、政府的关心和支持。为他们谋福利办实事，是他一直以来的坚持。

陈明的事迹在本村屯传开了，干部群众一提到他便称赞。永安镇党委书记黄坚献、镇长丘朝清亦对这位退休干部给予了高度的评价。他的精神激励着不少在职干部，他们将为自己的家园、所生活的土地、身边的人民，谋福利办实事。

可喜可贺的还有，在今年9月中旬，县委领导莅临稔子坡屯考察。在参观了解了稔子坡屯的乡村风貌提升工作和产业发展带动群众脱贫致富的事迹后，充分肯定了稔子坡屯的发展成绩，并奖励给稔子坡屯20万元的乡村风貌发展资金。稔子坡将继续前进，为更好地乡风文明建设贡献自己的一份力量！

蔡祠百尺间，情牵千万里

——那林镇蔡氏宗祠

■ 刘珊伶

"巨家寒族，莫不有家祠，以祀其先，旷不举者，则人以匪类以摈之。"客家文化里，宗祠是家族历史的见证与传承。博白那林，六万大山余脉上的人间烟火，从清代有名字那裸堡以来，这块群山环抱、物产丰饶、人杰地灵的热土上，承载了300年的风风雨雨，见证了那如血似火、可歌可泣的历史，直到如今的蓬勃生长。

一座祠堂静静地立于这片沃土之上。它是深藏于密林之间的历史笔记，一直到浦宝二级公路由开阔的平原直指山林深处，不断延伸；直到整个村被四级公路全面覆盖，不落下一个村、不落下一户时，它缓缓地向世人展开。它就是博白那林"蔡氏宗祠"，一座始建于清代乾隆年间的家族祠堂，一座刻满了家族印记的丰碑。

沿着"大村"的蓝地白字标牌，穿过门店林立的新兴居民区，转角的"蔡氏宗祠"四个金色大字出现在我们眼前。它坐拥岁月，静看川流不息，审视着家族后代的人生，于青砖瓦砾之中，透着绵绵情思。

三门立村

蔡氏宗祠是一座围屋与祠堂一体的大型古村落建筑。宗祠的外围，是青砖垒起的城墙。它曾有13座碉堡，分于四个城门之间，走马道相连其间，让信息在那个没有网络的时代里得到最快的传达。经历了乡镇建设后的蔡氏宗祠的围墙大部分拆除，城门也仅剩三个。但是即使如此，跟随着蔡朝东先生参观的人依旧被震撼，触摸着青砖、划痕、红白纸的粘印以及弹痕，依稀能感受到这三个城门的记忆。

（一）南门立民

蔡氏宗祠的南门呈一个平躺的"凸"字形，凸起部分朝内，将城门最大限度地保护在火力范围之内。抬头看去，便能发现藏在砖石中的"枪眼"。它们依据敌人的远近设置，起到了远攻掩护、近战防护的作用。向"枪眼"看去，完整的"枪眼"呈喇叭状，外在的圆台形空间更多的是为了让枪支能灵活调整方向，扩大射击范围。

■ 蔡氏宗祠南门

蔡朝东先生说:"这扇城门背后是一般的平民,人数比较多,住得相对拥挤一些。"这面城墙上的枪眼更为明显。城墙高近8米,是三个门中最高的,城门保存得也更完整。楼顶上的瓦片闪烁着黑亮的光泽,两旁的飞檐与中间的横栏失去了往日的颜色,掺杂着修补的痕迹。

蔡氏是客家人,由北方南下,他们自称为"客",面对未知的未来,他们建造了围屋,紧紧地抱在一起。

《蔡氏族谱》中说:"第世远,则人众,人众则情疏"。蔡氏先人很早就知道小家与大家的不同。筑起高墙虽然是出于保护族人的目的,但是这堵高墙促进了蔡家人"民"的意识的觉醒。每一代蔡家人都将家人放在最优位置,有能力的家庭会在其他蔡家人有困难时搭上一把手。先富起来的人拉动整个村庄的生产。很快,那林的商贸中心落成了,不管是那林村,还有那林镇中的每一个村子,都会进一步的发展……在蔡家人的意识里,"民"是"情","同呼吸、共命运、心连心","不忘初心",每一个蔡家人都在践行着属于他们的民情。

(二)东门立责

蔡氏宗祠的正门,即东门,是一个牌坊式的门楼。门外两旁设置了检查哨,防止外来人的进入和检查货物。墙面沿用青砖,墙壁上书"蔡氏宗祠"四字,白地黑字与墙面相得益彰,黄色边框使四个字在阳光下愈显庄重。从城门向外看去,一路无阻,远处的山林尽收眼底,稍显曲折的公路一直伸向山的另一边。正门朝龙头,在客家的风水文化里,这是迎龙气。蔡先生讲述了其中的来龙去脉。他指着远山说:"那是龙来的地方,正门在它的正前方,所以门不能高,挡住了不好;门后的路深,让它待得久一些,是好事。"

乡村振兴中的 博白 故事

■ 蔡氏宗祠正门

客家文化里，风水有着强大的凝聚作用，因而都比较讲究风水，这是蔡氏先人对生活的期望，是对后代子孙的祈祷。如今，族人更多是将这脉龙气视为家族兴旺的精神支柱。

（三）北门立志

北门是一座炮楼式的砖砌拱门，从外向内看，设计与南门相似，但是少了飞檐的装饰，多了一层架设炮台的高台。透过那些"枪眼"的破损程度、藏在三角梅之下的重重裂痕和左右砖石的新旧颜色，足以想见当年激烈的战况。每一个枪眼、每一个炮口，似乎残留着火药和机油的味道。

第三章　乡风文明

蔡先生谈到北门时，说道："当年林彪带领的部队来到这里，交涉不成，曾想强行攻入宗祠，两方在北门交火。"

走进城门，是一个上圆下方的拱门形空间，里面设有登上炮台的楼梯。进入城内，能看到拱门和炮台之间有几扇窗户，其中一扇窗户还保留着木制的窗围和一部分窗户框架，其他则是青砖制成的镂空窗。

北门是蔡家人大展拳脚的动力。他们知道，围城在，城门在，炮台在，家族就会站在自己的身后。无论走了多远，站在远方的高处，向后看去，隐隐约约能看到高高飘扬在炮台上的族旗，那是蔡家游子最为安心的颜色。

■ 蔡氏宗祠北门（外）

蔡家人在每一个时代里有着自己的选择，高墙与城门是他们前行的底气，在开疆辟壤的路上伴随着艰苦奋斗与锐意进取。"好男儿志在四方"，斑驳的阳光映衬下的高墙与城门，见证着族人的迎来送往，或经商或求学，目送着族人的远去，祝福远行逐梦之人。

三面城门，环绕着旧村，鹅卵石与大理石、瓷砖铺成的小路描绘出当年围墙的脉络。偶尔会在城门边上见到一群孩子，他们追逐嬉戏。

■ 蔡氏宗祠北门（内）

陈旧的木门、崭新的门神；城门下古老的井口、古井周围洁白的合成塑料管道；坐在城门口的老人、奔跑在城里城外的孩童……新旧的融合让曾经不平静的蔡氏宗祠平静下来，同时也因为一项项乡村振兴计划而热闹起来，它代表着蔡家人文化里的情、责任与志气，代表着那林村悠久的历史和独特的客家文化，只是三面城门便能窥得一丝，再往里走的祠堂可见一斑。

情系祠堂

蔡氏宗祠是博白现存最完整的客家七进厅堂围城式民居。围墙内有七进太公厅堂1座、五进偏厅1座，三进偏厅3座，厅堂共计5座。这样大规模的祠堂建筑群在玉林一带是极为少见的，从这能看到蔡家人从落地到根植于此的历史脉络，也能体验到蔡氏家族传承的情感。

（一）悠悠恋家情

从正门进入，一进一院，院落呈回字形，中间向下凹，四周凸起，这是为了更好地排水。院落两旁设置了拱形门，朝里走进入住房区，小路四通八达。

蔡先生说道："小时候大家还住在宗祠里，这些小道便是最好的玩具，跑着跑着，都不知道到了哪个叔叔伯伯的家里了。"众人皆是一笑。

想当年，一个孩子从家里跑了出来，向左向右大声喊去，一个、两个、三个……一群孩子军就浩浩荡荡地在城里奔走。身上是蓝布衣服，宽松又耐磨，不论是爬墙、爬树，还是不小心摔了一跤，拍拍身上的泥土，朝着围过来的小伙伴咧出一个大大的笑容，傻得可爱，笑得真实。孩子军穿过小道，叽叽喳喳地说着学堂里的故事，说今天家里做了什么好吃的，说得起兴，就直接朝着那户人家跑去。家里人无奈地看着这些"小猴子"，待他们临走时还会喊："慢点！这么赶做什么！"孩子们也不知道是不是听到了，朗声大笑着跑了出去。

冗长的小道藏在祠堂与民居之间，阳光时不时从四周照下来，细微的尘埃在小道上飘散，如金粉般撒入屋顶上、青砖里、门窗边，为宁静的小道增加了一份朦胧的美到。

从两旁的小道中出来，沿着主道向内走。在二厅堂中有一扇由六边形和回字形重叠组成的镂空雕花板，高悬于二厅堂的横梁后。在它之上是一排排木板，撑起顶部有些松动的瓦片。下面连着的是三扇木制推门，细看连接的地方，是采用木榫结构将两者串联在一起的，达到了转动木门的效果。蔡先生站在门前指着摆在门旁边的一扇旧木门说道："这是老的门，太久了，大家担心不知哪天掉了，就换上了新门。可是又舍不得这门，就还摆在这里，不知道什么时候才会想着拿走。"

我看着那扇老门，再看看新门和雕花板，一股道不明的情感漫上心头，是思家，是恋家，五味杂陈，久久环绕于心头。旧时，居民们以祠堂为核心，向四周分散开来，但总会时不时通过小道走入这片带着浓浓香火气息的祠堂。他们带着敬畏和虔诚，将脚步放慢，让呼吸放轻，将眼神触向深处的香火台，恍惚过去，进入另外的小道中。这个时候，他们的心里是吉利的话语，或者什么都没有，只有一番潜认识支配着。所以门上没有孩童乱画的痕迹，只有时间才能将皱痕刻在老木门上，将边缘的棱角消磨掉，将连接梁与地面的木榫腐蚀掉。

（二）浓浓先祖情

蔡氏宗祠厅堂众多，供奉的先祖各有不同，特点也有所差异，其中最为重要的祭祖厅堂莫过于三、四厅堂。

跨过老旧的门槛，三进厅中高设香台，梁后的牌头平步青云，龙凤呈祥，中间浮刻着"枝繁叶茂"四个金字的横批。巨大的金色蝙蝠将它们围在一起，两旁是被黑色雕花包围的对联，上联是"香烛辉煌千载旺"，下联是"烛光照妖万年兴"。两联之下是金灿灿的浮雕，鸟儿、兰草等寓意祥瑞的事物皆在其列。最后是深红色的木架为框，与祖先供位上的深红色木板呼应，大气端庄。

通过左边的木梯上香，插入香烛，用火逐一点燃。老人们曾说，香与香不能相互点燃，味会串，不灵验。香烛在火苗中缓缓升出一丝

第三章 乡风文明

青烟，越往牌匾之上，那一缕缕的青烟便会在微弱的风中摇摆不定，仿佛是在寻找联系的路口，一旦找到便会消失在人们的视野。

在这个厅里，正上方的梁木没有替换，仍旧保持原来的那条圆木，只是进行了上色和保护性的补修。作为整间厅房的支撑之一，梁木的作用显而易见。在当年选择木材时，这圆木也是万里挑一，韧度、坚硬度、色泽皆为上乘，保证数十年，甚至百年不断不塌。俚语说"房顶有梁，家中有粮"。蔡家人守着这根梁木，相信这根由先辈上梁的圆木是房屋永固、富贵长久、子孙满堂的象征，也不能从整座祠堂中剥离开来。

■ 三、四厅堂

四厅设香火堂，供奉着九太公。整座厅堂共有三个香火台，由圆形拱门串联。又设置一人高的小门，使得三个香火台通气。三个香火台的楹联与三厅类似，但是在龙凤之间多了牡丹花，三副楹联的金色浮雕都有差异。正厅的楹联是"祖德恢宏添百福，宗工浩荡集千祥"，横批"光前裕后"；右厅的是"功德盛世，德厚荣光"，横批"厚德载道"；左厅则是"是吾宗支，普同供养"，横批"福泽绵长"。三副楹联，对家族、对功业、对族人都有明晰的指引。族人凝聚，薪火相传，让族人在困难时有家族的支撑，也在家族需要之时担负起所应有的责

167

任；功业建立，荣光披身，但不忘家人，不忘家族，不忘故土，成为对家国和人民有用的人，也使得家族昌盛；歌颂和继承先祖、前辈的德行、功绩等优良传统，将它们化作一个家族最宝贵的财产，这是每个家族成员自豪感的源泉、每个家庭成员的"三观"基石。

蔡氏宗祠经历过大大小小的维修，每一座厅堂都有相应的修缮碑，记录着维护的时间、人物、钱数和修缮部位。祖先们留下的厅堂在后代一次又一次的保护中绵延至今。每年蔡家子弟都会不远千里踏上回家的路途，向祖先烧上三支香，敬上一壶茶，放一串鞭炮，带去上一年里的消息，带来下一年的盼头。敬先祖，以祠堂系情；告先祖，以行动延情。

（三）共发展，自然情

与前四厅不同，五厅单独设置祠堂，有三进，香台设在三进厅中。从前四厅一旁的小道出来，绕过四厅的围墙，便能看到五厅堂的正门。跨过门槛，能看到一厅内设置了两个圆柱形门槛，相对有凹槽，以架设门栏，历经多年门栏丢失，便不再设置。蔡先生说："当年，一般的人只能从门两边的小门进入，中门在大人物来时才会开启，平常也是紧闭着。这是种身份的象征，不只是对来访的人，主人不到一定官位，这个门槛未必能设置。"

想当年，官员下马，主人相迎，到香台前，为列祖列宗敬上香火，双手拱拢，口中喃喃，道尽所经历之大事，说尽祈祷祝福之词。

簌簌树叶声拉回了我的想象，两棵树分立一进厅两侧，青葱的枝叶生机焕发，印证着功德榜上"人才兴旺，常发其祥"的祝语。两旁的偏房现在更多的作用是放置杂物，抬头向上看去，能发现在斑驳的青砖上有着一圈白色的石砖，上面雕刻着盛开的花朵、展开的叶子，隐隐约约能看到其中夹杂的黄色染料。雕刻的周围是由菱形构成的方框，可惜年代久远，整条白砖已看不出当年的风姿。

石雕虽有缺失，但顶上的木雕保存完整。二进门的门檐下，有一对葫芦木雕。两个木制葫芦憨态可掬，圆润饱满。右边的葫芦在阳光的照射下反射出一丝亮红，喜气可人。它下面是一个近似长方形的人物木雕，一人敲鼓，一人歪着脑袋起舞，场面喜悦欢乐，令人不禁一笑。左边的长方形木雕有戴着官帽的鸟儿，驻足的凤凰，圆形方孔的铜钱，结果的树木，卷起的波涛，祈福寓意众多，因为分配得当，画面融洽，带着尊贵大气的气息。

■ 石雕

一边是人物，一边是自然，蔡家人将人与自然放在同一高度，是将山水林田湖、人鱼鸟兽视为一个生命共同体，命运相连，和谐共生。前有"草木荣华滋硕之时，则斧斤不入山林""鼋鼍鱼鳖鳅孕别之时，罔罟毒药不入泽"，后有"清洁乡村，美丽博白""三清三拆"的清洁项目，垃圾得到集中处理，墙面洁白，村民们的环境意识得到增强。蔡家

■ 木雕

人对于自然的敬意由生产活动而来，延续在族人的思维里，成为新行动、新努力的动力来源。

高檐之下，两个葫芦，将天地人统一起来，把自然生态同人类文明联系起来。按照大自然规律活动，取之有时，用之有度，才能有丰收时的笑声，饱腹时的畅快，呼吸时的轻快。"绿水青山就是金山银山""生态兴则文明兴，生态衰则文明衰"。传统文化中蕴藏着的人与自然，加入新时代所赋予的智慧劳动，生产共赢，使得蔡家人对于自然的理解走出了厅堂，为那林的生态环境出力，更为美丽博白出力。

五厅堂的香火台没有前四厅那般华丽精巧，祖先牌位高居香火台上，供桌三两组合，分别摆在有香火供位的地方。一块红体黄边的长布从梁上垂下，燃烧纸钱的铁锅和清理用的扫帚及抹布整齐地摆在一旁。两旁的墙上有一副红纸黑字的对联，三抹红色成了整个厅堂亮眼之处。

佳木秀而繁阴，有岭南雕石、雕花的精妙，有人与自然的和谐。五厅堂独立于前四厅，但承载着那林蔡家人对于工艺、对于生活、对于自然的认识和理解。前四厅对于家族的期待反而像是先人对于族人的约束，家族的昌盛是全部族人的愿望，但是因为此而去破坏自然，危害他族，有违天道伦理，是不可取的。所以五厅堂的幽静与庄重是对族人行为的劝诫，使得族人冷静思考事情的利弊，做事张弛有度，促成长期共赢发展。

（四）根深那林，功业情

六、七厅堂作为一个单元，现在是广西博白县蔡氏氏族基金会理事会与世界蔡氏经济文化发展基金会广西博白县分会的场所，进入时需要用钥匙开启铁门才可入内。祠堂入口的门楼上书"蔡氏宗祠"，门联为："绍西山世济，振东阁家声"，门楼入内有照壁。

一入厅堂便是一个大院子，四周被植被覆盖着，因为定期打理而不显得杂乱无章。沿着青砖向房顶看去，两侧的飞檐上雕刻着数只神兽。墙砖塌陷，飞檐没有完整保存，能清楚看到的飞檐脊兽并不多。它们的身形端正整齐，翘首望天，姿态憨厚可爱。梁思成对这些美观实用的小瑞兽有过这样的评价："使本来极无趣笨拙的实际部分，成为整个建筑物美丽的冠冕。"一尘不染的祠堂，青砖灰瓦，因为它们鲜活起来，小兽们看着

■ 飞檐脊兽

天空，经历百年来的时代变迁，风雨飘摇，忠实地守护着脚下的祠堂，守护着那一块块蔡家文化的丰碑。

再往里看，六进厅堂墙壁为中空圆拱形，中厅设有屏封门。屏封上面挂有一块被金纹围绕着的牌匾，在龙纹、祥云、花卉之间，右下角有"光绪丁酉科解元戊戌连捷进士"，中间大字刻有"钦点刑部主政"，左下角为"臣蔡桐昌恭承"。蔡桐昌，号莘生，清光绪丁酉（1897）科在桂林参加"乡试"获第一名，中解元。光绪廿四年戊戌（1898）科上京参加会试与殿试，连捷中进士，被光绪皇帝钦点为刑部主事，正六品，赐此匾。曾奉诏回乡安顿乡邦，盛赞茶根团练，并书"白州一家"四字，处理了玩忽职守的知县，得到盛赞。

祠堂，不只是祭祀祖先的地方，也是学堂，很多时候，一个家族的教育便是从这里发轫的。蔡家的孩子们跟在长辈后面，听着长辈说仁义礼智信的故事，看祭祀的流程，帮着长辈摆放祭品，念着长辈口中传下的话语。在祠堂里，他们得到了教育的启蒙，围绕着祠堂，他们知道了自己的由来，为之后进入学堂认识文字奠定了基础，也加深了对自身、家族的认同感与使命感。蔡家将教育融入族群认同中，融入家族共同的信仰中。

蔡朝东先生从一边的房间里拿出了一个黑色的皮箱，抖了抖落灰，郑重地放在橘红色的桌子上，熟练地滑动密码锁键，缓慢地打开皮箱上层，小心翼翼地从文件袋里拿出族谱与复印件。

两本泛黄的族谱上，镌刻着"蔡氏族谱"四个字。翻开来，字体清晰工整，力透纸背。纸张的边沿已模糊，有些字被岁月抹淡了墨迹。

《蔡氏族谱》中记载，那林蔡氏是明万历年间在少林公带领下，由广东绍州府南雄州迁至广西博白的。先是在绿珠堡居住，至第四世时，迁至如今的那林堡大村屯，至今已有 360 余年的历史。在这段历史里，那林蔡氏在清代有近 50 人考取功名，担任从六品以上的官职。

看着这些页码上的名字，想到进入六厅堂时看到的"蔡氏基金宗亲会章程"；再往六厅堂里看去，在左边的青砖上还贴着考取大学学子的光荣榜。如今的教育，不局限于小小的祠堂之中，族人们将希望洒向五湖四海。"学习蔡姓文化，研究蔡姓历史，宣传蔡氏品牌，传播蔡氏文明，服务蔡氏宗亲，发展蔡氏经济，团结蔡氏宗亲，振兴蔡氏家族"，为实现中华民族伟大复兴的中国梦做出贡献。

那林蔡氏出资帮助族内经济困难的子弟继续深造，同时，奖励族内学有所成的子弟。再往里走，看到一面题为"诚心奉祖世代荣昌"的专栏，上面是蔡氏家族一个个小家庭，也有个人。从结婚证件照，

■ 《蔡氏族谱》

到婚纱照，再到家庭集体照；有白发苍苍的夫妻，有幼子成长的家庭，有三世同堂的家庭……一张张的照片，记录了一个个蔡氏家庭的幸福生活。或是青葱，或是成熟，或是饱经风霜，都是家族延续的记忆。从这些幸福美满的家庭中走出的孩子，不一定会成为栋梁之材，但是会拥有一个属于自己的人生道路，成为新时代乡村、新时代中国的一颗小小的铆钉，嵌入建设的高楼之中。

家庭的和睦幸福，是人才的基石。一旁黑色大理石为底、金色刻字的功德碑上，是扶持人才、大力发展那林蔡氏一脉的领头人。四位蔡家子弟，在不同的行业，做出了令人瞩目的成绩，也在为家族贡献着自己的力量，不仅是资金、技术方面，还有以身作则，亲力亲为。

"百年大计，教育为本。"党的十九大报告围绕"优先发展教育事业"做出全面部署。乡村教育在不断改善与加强，不同层次的教育在不断向深处发展。曾经的"学堂"安静下来，并不代表它失去了教育意义。提倡综合素质教育的现在，一处具有300多年的历史遗产，正是历史文化教育的最好教材。家庭、学校、村委会和镇政府协调统一，在专业人士的指导下形成一份行动的指南，串联起那林蔡氏宗祠，那林和博白的一条文化旅游链条，让蔡氏宗祠活了起来。

走出那林蔡氏祠堂，沿着一栋栋民居之间的路穿行，方形的楼房使道路形成了许许多多的转角。每一处的转弯都让人产生好奇，看着转角处淡淡的光亮，脚步加快，想一探究竟，知道这个转弯后的人家有什么新奇的故事等着我们来听，想知道这户人家有什么有趣的手工艺等着我们去尝试，想知道传来的浓郁的鱼香来自哪一户人家的灶台……这是走出了身后高耸的围墙的蔡家人用双手打造出来的新那林村。这不代表他们忘记了身后的旧村,他们被旧村守护着成长,现在一层层包围着旧村,为它挡风遮雨。

来自远方的蔡家人,300年来扎根于博白那林,因为来自家族传承的责任与使命,将根深植于此,与这里的土地休戚与共;因为对祖先的敬重和共同的信念,将祠堂建于围屋中心、族人的心中。

从围屋之内到高墙之外再到四海皆为亲,蔡氏宗祠凝聚着一个家族的人心,延续着一个家族的内核;从"礼让为国如礼何"到"不诚无物""所以动心忍性,曾益其所不能",蔡氏子弟齐聚一堂,向着大山之外的世界传扬着家族的魅力。蔡氏宗祠见证了蔡家人用知识与真情,使蔡氏宗祠留下一份宝贵的财富。

这就是博白那林蔡氏宗祠,百尺方圆,却情满那林,情系千里。

旺茂镇盘古岭屯：
"破茧成蝶"盘古岭，乡村振兴新画卷

■ 李惟

一下车，高大的黄褐色石柱傲然矗立在旺茂镇盘古岭屯的入口处，在黄褐色的石体上嵌着苍劲有力、深红色的三个大字："盘古岭"。它的旁边是用小楷整整齐齐写的"二〇一九年冬"。高大劲拔的石头周围，是修剪整齐、种植有序的小紫丁香花，星星点点的紫色，簇拥着这块黄褐色的标志。往村里眺望，不远处，儿童在嬉闹，还有人们的交谈声。天气很好，暖阳温柔，和风徐徐。我们从盘古岭屯村干部李平的口中，回想盘古岭屯过去的模样。

过去——乡村人家，原始生态

旺茂镇民丰村盘古岭屯是一个很小的村屯，位于民丰村东南部，距离村委会1公里左右，占地约100亩，有48户225人，常住人口为200人，是博白县当地"有名"的脏、乱、差村屯。在过去，盘古岭屯

房屋建设规划随意，村民们为了"占有"更多的土地，年久失修、破败不堪的老房子不拆迁，而在村中其他空地上建新的红砖楼房，破落塌陷的泥巴老屋在风雨中颤颤巍巍，而离它不过5米的地方，便是一栋崭新的楼房。于是，盘古岭屯的房屋建

■ 改造前盘古岭屯荒草杂生

筑便呈现高低不一、新旧交错、杂乱无章的景象。各家各户散养的鸡、鸭、鹅、狗等家禽家畜在小路间、田间漫步，鸡鸣的尖叫声、鸭子粗哑的"嘎嘎"声、狗吠的"汪汪"声，此起彼伏。村庄小路蜿蜒曲折，是凹凸不平的黄泥土路，不论是一场小雨，还是倾盆大雨，小路泥巴稀烂黏稠，洼里积满了泥水和家畜的排泄物，让人无从下脚。村子里的植物不少，但这家几棵果树，那家几棵果树，果树与果树之间是某些不知名的野树、野草。

在这个村屯里，村民的排污观念不强，村里也没有排污设施，处理生活污水的方式，便是挖条不深不浅的细长排水道，生活污水通过这条简陋的排水道流向杂乱的草堆、树丛，或排向不远处的池塘。盘古岭屯里有着大大小小的鱼塘，这是父辈们当年生活的主要依靠，但年轻人对养殖耕种的生活没有热情，热衷于走出村子寻找工作，而村中的留守老人和孩童没有能力经营管理，大部分池塘荒弃停用。这些池塘因为没有及时排水和清理淤泥，加上生活污水排入其中，长年累

月下来，水面一层厚厚的青绿色浮萍。夏季高温之下，腐臭味飘散在村里的各个角落。村民们对这些池塘打心底里厌恶。"以前啊，这些池塘，到了夏天可不得了，没人会靠近！"盘古岭屯陈大嫂回忆道。

盘古岭屯附近有不少田地，但因为村中大多为留守老人，部分田地疏于管理，有些田地无人耕种，以至野草疯长，肆无忌惮。许多年久失修的老旧房屋东零西散地分散在村里的不同角落，白黄色的泥瓦房经不住经年的风雨吹打，东倒西歪。灰青色的瓦片经不住风雨侵蚀，滋生了星星点点的绿苔，霉色斑驳。原是新鲜亮黄的房屋顶梁柱，留下被蛀虫啃咬过的痕迹。破屋的小院杂乱荒凉，各种不知名的野草、野花透过杂乱的地砖竞相生长。破旧的老水缸，废弃的各类木材、用具，都堆放在小院里。

乡下没有那么多讲究，人们也没有环保意识和卫生意识。垃圾没有分类这一说法，不管是厨余垃圾、有害垃圾，还是可回收垃圾，通通堆放在一起。各家各户门前较为空旷的地方，便是村民的"垃圾池"，只要是垃圾，都会堆放在那里。果皮、塑料袋、食品包装袋，稍微注意些的人家便把它们烧了，黑烟袅袅，经年累月，那块土地变成了黑色。于是，村里便出现了大大小小不下10个"垃圾池"。村

■ 改造前盘古岭屯破旧的房屋

子也没有公共厕所，除了自家的厕所外，盘古岭屯还留有数个"独立"的厕所。这些厕所，是老人们所建，在他们那个年代，家中没有厕所，厕所大都建在户外，或离家不远的空地。这些厕所，都是"旱厕"，没有水清洗，也没有人及时清理，恶臭熏天，苍蝇扑面。尤其是在酷暑里，隔着老远都能听见苍蝇的嗡鸣声。

旺茂镇盘古岭屯的村民不多，且大多数为留守的老人和孩子。过去，在这样的生活环境里，虽然日常炊烟袅袅，孩童嬉笑玩闹，长者碎语闲谈，但心中总有那么一种期望，希望他们的家变得美丽洁净。

如今，新砌好的水泥路空旷洁净，延伸向村子的各个角落。不远处，是两三棵依旧葱绿的小树，旁边是经过精心设计、古朴精致的房屋。很巧，走在路上，我们遇到了临近房屋的主人。这是一个颇为热情的盘古岭老乡，在随意的交谈里，陈阿叔说："过去呀，咱屯可不是这样的呢。谁不想拥有一个舒服适宜的生活环境呢？但没有办法呀，没有人带头，没有规矩，大家都是口头嫌弃，但没有行动呀。咱外面工作回来的孩子啊，都不愿意多待……"没有人不喜欢舒适整洁的环境，盘古岭的村民也一样。他们不是不在意，只是对于这个乡村风貌的改造，盘古岭屯缺少一个带头人，缺乏一个风向标，以及团结一致的精神。2019年政府大力倡导的"三清三拆"乡村风貌改造行动，则给了盘古岭屯一个发展的契机。

天鹅在小的时候是瘦小的"丑小鸭"，但它最终会变成洁白高傲的天鹅；蝴蝶在成为五彩斑斓的彩蝶前是又丑又硬的蛹，但当它蓄积力量，冲破茧蛹，它最终就会变成翩跹起舞的蝴蝶。旺茂镇民丰村盘古岭屯的前身便是"丑小鸭"与"蛹"，"三清三拆"便是帮助其"变身"的助推器。

改造——如火如荼，奋力破茧

环境的好与坏是影响心情的重要因素。过去的盘古岭屯"脏乱差""老旧脏"，许多外出务工的年轻人不愿久待在家乡。那曾经最令人惦念的家乡似乎成了一种望而却步的哀愁。旺茂镇民丰村盘古岭屯的干部们意识到，只有将村子进行深度的改造，才能化解这笼罩在大多数村民的愁绪，建设新时代的美丽乡村。

2017年，习近平总书记在党的十九大报告中提出了乡村振兴战略，指出农业、农村、农民问题是关系国计民生的根本性问题，必须始终把解决好"三农"问题作为全党工作的重中之重，实施乡村振兴战略。于是政府大力提倡建设美丽乡村，实行乡村振兴战略，要搞"三清三拆"的乡村风貌提升行动。旺茂镇民丰村盘古岭屯积极响应党委、政府的号召，让盘古岭也"变"起来。但村里人思想比较守旧，"三清三拆"当然免不了拆迁和征用部分土地，也避免不了矛盾。为了更好地解决问题，旺茂镇镇长李桂平积极动员盘古岭屯的各级干部，召开村民动员会、乡贤座谈会、政策宣讲会等，向村民宣传"三清三拆"的法规政策；同时，组成调解小组定期深入村屯和被拆迁户家中与村民谈心，化解村民矛盾纠纷，协助解决"三清三拆"存在的问题。

兵马未动，粮草先行。盘古岭屯是不足200户的小屯，也是出了名的"贫困屯"，开展"三清三拆"乡村风貌改造，建设美丽乡村，资金成了最大的难题。如何解决资金问题呢？民丰村盘古岭屯的干部们绞尽脑汁，在经过几次思量后，村干部李平决定将盘古岭屯申请为政府"三清三拆"乡村风貌改造的示范点，获得政府给予示范点建设资

第三章 乡风文明

金 1.8 万元。但这 1.8 万元远远不够啊。"家是自己的，还是要靠自己！"李平说。当提出"按屯里的人口筹资，每户人家每口人都进行捐资"时，引起了轩然大波。"这怎么行！我娃儿多长时间都不回来啦，干啥要捐钱！""我孙儿还那么小，捐啥子钱吗？""搞这些都不顶用，真的能弄好吗？"反对声和质疑声此起彼伏，人们七嘴八舌，你来我往，大会如同早上的集市喧嚣吵闹。

"啪！"一声震耳的拍板声响彻会议室，"安静！都给我安静！"

"你孩子常年不回来这就不是他的家啦？以后都不回来啦？"

"你孙儿还小，以后长大了这也是他的家啊！"

"乡亲们，你们说的我都知道！但你们看看我们屯，还是黄泥土路、垃圾满地，什么样大家也都知道！我知道大家全都不容易，也知道大家的担忧，但这是我们自己的家啊，自己的家自己都不愿意建设了吗？"

"只要大家同心协力，我老陈在这里打包票！我们一定可以建设好自己的家，可以把它打造成美丽的精品示范村屯！"

村干部铿锵有力的话语萦绕在耳，村民也都开始冷静地坐回位置思考。"是咧，把村子搞好了，以后住得都舒心些咧。""搞好了，俺娃儿说不定就多多回来了。"虽然仍有几个村民顾虑重重，但陈书记晓之以理，动之以情，终于打破了他们的顾虑。

"'三清三拆'是党委政府号召的，我们要响应党委政府的号召；但家是我们自己的，把家弄整洁了，也对我们自己有益处！"

"我同意！除按人口集资外，我个人多捐 500 元！"

"我多捐 2100 元！"

"我，我没有那么多，但我可以多捐 200 元！"

多次组织各级干部开会商议，多次召开村民大会，积极地开展宣传动员，全屯终于统一思想，明确了建设目标。民丰村盘古岭屯村委积极动员村民投工投劳，为家乡的建设贡献一份力量。为了更好地响应号召，建设美丽乡村，盘古岭屯经过一系列的会议后，成立了专门负责"三清三拆"的村民理事会，全面加强对"三清三拆"乡村风貌改造提升工作的领导，统一思想，明确任务。

经过各方坚持不懈的劝说和努力，村民的积极性一下子被调动起来了，对乡村风貌改造的热情高涨。经过村民集资，各级村干部积极负责，充分发动本屯经济能人捐资，仅在屯内就集得资金25万元。虽说25万元不是个小数目，可以开展美丽乡村的项目了，但还不够。怎么办呢？村干部李平思虑许久，经过开会商议，决定借助社会各界的力量。倡议一出，社会各界积极捐资，盘古岭屯获得屯外社会各界捐助10万元。这样一来，加上政府示范点建设资金1.8万元，民丰村盘古岭屯总共投入近40万元用于乡村风貌改造提升。

"我们会好好利用这笔资金，把它用在该用的地方，把盘古岭屯'三清三拆'的项目进行到底，打造美丽乡村的精品示范村屯，不辜负村民和社会各界的期望！"村干部李平满怀信心地说道。

如今，资金有了，接下来就是如何去规划屯里的乡村风貌建设了。对于盘古岭屯的"三清三拆"乡村风貌改造，博白县政府非常重视，成立了镇村乡村风貌提升工作领导小组，盘古岭屯成立村民理事会，实行"镇领导挂村，镇工作队包片，村干部包自然村，农户包责任区"，形成镇、村、屯三级联动的组织网络，压紧压实责任，将农村人居环境整治工作纳入年度绩效考核评价。定期召开工作会议研究解决实施"三清三拆"过程中存在的问题，部署推进下一步工作。经常以现场办公、实地督查等形式督促落实，有力推动了乡村振兴战略落地见效。

"三清三拆"是指清理村庄垃圾、清理乱堆乱放、清理池塘沟渠；拆除废弃建筑，拆除乱搭乱建、违章建筑，拆除违法违规广告招牌。"针对盘古岭屯的实际情况，要实行盘古岭屯的乡村风貌改造，贯彻落实中央的乡村振兴战略。危房我们要拆除，道路也要扩大和硬化，还有垃圾处理、池塘、厕所、生活污水等都要进行解决，全屯都要进行新的风景建设。我们要把村子搞干净、搞整洁、搞漂亮！我们的目标是破茧成蝶，把我们屯打造成全区的精品示范村屯！"村干部李平如是说。

说干就干，很快，盘古岭屯的乡村风貌改造行动正式开展起来，四五辆挖掘机、破拆机缓缓驶进村子，有力的铁臂高高举起，不多时，

■ 改造中，拆除旧屋动工

那本已残败不堪的小屋就轰然倒下了；蓝色、红色的大卡车满载着几十吨的水泥、沙子、砖头、石子在屯里来来往往，泛起朦胧的尘土，屯里是一派热火朝天的景象。"我们对规划设计的事不是很懂，要做好，就要请专业的人来。"为了让村容村貌的改造更协调、更具有文化特色和乡土情怀，盘古岭屯特地从玉林市聘请了专业设计师陈小帅。他对改造工程进行整体设计，以当地客家文化为灵魂，融入玉林地域文化元素，通过修复和拆旧二次创新，进行有理念、有情怀的改造。同时，经过发动号召以及党员干部的率先垂范，盘古岭屯的广大村民、农户思想观念从"要我拆"转变成"我要拆"，从被动变为主动配合，从"袖手看"到"动手干"，自发配合村干部做好门前屋后卫生清理，将杂物摆放整齐，并自带工具投入本村整治工作中。自觉将危旧房、废弃房清拆，原地翻耕，在房前屋后种花栽树，变成自家的微型小菜园。村民们哪里需要去哪里，积极帮忙，热情高涨。只要需要就力所能及地去做，不等不靠，盘古岭屯的乡村风貌改造行动轰轰烈烈拉开了序幕。

首先是危房和露天厕所等废弃建筑的拆除。经过和主人的协商，盘古岭屯拆除了不下15间废弃建筑，整改了多处乱搭乱建、违法违章的建筑。其次，征集村民的意见，选定道路的宽度，实现道路硬化；同时，将村民散养的各类家禽家畜圈养好，以保证改造行动的顺利进行；购买颜料，发动各家各户，对自家房屋外墙壁、附近电线杆、围墙等涂鸦和广告进行清理。再次，针对屯中乱扔垃圾的现象，发动村民自行准备工具，沿着村路将垃圾回收清理；同时，针对屯中人口的分散状况，设置定点的垃圾桶，保证垃圾集中堆放，每日安排专门的车辆进行搬运清理；对于乱堆乱放的各种材料和工具，找来主人将材料进行分类，无用的清理，有用的拿回家中。最后，是对池塘沟渠的清理，其中，最难的是解决村民的生活污水问题。陈小帅设计师通过考察，决定挖一条供排生活污水的专门通道，并通过在塘中种植各类植物净化水质，达到净化和美化的双重收益。

"盘古岭屯乡村风貌改造要有自己的特色，不能千篇一律。"陈小帅设计师说。在陈小帅的设计下，盘古岭屯的乡村风貌改造，从广西博白的客家文化入手，结合玉林的文化特色，把"鬱"字纹、三角梅这些文化底蕴，融入乡村风貌改造之中。在此基础上，陈小帅设计师充分把过去村民"淘汰"的农耕工具，摆放在专门的房间里，成为独具特色的"农耕文化史馆"。乡村风貌改造的工程很大，加上乡村大舞台的改造，还有公厕的改造，以及建设乡村游乐园、每家每户的外景规划设计、家禽家畜的圈养方案等，要付出巨大的人力和物力。"政府对我们屯的'三清三拆'乡村风貌改造很重视，而且我们屯的人也是很积极、热情高涨地去做这件事情的。"村干部李平告诉我们。在全屯的努力下，如今的盘古岭屯乡村风貌改造效果突出，把"脏乱差""老旧脏"的村庄建设成了干净整洁、美丽宜居的新农村。

当下——乡村画卷，徐徐展开

经"三清三拆"乡村风貌改造，如今再走进盘古岭，展现在我们面前的是一幅崭新的乡村新画卷。

红砖砌成的"幸福是奋斗出来的"八个大字映入眼帘。大字的周围是排成矩形的红砖。矩形之外，是盎然的青绿色盆栽，星星点点的小花点缀其间。脚下，是两米宽的水泥路，延伸到各家各户；劲拔苍绿的树木整齐地排列在道路两旁,迎风招摇,似在夹道欢迎每一个来访者;笔直的太阳能路灯规律地排列在道路两旁。从正门进去不足百米,是两大片绿波荡漾的荷塘。这片荷塘已荒弃多年,过去,村民们常将生活污水排入,水面肮脏不堪,腐臭味常年飘散。"如何解决盘古岭屯的生活污水问题是进行乡村风貌改造的一个关键点,这片池塘最适合作为生活污水的排入地,因此,我们决定整体清理这片池塘。"于是在祖公厅前面建设了占地 10 多亩的生活污水消纳塘,种植荷花、芋苗、风车草等多种过滤水质能力强的植物,让全屯的生活污水得到了有效处理。"这样既达到净化水源的目的,也达到了美化环境的效果。"陈小帅设计师如是说。

如今,宽大的荷叶铺满池面,几支荷茎探出水面,与蜻蜓嬉戏。青绿色的花苞怯生生地低头不语,成熟的荷花自信而张扬,借助绿叶

■ 改造后绿意盎然的荷塘

的烘托，舒展身姿，尽情地享受着人们的夸赞。红与绿果然是最相配的颜色，既不会让人感到枯燥乏味，也不会让人感到肆意妄为，簇簇浓绿环拥朵朵粉嫩，这是最让人舒服的颜色搭配。清风拂面，送来缕缕清香。风车草、芋苗等植物生机勃勃地吸收着阳光雨露，尽情施展各自曼妙的身姿。荷塘的东南角是用红砖修筑的亭台，观荷的小路用砖块铺成，几根粗大的砖柱撑起遮风挡雨的屋脊。顺着小路往下走，是一个几米高的两层亭子。这是精雕细琢的款式，最顶层的设计仿造古时的屋顶设计，分明的瓦片痕迹，微微上翘的翘檐，陈新交杂的黄褐色纹理，铺满了整个亭顶。"观荷亭"三个大字刻在亭顶的中间，是标准的方正楷体，烫镏金的字迹，威武堂堂地展现于眼前。站在"观荷亭"上，可以体会"一览众山小"的心境，将整片荷池尽收眼底。不远处，经过篱笆小路，是与"观荷亭"遥相呼应的"思源亭"；"吃水思源"，以此命名。盘古岭屯还有间特殊的屋子，名为"农耕文化村史馆"，锈红色的字迹鲜艳醒目。走进屋内，农作工具琳琅满目：破旧的锄头、"年老"的石磨、"伤痕累累"的扁担、陈旧的竹编筐、七八十年代的老电视机……堆满了这间不小的屋子。"这个设计理念就是农耕文化的一个村史馆，其实我们农业现代化之后很多以前用的东西，比如犁、耙、铲、打谷机都没有了。以前都是人工的，我们把它留下来就是让子孙后代知道，原来他们的祖先是用这些工具来进行农业生产的，起到教育他们珍惜粮食的作用。"陈小帅设计师向我们介绍这间村史馆的来由。与荷花亭、思源亭齐名的，还有隐藏在村中的"风雨廊"——颇具客家特色的廊桥屋檐，廊下是各色植物盆栽，铺满了青绿色的草皮。廊内设计了几个石椅，供村民们在此吹风赏雨，闲话家常。

乡村振兴中的 博白 故事

■ 改造后盘古岭屯的一角小景

　　屯中供车行的主干道主要为硬化的水泥路。道路两旁，太阳能路灯鳞次栉比排列开去，每间隔百米，便投放一个青绿色的垃圾桶。房前屋后走家串巷的小路，是用沥青铺成，覆盖着红色的塑胶，红砖头摆放成了规矩的菱形，随着小路蜿蜒而去。小径弯弯绕绕，白底花色的盆栽有规律地摆放在小径旁，形成了独具特色的小径。过去裸露的空地里栽种了不少桂花树，青绿色的草皮覆盖了黄褐色的土地。小盆栽出现在各个角落里，令人眼前一亮。为了产生很好的视觉效果，展示美丽乡村，盘古岭屯将村民的房屋墙体统一刷新为干净的白色。新修筑的房屋屋顶设计为具有客家特色的坡度，蓝色的砖块，蓝白交相辉映，让人心生愉悦。房前屋后，随着小路左行右绕，在适时的角度，总会有令人惊喜的风景。在宽窄一致的巷子里，有红砖白墙的圆形拱门，精心雕琢的小池水声潺潺。近旁栽种了宽大的芭蕉、苍劲的翠竹，

■ 改造后盘古岭屯的风景

增添了盎然的生机。房前屋后，篱笆围成的小院栽种了村民自家的果树、青菜、小花。草皮覆盖了大面积的空地，阳光雨露，草色青青。红色的塑胶小径，红的花、紫的花，各种款式的植物小盆栽随处可见。部分墙体保存了旧时的凹凸，经过重新粉刷设计，放上一两种小饰品，倒形成了别具一格的美。

旧时泥砖筑成的小屋虽已被推倒，但在一条路旁，仍留下了两面泥墙。泥墙经过精心的设计，盖上了红褐色的瓦片，墙体上用黑白的颜料绘制了独具特色的带有"盘古岭屯"字样的圆形徽章。徽章下，用红色的颜料写有"盘古岭屯，美丽乡村"的字样。"这徽章是我们屯的标志，就好比校徽一样。保留下这两面泥墙是为了告诉我们的子子孙孙，他们的父辈之前是生活在这样的房子里的，做人不能忘记过去。这面墙矗立在这里，就是时时刻刻提醒盘古岭屯的人们，要继续向着幸福生活努力。"村干部李平向我们解释了这面墙保留下来的原因。

如今，走在盘古岭屯的路上，盎然的绿色率先映入眼帘，白墙青瓦的房屋点缀在青翠的绿色里，各式各样的小花隐藏在各个角落，整个村屯干净整洁。房前屋后、巷口转角都进行了精心设计，各种小景随处可见，一步一景，行走其间，令人赏心悦目。

沿廊下，三两个老人摇着大蒲扇，坐在石椅上话着家常；孩童在路上撒野奔跑，嬉笑打闹。和风徐徐，空气中飘荡的是若有似无的花香。"以前这些地方看起来不合心意，人们不经常回来，现在做好了，人们开开心心地经常回来玩，白天夜晚都回来。做得很漂亮，又种有很多花草，人们很开心的。"看到我们，庞奶奶眯着眼睛，笑意盈盈地说。

蓝天白云，松林翠竹，鸟鸣愉悦，红蜻蜓低飞盘旋。荷塘里风平浪静，木制的老水车"咯吱咯吱"地缓缓转动，带起的滴滴透明的水珠在太阳下熠熠生辉，好一派岁月静好的美景。

未来——蝴蝶翩跹，精品示范

按照"清洁、美丽、生态、宜居"的建设要求，旺茂镇将农村人居环境整治工作不断推向深入，整治效果在各村"全面开花"。在盘古岭屯的"三清三拆"乡村风貌改造行动中，全镇积极开展党员领导干部回乡美化家园活动，充分发挥模范带头作用，动员党员领导干部1000多人次。截至目前，盘古岭屯拆除违建、危房、旧公厕、猪栏、围墙、旧村舍约68100平方米，清理排污水沟103处，大大美化了村中环境。昔日的脏水塘变成生活污水的消纳点；废弃的农作用具成为村史馆的陈列品；古老的墙成了艺术文化墙……脏乱差的乡村纷纷变成网红打卡点，吸引了不少游客、考察团前来参观。

如今，盘古岭的二期工程已经基本完成，"三清三拆"乡村风貌改造行动已近尾声，但盘古岭屯的目标并不止于此。"盘古岭屯下一步将加大对基础设施的投入，进一步完善道路、住宿、停车场等配套设施，把盘古岭屯打造成为集旅游、休闲、养生、娱乐为一体的乡村休闲旅游目的地和宜居新农村，努力争创精品示范村屯。"村干部李平向我们介绍了盘古岭屯的未来规划。

"我们会支持美丽乡村这个项目一直做下去，做到最好。"盘古岭屯的村民如是说。

下一步，旺茂镇将进一步解放思想，以本次"三清三拆百日攻坚""扫一遍"为契机，继续将"三清三拆"作为乡村风貌提升的重要抓手，在盘古岭试点示范中总结提炼出一套符合实际、能复制、易推广的经验做法，以盘古岭模式继续推进民丰村下底峒、朱砂塘等的整治，努力在"三清三拆"工作中弄潮搏浪，打造乡村风貌提升示范精品村屯。实施乡村振兴战略，开展"三清三拆"美丽乡村建设项目不仅需要政府的大力支持，更重要的是要得到村民的认可与齐心协力。如今，盘古岭屯的村民上下一心，热情高涨地支持建设项目，取得了很好的成绩。相信在不远的将来，三期工程完成后，盘古岭屯一定可以成为集旅游、休闲、养生、娱乐为一体的乡村休闲旅游目的地和宜居新农村，为各个乡村做出精品示范，成为精品示范村屯。

亚山镇民富村：民富缘有好党员

■ 林芬妍

这是坐落在桂东南的一个博白小镇亚山镇。这里，气候宜人，风调雨顺，绿满四季，是广西客家最大的聚集地和世界第一大客家人聚居县。其中有一个坐落在亚山镇东南部的小村庄，辖区总面积约24.1平方公里，有58个村民小组，总人口有7760人。这里，人们说着一口极富特色的地佬话、客家话，人与人之间相处和谐，远近闻名。这里，以种植水稻、果蔗、火龙果、黑皮冬瓜等为主要经济来源。这里，就是民富村，13年无刑事案件发生，实现了"无命案、无吸毒、无邪教、无重大刑事案件、零上访、村内矛盾纠纷化解不出村"的目标。是全国民主法治示范村、全国人民调解模范村、全区法治宣传教育先进单位，是自治区的生态示范村、生态示范屯等村屯示范点。

民富安和，有叔家广

古言，"家"不和，则万事难"兴"。此前的民富村"民"并不"富"。这里的村落多以姓氏划分，长期以来，宗族观念盛行，大大小

第三章　乡风文明

小的纠纷时有发生。但有这么一个人，他用了19年的时间，实现了民富村由"乱"到"安"的华丽转身；以19年的奔波，造就了民富村由"贫"到"富"的完美蜕变；以19年的汗水，完成了民富村由"脏"到"美"的精彩改造。他，就是远近闻名的广西博白县亚山镇民富村党支部书记、人民调解委员会主任——陈家广。他用了十几年的时间，从中年到老年，使亚山镇民富村的村民摆脱了封建迷信，全力推进了民富村的精神文明建设。

1950年9月，一个小男孩出生了。刚出生的他，便遭遇了不幸：父母离世，他被寄养在伯父伯母家，由伯父、伯母带大，他就是陈家广。陈家广小时候很懂事，知道伯父、伯母为了养他们几个小孩是多么辛苦与不容易。他经常帮伯父母做一些力所能及的事情，"小小的肩膀，担起了大大的担子"。村里人见到他，都会热情地对他说："家广，今天又来帮伯父种田哇？真是一个懂事的孩子。"他每次听到大家这么说，都会腼腆地笑笑，继续做着手里的事情。家广很聪明，也很好学，成绩在班里经常数一数二。身边的同学有问题都会问他，老师们也对他赞不绝口。他的伯父、伯母为人善良，与乡邻和睦相处，总是能帮就帮。他们总说："要做一个老实人，讲规矩，办好事，不能做坏事。"这句看似普普通通的话，成了陈家广兢兢业业、无私奉献的座右铭，也影响了他的一生。陈家广是一个土生土长的农民，对生他养他的家乡有着浓厚的感情。从1973年8月加入中国共产党，1999年10月参加工作，2005年7月任民富村党支部书记至今，"以民为本"一直是他的宗旨。身在基层的他深知群众的苦和盼，时刻把群众的冷暖挂在心上，千方百计地帮助群众解决困难。

村干部工作繁杂，村里红白喜事、矛盾纠纷、家长里短等大大小小的事都要村干部参与。1992年夏天，民富村发生了一场罕见的旱情。持续几个月的干旱天气导致村民们的晚稻无法播种，河流水源比平常少了三分之二。当时的民富村，有58个村民小组，7600多人口，600多亩的水稻眼看就要枯死。所有的村民都围着村里唯一的水源——水塘，抢水灌溉。"我们家的稻田比较远，先给我们家水！""不行，我们家的田离水塘比较近，先给我们家的稻田引水！""我在这都已经等了一天一夜了，先给我们家引水成不成？我这都等了好久了——""不成不成，那我们爷俩在这也等了好久了，而且是我们先来的，应该让我们家先引！"家家户户的代表都拿着锄头、水桶等堵在水塘口，七嘴八舌，纷争不下，乱作一团，没有一户人家的稻田能够灌溉。这时，陈家广站了出来，他的田离水塘最近，但他提议先把水引到最远的田里，由远到近灌溉。家广左手拿着锄头，右手指着那边的稻田，嘴里规划着引水程序及引水路程。他带领村民组织生产自救，购买抽水设备。大家看到他带头礼让，都表示同意。刚开始，大家都井然有序地引水，可是，就在陈家广忙了一天一夜换班回家的时候，就有村民开始抢水了。每当这时，他都会立即返回去制止抢水。就这样，他在田头一待，就是三天四夜，挺着疲惫困倦的身体，直到全村人的稻田里全都蓄满了水，他的心才安定下来。那年夏天，民富村在陈家广的带领下度过了罕见的旱情。他公平公正、舍己为人的优良品德也由此在村里逐渐传开，赢得了村民们的信任。

陈家广为人憨厚老实，热情待人，对待每一个人都是和和气气、好说话、讲道理、有礼貌。1999年，党组织和村民们推选陈家广当村干部。当时他与人合办了一个红砖厂，正值生意红火的时候，年收入达 3 万多元，小日子过得很滋润。陈家广犹豫，一边是刚做起来的红火生意；一边是村民对自己的信任。他仔细一想："我作为一名党员，群众这么信任我，我就不能为群众做一些实事吗？"最后，他决定放弃红火的生意，带领大家改变村里落后的面貌。他的亲人甚是不解，也有反对的："你放着好好的几万块生意不做，怎么选择当一个每月几百元工资的村干部呢？不成不成，我们觉得你还是做生意比较划算嘞！"每每听到他们这样说，陈家广都回答："我是一个孤儿，养父母从小教育我要凭良心做人。"亲人看到他如此坚定，也就不好再说什么了。

陈家广热心公益，爱做"和事佬"，1999 年 8 月，他被村民推选为人民调解员。这些年来，每当民富村哪里有群众矛盾、邻里纠纷，他总会第一时间赶到现场，做调解工作。日复一日，年复一年，他对待工作始终坚持公平、公正的原则，用高度的责任感化解了一个个矛盾纠纷。迄今为止，他共成功调解矛盾纠纷超过 1500 起，民富村也因此变得越来越和谐安宁，获得"全国民主法治示范村""全国人民调解模范村"等荣誉称号。

2004 年，有一位王姓老人去世，家属打算将其葬在陈姓村民的屋背岭上，引起陈姓村民的强烈不满。陈姓村民说："这可是咱们陈姓村的土地，他一个王姓村的，怎么能葬到我们的地头上来了？"有人说："对啊对啊！这完全不可能的事啊。""咱们大家伙儿必须制止这件事啊！不能让别人欺负到咱老陈村的头上来啊！""对啊！走，我们带上人去制止他们！""走！走！走！"他们聚集了 300 多人赶到屋背岭这边，有带锄头的，有带木棍、铁棍的，也有带刀具的……王姓这边的村民一听有这事儿，也组织了 400 多人到现场助威。当时的场面，可谓人山人海，双方都在争着吵着，争执不下，有人激动得想动手。"家广叔——家广叔——""家广叔，陈姓村的村民跟王姓村的村民在屋背岭打起来了！他们来了可多人了！大伙儿让你赶紧过去瞧瞧呢！"陈家广在屋里头刚做完一些笔记，听到屋外叫唤自己的声音，还有人打架！他二话不说，搁下笔，连拖鞋都没来得及换，便立马跑出去。只见村里的一个小孩，站在门口，双手撑着膝盖，弯着腰气喘吁吁。那是陈老汉家的孩子。陈家广问道："崽子，你说谁跟谁打起来了？""家广叔，陈姓跟王姓两村人打起来了！""在哪儿呢？""陈姓村民的屋背岭那里，可多人了！大伙儿让我过来给您报信儿，让您赶紧过去瞧瞧呢！"小孩还没说完，他已经跑出十米远了。到了屋背岭，双方村民已经推搡到了一起。有村民看到他过来，便喊："家广叔过来了！咱们的调解员过来了——"几个人过去搀扶着陈家广走过来，大伙儿纷纷停了下来，以陈家广为中心，集合到一起。"家广叔，他们王姓的欺负到咱的地头上来，这不是摆明了要占用咱们的土地吗？""是啊！家广叔，你瞧瞧他们干的啥事！""家广叔，这不是我们欺负他们啊，风水先生看了，说这一块风水好，然后我们就想着老人家走了，这不是想给他寻块好地方吗？""家广叔，家广叔……"陈家广还没来得及开口，双方村民都七嘴八舌地纷

■ 民富村村委陈家广个人照

纷说出自己想说的话。陈家广听了大致的来龙去脉后,操着一口流利的地佬话说道:"两村代表过来一下,咱大伙儿好好说一通。""你们怎么回事儿啊,作为代表,你们怎么能带头在这闹事呢?大家都是邻里舍里的,这么伤和气,这哪行啊?有事咱们就好好地坐下来商量不就好了吗?你们瞧瞧,就为了这点事儿,那么多人聚在这儿,都不用养家糊口了是吧?家里都还有小孩呢,这会给他们造成多么不好的影响哇,你们说对不对哩?"陈姓村的代表跟王姓村的代表都沉默了。"家广叔,我们知道错了,不应该这么鲁莽。""家广叔,俺们也知道错了。"两方代表回答道。陈家广立马露出了笑容,说道:"哎,这就对了嘛!有啥问题,咱大伙儿坐下好好聊聊。咱不差这点时间,就是切莫伤了和气哦。"就这样,经过调解沟通,王姓村民选择了火葬,两村也因此避免了流血事件的发生。

竭尽全力,发展民富

2005年,村干部陈家广在担任村支书时,村委会的基础设施建设资源严重短缺,村干部的办公条件很艰苦。没有办公室,村委会的干部们只能借用17平方米的道班房办公,村"两委"的牌子也没有地方挂,群众连村委在哪儿都不知道。每次开村民组长会,只能随便找个能落脚的空地当会场,没有桌子,没有凳子。有时候大家站着、蹲着,有些人把鞋子放到屁股下面垫着坐。面对这么艰苦的条件,村干部们很是着急,天天想着如何能改善。作为村干部的一员,陈家广很想带领大家走向发家致富之路,让民富村真正"民富"、先进、文明,不给国家拖后腿。为此,大家积极向上级部门反映情况争取资金，在2007年到2010年三年时间里，县委组织部和县司法局先后支持民富村20多万元。村干部看着基础设施还未齐全，人力物力财力都得支出，资金有限，为了能省一点是一点，就动员村民出工出力。有天傍晚，村干部们召集群众聚到还未完工的村委办公楼前的空地，带头人陈家广看着到齐的村民，说道："大家都吃过饭了吗？这次让大家过来啊，主要是想跟大家商量件事。"陈家广指了指旁边还未完工的办公楼，说道："大家也看到了，咱们的这栋办公楼啊，还没建好，那边的水泥、砖块，还有沙子、石子等建筑材料得花不少钱。咱要想把楼建得漂漂亮亮的，资金是肯定不够的，所以今天就是想跟大伙儿一起商量商量，苦力咱们自己出，材料要勤俭节约，这样可以直接省了多请几个建筑工人的支出，大家觉得怎么样呢？"村民们沉默了，没有人出声。这时，村头的老李说了一句："家广叔，我觉得这个提议好！我同意你这个提议！"随后，大家也纷纷表示赞同。家广看到大家这么积极配合，说道："好！谢谢大家的支持，那从明天起，咱们多做一点，省点成本费用，有啥事咱们能做的就自己来。"大家都在说"好"！就这样，陈家广每天凌晨4点半早早来到工地，看看进度怎么样，而后就撸起袖子跟裤脚，跟村干部和村民们挖土方、运材料，历时两个月，一砖一瓦地建成了300平方米的村委办公室，解决了民富村委没有办公场所的问题。后来，在上级组织和有关部门的帮助下，民富村又多方积极筹集资金，开展村级组织规范化建设。现在，村委办公面积已经达到2000多平方米。村委有了像样的办公楼，村干部办公和群众办事都方便了，可陈家广还是觉得哪里不对。后来意识到：村委办公室是有了，但是村民活动场所没有。人家城里都有，那为啥咱村里不能也搞一个呢？而且平时大家除了在地里、田间，或者在家里、去赶集，就没有一个能让大家娱乐的活动场所，村民缺乏积极向上的文化生活而热衷搞封建迷信活动，这哪儿成！长此以往，民富村落后的精神面貌只会每况愈下。不成，必须得搞一个哩！于是，在考察了村里的各个地形角落后，他做了一个大胆的决定——拆掉社坛建法治文化广场！随后，他马上找来村"两委"班子商量。

"你们是村里的代表，你们看，我们现在办公楼建好了，村干部办公和群众办事也方便多了，咱们民富村在往更好的方向发展哩！但是这几天我思来想去，总觉得咱们还能继续往更好的方向发展。你们觉得呢？"说完，看了看"两委"班子成员。"家广叔，您有啥就直说好了，咱们这些都是没怎么有文化的人，想问题呢，也不够周全。关键时刻，还得您来主导嘛。""对嘛，家广叔，有啥好发展的，只要咱民富村能变得越来越好，能跟上国家进步的脚步，咱们必须得做呀！""两委"班子成员急切地说道。"好！大家都很积极嘛。我是这么想的。你们看，咱们村民每天不是在地里田间的，就是待在家里，有时候还会搞些封建迷信活动，你们看，是不是搞一个村民活动场所给大家活动活动？这也是一种完善乡村基础设施嘛，你们说对不对？"大家听了，沉默着。他看了看大家，觉得他们有些心动，于是继续说道："这几天我也看了，就想着要把场所建在哪里对大家都比较方便。我就想到了咱们村的那个社坛……"陈家广话还未说完，有人立刻反对："这么多届村支书都不敢动，你动得了？""陈家广，你要是敢拆社坛，我们就把你从族谱上除名！"甚至有人还诅咒："谁动土地神，谁家灭！"也有人好心相劝："家广，没必要！拆社坛要得罪陈、何两姓6000多人呢，你一个村支书，没有必要得罪那么多人。"听了反对的声音,陈家广坚定了要拆掉社坛建法治文化广场的决心。

回想起当年这段,他心中想的仍是群众,是如何把民富村建设得更好。他认为,作为一名基层党员干部,首先要带领群众破除封建迷信,观念不更新,其他方面也难发展。只要我当一天村支书,就得干好这件事!

他先组织村民小组长、党员统一思想,再挨家挨户找德高望重的老人、思想封建的妇女做思想工作。同时利用村里可视广播电视站和宣传车大力开展法治宣传,告诉村民封建迷信的危害,宣传建造法治文化广场的设想。经过四个多月的进村入户,陈家广费尽口舌,不知疲倦地对村民们开展思想工作,做好民富村里里外外、家家户户的法治宣传工作。在此期间,陈家广去探访常被拦在门外拒而不见。但他多次上门拜访,循环往复;也有村民对他恶语相向,很不待见,但每次他都会以笑相对。比较激烈的村民撕掉发下去的法治宣传单,用刀、木棍等划坏宣传车上的宣传广告,但他不会责怪一句,而是默默地补上宣传资料,哪里缺了就补哪里……终于,功夫不负有心人,村民们的思想慢慢转变了,开始参与到拆社坛、建广场的工作中来。社坛顺利拆除了。现在,民富村建成了广西第一个大型的村级法治文化广场,占地7000多平方米。灯光篮球场、大舞台、排球场、羽毛球场、活动室等设施一应俱全。村里无论男女老少,看到这些设施,心生欢喜,感慨村支书的决定是正确的。法治文化广场建好的那天,村民们自发聚集起来,载歌载舞,没有了香火萦绕,大家都唱起了《今天是个好日子》。如今,每逢重大节日,这个广场就成了村里最热闹、最欢乐的地方!看着大家都很喜欢新建的文化广场,陈家广觉得自己的这个决定是对的,只要能让村子发展起来，村民们过得安居乐业，这一切就是值得的。广场建成之后，陈家广经常到广场看村民们。他看到村民们从家到广场，一路黑灯瞎火的，而且道路又不好走，心想，道路与路灯是十分必要的。要想有好的路，就得村民自己建一条！于是，陈家广发动集资180余万元，硬化了一条200米的村屯路，安装了231盏太阳能路灯。每到傍晚天黑，路灯一开，道路四周方圆20米内都是亮澄澄的，去文化广场活动的村民也增加了很多。如今的民富村，村屯道路基本实现了硬化并配有太阳能路灯。

　　我去过民富村，看到那里的村民安居乐业，基础设施都基本完善。孩子们快快乐乐地上学，村干部们在村委会办公室办公。并到民富村的村委会办公楼，一进门就会看到墙壁上写着"为人民服务"的鲜红大字。每个村干部都恪守职责，每当有村民来时，他们都很亲切地问："老张，你来办啥事儿啊？""老林，有啥事儿来了？我们给你办。"他们办起事来毫不含糊，办事效率也快。我仔细一看，原来他们办事有一个流程：申报人到村委会来，找到对应的办事类型：即办类——即收即办；代办类——由代办员或由村干部传送到上级服务中心；咨询类——提供各类政策解答服务咨询；传递类——及时转交不属于中心受理或中心难以解决的诉求、意见、建议。确定了类别，然后跟村干部对接，再由相应人员转到上级服务中心，最后反馈给申报人。这个流程就贴在左边的墙壁上，来办事的村民都会先看过流程，然后找相应的人员办理。这样下来，村民的事情得到及时解决，村干部的办事效率也逐渐提高，啥也不耽误，真是两全其美啊！

油菜格桑，奔向"好日子"

　　这些年来，民富村村干部致力于发展，希望民富村越来越好。民富村在村委干部的组织领导下，大力实施乡村振兴战略，群众思想转变了，矛盾纠纷化解了，但村干部们觉得民富村还没有真正实现"民富"，心里犯愁。为了使村民尽快富裕起来，他们根据民富村的实际情况，了解了村民们的种植收获率，市场营销率高的经济作物，土地适合种植的作物，村民们能接受的经济发展模式，等等。他们勘察村里的地形地势，积极向富裕起来的别村学习经验，积极带领村民发展现代特色农业，并建立了"甘蔗生产联合会""畜牧养殖联合会"等致富联合体，引导村民们种植糖蔗、黑皮冬瓜、怀山药、火龙果、番石榴等经济作物2500亩；建成猪场100多个。土地流转规模扩大后，陈家广向村民们提议种植大面积的油菜花、火龙果、向日葵、格桑花等观光作物，大力发展休闲农业和乡村生态旅游观光业。2016年，举办了亚山镇民富村首届油菜花摄影大赛。

　　油菜花开得正旺的时候，远远望去，大地像铺上了一条金色的地毯，又像大自然撒了一地的金子。走近了，浓浓的花香弥漫了天地，馥郁芳香。田野里，一片黄澄澄、金灿灿，耀眼夺目。高高的花杆顶着圆圆的葵花，冲着太阳微微点头；花盘上，唱的蜂，舞的蝶，飞的蜻蜓，千姿百态，妩媚动人。这是亚山镇民富村油菜花和向日葵生态园农业观光新景点的画面，大片大片的油菜花一眼望去，赏心悦目。

　　村里最大的火龙果基地，在结果之季，一眼望去，红通通的硕大的火龙果挂满枝头，村民们迎来收获的喜悦。待旺季，四面八方的人驾车来基地休闲观光，品尝时鲜果蔬。基地的发展也带动了村民就业，一个人一天能赚几十元钱。既能赚钱，又能顾家，还能带动家乡经济的发展，岂不美哉！

青柚庄园，发家前线

  青柚是一个比较新奇的东西。比起沙田柚、蜜柚等，青柚算是一个新品水果。博白县亚山镇民富村的青柚基地主人是民富村的陈晓河。2008年，在外地创业多年的陈晓河回到老家博白县。他曾开过饭店、木片厂，接过工程，但生意总是不尽如人意。2010年，陈晓河进军农业，成立博白县丰和进农业开发有限公司。陈晓河一路摸爬滚打，从种植油菜花、格桑花、向日葵到火龙果、西瓜芭乐，他不断尝试。最后，他遇到了青柚这一比较适合当地气候的品种。青柚一年四季都开花结果，果期长且耐贮存，好管理，其开花、挂果和成熟时间与蜜柚、沙田柚刚好错开，避免了扎堆上市。陈晓河有着良好的商业头脑与经营能力，村里人称他为民富村"青柚庄庄主"。村里向他的公司注入了200多万元。现在青柚园的青柚长势很好，一年四季都会有青柚产出。大片大片的青柚树，一眼望去，密密层层，葱葱绿绿。我去过一次民富村的青柚园，青柚树长势很好，一排排、一列列，井然有序。每一棵青柚树，不像别的树种一年里开花结果四季分明，而是开花、结果、果实成熟能同时在一个时节一棵树上全部实现，很新奇也很特别。在我们跟青柚园的工作人员聊过之后，了解到，今年是他们种植青柚的第三年，而今年也是青柚正式进入水果市场的一年。为了能让青柚新品种更好地进军市场，他们在装饰上花了不少心思。如装青柚的竹篮，给每个青柚都装饰上小标签的装饰物品。我拿过一个装饰好的青柚，看见小标签上有这么一句话："抱怨从来都是弱者的借口，而强者却把改变当作武器。如果你身处暗夜，不如提灯前行，停止抱怨、积极改变才能遇到更好的风景。——一个努力的柚子。"听他们说，每一个柚子上都会有一段话，而且每个柚子上的话都是不同的；这些话，都是他们老板或者工作人员想出来的，或者请人帮忙写。从青柚的开发种植、培养，到开花结果，再到进军市场，无论是在开发上，还是装饰上，都充满了新意。这里的一个青柚为何能卖到五六十元的价格。听园里的工作人员说，有福建、河北等地的销售商来跟他们商谈业务，园里的青柚几乎被预订完了。青柚让民富村有了一个亮眼的通行证、知名度。相信不久，青柚会慢慢进入人们的视线，进而走进人们的平常生活。

发展道路上，没有谁会是顺风顺水的，民富村也是一样，在民富村的发展经济道路上，也遇到过重重艰难险阻。当初引进浩林、万林两家企业时，在征地过程中遇到了不少的阻碍。提起这些，带领人陈家广不禁陷入回忆。老话都说，土地是农民的命根子，要把祖祖辈辈耕作的土地卖掉，村民心里多少都有些顾虑。加上认为土地补偿金太低，

■ 在民富村青柚园拍摄的青柚

第三章 乡风文明

很多村民都拒绝在征地协议书上签字。作为一名村带头人,陈家广意识到,要想让群众改变这一思想,还得多下点功夫。于是,他与村干部一起每天晚上走家串户,做思想工作,时常忙到深更半夜。然而,不少村民甚至怀疑陈家广拿了政府和企业老板的好处才这么积极。面对群众的质疑,他始终坚信:一心为民,不怕群众不听;一碗水端平,不怕群众不服;一身力出尽,不怕事情不成。每到一家村户,他总会耐心地解释,说:"我们民富村经济基础薄弱,自身发展能力差,只有依靠外来投资,才能改变现状。如果我们村不为投资商做好服务,那么他们就会到别的地方去投资,那咱们村不就失去了一个发展的机遇吗?大型的企业投资在这儿,最直接的好处就是可以解决村民的就业问题。大家看,咱们村最近小伙子们是不是都陆陆续续回来啦?另外,企业工人的生活所需,能给我们村带来很大的商机,也能进一步完善村屯道路等基础设施呀。"经过挨家挨户与群众推心置腹的交谈,大家陆续同意了征地协议。在之后长达 8 个月的征地建厂过程中,陈家广每天都到施工现场,配合迁坟 200 多座。

在村干部们的带领下,村民们亦工亦商,亦种亦养,大胆开拓财路,走上了脱贫富裕的小康之路。到 2017 年,民富村八成多的农户建起了新房,百多户人家购置了轿车。看着这一切,陈家广心里成就感满满,看着村民能发展好,他觉得这一切值了!他说:"作为村干部,就是要着力于村经济的发展,就是要看看村民口袋的钱多了没有,群众是否安于脱贫致富、安居乐业。群众过得好了,我也就好了。"村民们也打心底里信服村干部,信服作为村老书记的他,纷纷表示:"跟着这样的'带头人',好日子有奔头。"

环境文明，重修祖堂

村里经济渐渐活起来了，村里的文化教育水平也在不断地提高。2018年5月，为了更好地保护好生活环境，亚山镇民富村小学开展了轰轰烈烈的保护母亲河运动。老师们利用集会时间，开展"大手拉小手，保护母亲河"活动，由老师讲述有关保护环境的小故事，学生们积极向大家分享自己身边爱护环境的小故事。全校700余名孩子和全体教职工在横幅上签名，孩子们参与的热情十分高涨，在老师们的组织带领下有秩序地签名和做一些有意义的小活动、游戏等。通过此次活动，鼓励大家都来保护母亲河，让家乡更美丽动人，为环保做一些力所能及的工作。同时学校积极号召广大师生，爱护环境要从自己做起，从身边的小事做起，不乱扔垃圾，养成一个讲卫生、爱环境的好习惯，增强"保护环境，人人有责"的意识。

"叮叮叮叮咚咚——叮叮叮叮咚咚——"

"噼里啪啦——噼里啪啦——"

"家广叔，家广叔，你来了！你吃饭了吗？快，坐下跟大伙儿一起吃！"

"好！好！好！你们先吃，我先去瞧瞧咱们那聚宝池多亮堂！哈哈哈……"

"阿四婶，你们那糕点粽做好没呀？拿点过来大厅这，待会儿要用到哩！"

"富强叔，肉要快点切哦，大伙儿这边供应不上啦——"

"大伙儿都吃饭了吗？还没有吃饭的快过来吃饭呀——"

第三章 乡风文明

"快快快,阿嬷阿妈们快过来拍照啦——大家都不要急,不要挤,慢慢来啊——来,站好队列啦,来,一,二,三,笑!茄子!好——"

…………

铿锵有力、热闹非凡的锣鼓声阵阵响起,周围一片喜庆、热闹。四只舞狮子从大老远的村口一路舞到这儿,是两只红狮子和两只黄狮子。四只栩栩如生的狮子神气十足地出现在人们面前,眨巴着一双大眼睛,摇头摆尾。它们来到用木桌子搭好的大约有两层楼高的戏台前,向大家鞠了个躬,后脚一蹬,前脚一提,轻松地跳上了第一层桌台。狮子伸伸腰,撅撅腿,冲观众点点头,腾挪间又跃上了第二层桌台。紧接着,狮子后腿直立,前腿悬空,在仅有两三个平方米的桌面上威风凛凛地站了起来。观众席上爆发出雷鸣般的掌声,观众不约而同地大叫道:"好样的!"

另一旁,有些人在忙活着准备祭拜用的糕点粽、香、烟、酒、香纸、猪肉、猪头、羊肉、牛肉等物品。有的人在祠堂门前的大草坪吃着午饭;有的人在祠堂门前拍照。几代人在一起,其乐融融。大家都在忙活着、吆喝着,在外地的村里人在这一天也回村了,热热闹闹的,宛如过年一般。

民富村陶马陂屯陈氏于2019年1月28日这一天隆重举行祖堂重建升座庆典仪式,博白镇、亚山镇等几千名陈氏宗亲都见证了这一盛典。陶马陂屯陈氏祖堂位于土地肥沃的民富村,四周群山吐翠,人丁兴旺。老祖堂建于1928年,这次筹资重修,共筹集资金100多万元。重修后的陈氏祖堂为一栋仿古、四合院式房屋,共有两个正厅、24间副屋,建筑面积达1000多平方米,气势宏伟。祠堂的重建,彰显了民富村家家户户的和谐与稳定，宗亲之间的血浓于水，大家都为家乡出钱出力，希望家乡能发展得越来越好。

  在调解工作中，陈家广根据自己多年来的体会，在调解中宣传法律知识，引导村民养成"平时学法、遇事找法、处事依法、时时守法"的习惯，总结出做好人民调解工作"23456"方法："两个一"明确指导思想和端正工作态度；"三个勤"字，即脑勤、嘴勤、眼勤；"四个艺术"，即语言、感情、方法、调处；"五种心理要素"，即临危不惧的气魄、化解矛盾纠纷的能力、科学调处的方法、掌握纠纷当事人的心理活动能力、查明双方争执的矛盾起因；"六种方法"，即以情感染法、以柔克刚法、先守后攻法、正义感慑法、亲情促动法、群众抨击法。这么多年过去了，民富村陆续培养出多个优秀的调解员，积极调解村民中出现的纷争。民富村连续13年无刑事案件发生，荣获第五批"全国民主法治示范村""全国人民调解模范村""全区法治宣传教育先进单位"等称号。自治区司法厅在民富村创建了广西首家"农村人民调解员培训基地"，成立了广西首家以人民调解员名字命名的"陈家广人民调解工作室"。

民富情怀，流连忘返

  从前的民富村，民风淳朴，继承了客家人的历史优良传统，但蛮勇斗狠和封建迷信等恶习依然存在，村里治安不好，经济发展落后，村情十分复杂。现在的民富村，可以说村民们情怀满满，远近闻名。民富村，由乱到安、由脏到美、由贫到富，风清气正人心稳，经济蒸蒸日上，村民安居乐业。

第三章　乡风文明

有时间大家可以去感受一下亚山镇民富村的淳朴民风、生态观光、陈氏祖堂等。那里的格桑花、油菜花、火龙果等景观赏心悦目，让人流连忘返；那里的村民很热情，会邀请你一起尝尝当地的牛骨汤；那里的文化及语言很独特，村民说着一口流利的地佬话、客家话，你可能会听不懂，但仔细一听，会不由自主地跟着学，感受到其中的独特与魅力。也许你会觉得，民风淳朴的地方哪里都有，不一定要去民富村。我们可以去领略不同的民俗风情，多去感受一下风俗文化、人情特色。我想说，民富村，它值得！

第四章

治理有效

人人共建幸福村

——记博白县凤山镇武卫村创建5A幸福村

■ 高细妹

"群众天网"工程建起来了,"平安家园"的目标正在一步步实现;读书活动和禁毒宣传进村入户,民主法治理念融入日常,润物有声;乡村风貌改造效果明显,凤山镇武卫村正成为博白县创建5A幸福村的示范点,新风新貌,欢声笑语,其乐融融。广西博白县凤山镇向我们呈现一派清新祥和、一片勃勃生机的景象!

"5A创建"让生活更放心了

凤山镇位于博白县东南部,距离县城约36公里,全镇总面积153.7平方公里,辖区总人口10万多人,下辖17个村、388个村屯、街道,建档立卡贫困户2148户、10601人。经济发展以农业为主,2019年全镇地区生产总值增长7%,完成固定资产投资7652万元,增长了11.55%;完成财政收入417.99万元,增长14.78%;农村居民人均可支配收入14886元,增长6.5%。近年来,村民的生活质量得到了明显的改善，生活水平得到了很大的提高。武卫村根据凤山镇现有情况充分把握发展契机，在相关政策的支持下，领导干部团结村民们，齐心协力以"打造雪亮工程，建设平安家园"为口号创建了"平安家园"天网工程。

要求每家每户都装上摄像头并不容易，先是在安装费用上就出现了问题。有些村民家庭条件并不富裕，安装一个摄像头每个月都需要交一笔费用，这对他们来说是一个负担。有的村民认为安装摄像头对他们的生活并没有太大的帮助，不太愿意安装。单单村民那边就有太多的问题，另外安装队也有要解决的问题，比如说，有些村民的房子建在比较偏僻的山上，安装线路及安全问题等都是要考虑的问题。

创建平安天网工程出现了短板——薄弱的基层立体化防控。遇到了困难，武卫村村支书刘唐永当然不可能就此放弃。他带领村干部挨家挨户进行相关知识宣传，在村民心中种下装上摄像头有百利而无一害的种子，但是很多村民不为所动。也有让他吃闭门羹的。但他从未想过就此止步，从开始没有一个人愿意装，到后来三五成群地到队里自发报名，刘唐永似乎看到了希望。后来他每天都用广播宣传，坚持"一导（党委领导、政府主导）一治（村民自治）一共建[社会力量（电信）共建]"理念，围绕四个"破解"，创建"平安家园"立体化防控体系。花费大量时间和电信公司谈判。最终敲定合作，解决了运行维护问题。"平安家园"立体化防控体系是对原"天网"工程后期缺乏设备技术维护的补充。中国电信博白分公司组建近3000人的专业技术服务团队，24小时上门服务安装维修，及时解决居民的后顾之忧，为"平安家园"群众天网工程建设后期设备维护提供了坚强的技术保障。此外还解决资金难题，实现政府零投资。根据"谁受益、谁出钱"的

第四章 治理有效

原则，与中国电信博白分公司共建，借助中国电信在乡村的优质网络资源和技术平台，由中国电信博白分公司推出优惠套餐，不需要政府投入一分钱，花小钱办大事。同时破解信息壁垒，实现资源共享。"平安家园"视频监控接入村、镇、县三级综治中心和镇、县公安机关指挥平台，实现资源联通汇聚，为公安、司法、武警、消防、城管、交通、环保等多部门提供视频联网共享服务，打破了各单位之间的信息壁垒，做到横向部门网络互联、纵向城乡网络互通，实现社会管理服务的扁平化、精准化、高效化。还破解监控盲区，实现村屯全覆盖。按照"守住点、封住边、控住面、连成网"的原则，合理规划布局第一期安装目标摄像头 46990 个，全面覆盖各村屯和主要交通路口，消除监控盲区，从而实现治安防控"全覆盖、无死角"。目前成功安装

■ 中国电信凤山镇武卫村"平安家园"监控中心宣传墙

215

"平安家园"摄像头过万个,已完成51个村级监控平台建设工作并上线使用。

自2019年12月成立"平安家园"群众天网工程领导机构以来,在凤山镇武卫村先行先试建设"平安家园"群众天网工程。2020年3月全镇铺开推进"平安家园"群众天网工程的建设。截至目前,全镇17个村(社区)、388个村屯、街道、重点路段、重点场所、宾馆、网吧等重点出入口总共安装了1750个摄像头,建成19个立体化防控监控中心。其中1352个接入村委、镇综治中心和派出所、县委政府和公安局110指挥中心三级监控中心,成为博白县首个实现"平安家园"群众天网工程全覆盖的乡镇。"平安家园"群众天网工程的建设让武卫村播下幸福的种子。

因为"平安家园"群众天网工程的建设,凤山镇武卫村开始成为一个5A幸福村的示范村。突如其来的疫情肆虐着整个中国,白色笼罩了武卫村这片土地。相比于其他村子,武卫村因为有群众天网工程,管理起来也相对容易一些。疫情防控期间武卫村支书通过摄像头进行防控管理,足不出户即可做好疫情防控。刘唐永在疫情防控期间,始终坚持隔离但不隔离关怀,大大提高了疫情防控的效率。刘唐永也特别关心空巢老人和留守儿童的情况,处处留心他们的心理健康问题,力求做到每一个人都配合防疫工作。

"平安家园"群众天网工程的建设得到了越来越多村民的拥护。

云心养鹅场的老板说:"我在村里开了个养鹅场,以前要24小时看守,现在装了4个摄像头,在手机里可以随时都看得很清楚。春节的时候,有人偷了我的一只鹅,后来查看监控发现是我们大队的人,没过多久就抓到了。这个摄像头对我们养殖户来说相当管用,很让我们放心。"

还有部分村民表示，家里安装了摄像头，可以让远在外地工作的人随时关注家里的情况。很多父母都是将孩子交由孩子的爷爷、奶奶照顾，没安装摄像头之前想见上孩子一面实属不易，现在的情况好了很多。许多思念孩子的父母可以通过摄像头看到孩子，再也不用因为太久不能见到孩子而躲在被窝里流泪了。

之前一些感觉装了摄像头也没有什么用处的村民也转变了态度。不少村民表示，自从装了摄像头，家中就不曾出现过失窃的现象。之前一临近过年，就很担心自家的鸡、鸭、狗等被偷。如今就算是被偷了，他们也不担心，因为村里会调取摄像头抓捕盗窃者。

比如2019年12月30日的黄凌镇摩托车偷盗案件，犯罪分子骑车经过凤山镇武卫村时，被"平安家园"共享监控拍到。派出所民警根据监控视频及时锁定犯罪嫌疑人位置，迅速破案。案件从发生到破案不到两小时。自从老百姓装了"平安家园"视频监控摄像头链接110报警平台之后，大大地提高了公安的工作效率，有效地打击了偷盗、打架斗殴等违法犯罪行为。这个监控平台可以锁定违法犯罪嫌疑人，迅速破案，"平安家园"监控平台是民警守护一方平安的好帮手。

"孩子们都外出打工了，平时只有我一个老太婆在家。年初孩子们回来就向村委申请安装这个'天眼'，说用手机就能24小时知道家里的情况，小偷小摸的也不敢进门，在外做事也能安心。"凤山镇龙城村塘面队刘阿婆说。

塘面队位于水英二级公路旁，全队共147户，人口714人，超过一半的年轻人外出打工。村里的年轻人要求在村里老人们经常聚集的百年老榕树上也安装摄像头。"邻居们喜欢在树底下下象棋、聊聊家常。年轻人说在这里装摄像头，他们通过手机可以时常看到村里的大榕树、看到家人在树底下唠家常，知道家人安全，在外打工就能安心。有时候村里做社头活动，杀猪炖肉也在大榕树下进行。让离家在外的孩子们通过手机也能感受村里的热闹、家乡的温暖。"坐在树下纳凉的李伯说起这事，脸上露出难以掩盖的笑容。

"这个东西作用可大了，我家就住在村口，靠近二级路。平时孙子、孙女在门口地坪里玩耍，虽然有个小铁门，还是担心有坏人。有了'平安家园'摄像头，多了一双帮我照看孩子的眼睛，放心了许多。有了摄像头，坏人也不敢过来了。"塘面队队长刘伯是个实在的人，他觉得每个月花10元钱就能和政府、派出所、村委的天网联上网，就相当于给自己找了个24小时工作的保姆。政府想到群众的心里去了，这是所有村民的心声。

近年来，博白县经济发展稳步提升，社会治安明显好转，但是薄弱的基层立体化防控成为目前发展的瓶颈，村里的不少矛盾纠纷、环境治理等问题因为没有监控，得不到有效及时的解决。对此，博白县委县政府坚持以"一导一治一共建"的思路为指导，以构建"平安家园"立体防控平台、创建5A幸福村（社区）为突破口，不断提升基层防控水平和完善基层治理能力，目前已取得一定成效。博白县2020年第一季度群众安全感得分98.20%，比上季度96.15%提高了2.05个百分点，创历史新高。2020年全国两会期间，无进京非访、无重大安全事件；首次实现零进京上访，人民群众的获得感、幸福感、安全感进一步提升。

"5A 创建"让乡村更加美丽了

"平安家园"天网工程改善了乡村环境,通过拆除废弃房屋、清理房前屋后、清理渠道、整治乡村污水直排和开展敬老爱幼等活动,村容村貌和乡风文明得到了极大的改善。这一点是大家都明显能感受得到的。天网工程在扫黑除恶、除毒祛邪、净化环境方面发挥了很好的作用。社会治安明显好转,实现了"三降一升"。截至目前,全镇共发生矛盾纠纷87件,同比下降22.6%;破案6起,同比上升7%。切实提高了群众的获得感、幸福感、安全感,有效推动了社会治理工作。

武卫村那花山屯地处凤山镇西北边,与旺茂镇玉李村、大寿村相接。武卫村村民合作社,博白县丰和进农业开发公司120亩的青柚基地就设在这里。

自从开展乡村风貌提升工作以来,那花屯村民情绪高涨,共组织召开户主大会5次,进一步统一了思想。按照县委、县政府"三清三拆"的工作要求,村民积极响应县委号召,组织村民投工投劳,多方筹资,建设美丽家园。不到2个月的时间,拆除危旧房9间,面积281平方米。全面检修房屋20间,面积261平方米。铺设屋后园小道200米,围成竹篱笆389米,建成水沟60米,清理杂草垃圾12吨。那花屯村民通过勤劳的双手,经过不懈的努力,现在已经成为凤山镇"三清三拆"的示范点。

如今的那花屯青柚飘香,整洁美丽的容貌初显,典型的客家村貌将会迎来越来越多的关注。

秋天,是喜迎丰收的季节。放眼望去,稻田里的谷子已咧着嘴尽展欢颜,宽敞的水泥路上驶来一辆又一辆收割机。整个村子弥漫着稻谷的芬芳，收割机的轰隆声、村民们的笑声、知了的鸣叫声合成一片，从稻田里荡漾开来。割禾的农人还未回家，打谷机把一天的辛劳换作歌谣，咿呀咿呀地唱出声来。每隔10米一个太阳能路灯，矗立在路边。在田里工作得晚了一些也不要紧，路上已装了许多太阳能路灯，再漆黑的夜晚，村子里仍然一片光亮。孩子们晚上出来玩老鹰捉小鸡的游戏，老人们茶余饭后在路灯下闲聊。那一排排的路灯就像一个个战士，在黑夜中守卫着村子。说武卫村的空气比其他地方清新一点也不过分。路边许多地方都种满了桂花树，开车或是走路，扑鼻的香味悄然袭来，沁人心脾。路边已经没有成堆的垃圾，因为在间隔一定距离的地方，建好了许多垃圾站，村民们自觉地将垃圾拿到指定的地方放置。当然有些村民不时地偷个懒，将垃圾扔到别处。别以为那样做没有人知道，群众天网工程可是无处不在的，被发现乱丢垃圾的村民会得到相应的处罚。

沿着水泥路走，便会发现道路两边是一幢幢新楼房，墙面如雪，大部分的院子外都种满了绿植，绿意盎然芳香扑鼻。村里边还建了一个活动中心，供大人们锻炼身体和小孩们娱乐的设施都很齐全。有的在打太极拳，有的在下象棋，有的在跑步……村民们的精神生活明显得到了改善。这不禁让人发出感慨，真是蔚蓝的天，洁白的云，惬意的人，幸福的村子，幸福的人们啊。

"村里杂事多，大家经常因为房前屋后的排水沟问题、孩子玩闹问题、垃圾乱丢问题、婆媳之间的问题发生纠纷，常常是公说公有理，婆说婆有理。大家都没有依据，很难调解。"武卫村支书刘唐永谈起村里的这些琐事，深有感触。"但自打去年村里安装了平安家园系统后，这种状况大为改观。因为有了天眼系统，有什么问题一查就知道。现

第四章　治理有效

■ 武卫村新风貌

在大家发生了误会，习惯找天眼评理，一查天眼，谁是谁非一清二楚。邻里矛盾自然就少了，婆媳矛盾也少了，也不乱丢垃圾了。有了天眼的约束，村民们自觉讲求五讲四美了。"

"龙城村塘面队村民还自主成立了'乡村振兴'村民理事会，积极带动大家安装了32个摄像头。通过安装摄像头，大家相互监督、相互激励，实现了村屯安全又整洁，在外乡务工的人也可以通过摄像头看到村里自发组织的敬老、助学、做社等活动，拉近了乡情亲情，形成了互助互爱的良好乡村新风貌。"刘唐永介绍说。

"4月30日那天我在村委对面的粉店吃粉，离开的时候把价值3000多元的新手机落在老板店里的桌子上了。回到家才发现手机丢失了，马上返回寻找。本以为手机肯定被人家拿走了，可是一回到店里，发现手机还原封不动地在桌面。"村民刘某平说，"自从村里有了天眼后，每个人做事都有了顾虑，不想让邻居看到自己不好的一面，怕被邻居瞧不起，现在连以前常见的小偷小摸都没有了。以前丢了东西，大家都不抱找回的希望，如今失而复得是一种常态。"

有了"平安家园"，村"两委"干部能及时监控全村的情况，"清官能断家务事"，及时把矛盾化解在萌芽状态。村民之间还能形成互相监督、互相帮助的良好氛围，无形中起到了向善引导的作用。

"村里安装了摄像头之后，我们还想着怎么打扮自己的小家，大家铆足了劲偷偷比赛谁家的门前更干净，谁家的花圃花开得更漂亮。现在村里每家每户都围起了小花圃，大家干完农活或者空闲时间，就会拿起工具，你帮我、我帮你，大家一起捣鼓小花圃。通过捣鼓小花圃，拉近了大家的关系，有些原本妯娌关系不好的现在都和好了。"龙城村塘面队的刘姐对记者说。

凤山镇武卫村是一个法治元素与村容村貌相得益彰的村子。一面面砖墙古朴传统，一张张法治标语、村规民约随处可见。房前屋后瓜果飘香，到处是充满勃勃生机的景象，这一切都是5A幸福村创建的喜人成果。行走在5A幸福村创建的村屯，"一户一景一情怀"的新农村庭院文化随处可见。乡村治理是国家治理的基石，没有乡村的有效治理就没有乡村的全面振兴。近年来，凤山镇武卫村人人都在努力，创建"党建强村、发展兴村、文明育村、平安美村"的5A幸福村。实行党建、发展、法治、文明、平安"五位一体"，共同推进了实施乡村振兴战略。

"5A创建"让整个县动起来了

凤山镇有今天的建设成效靠的是每一个人的努力，有坚强的党政领导。博白县委、县政府历来高度重视群众安全保障工作，2016年起就投资两千多万元建设覆盖博白县各乡镇的城乡治安防控系统。对于如何构建立体化的防控体系，弥补基层防控的薄弱环节，县委、县政府多次召开常委会、常务会进行专题讨论。县委、县政府决心打造一个覆盖全县各乡镇村屯的"平安家园"立体化防控监控平台，为博白的发展保驾护航。

博白县委领导及县长孙国梁多次带队到"平安家园"试点镇凤山镇进行项目专项调研，要求一定要总结好凤山镇的经验做法，及时推广，全面推动基层治理智能化科技化精准化。为全面加快推进"平安家园"立体化防控体系的建设，博白县委县政府在凤山镇组织召开博白县建设"平安家园"立体化防控体系现场会暨创建5A幸福村（社

■ "平安家园"群众天网工程创建成效展示

区）5A 幸福小区工作部署会，县四套班子、各部委办局、各乡镇党委、政府、派出所主要领导参加了会议。现场会提出要加快推进全县"平安家园"项目进度，打造一批 5A 幸福村（社区）和 5A 幸福小区，进一步把博白县打造成为乡村基层治理示范县，到 2020 年年底，全县安装 5 万个"平安家园"摄像头，全县 100% 的村屯社区实现全覆盖。

目前，除了创建 5A 幸福村（社区）5A 幸福小区，博白县青少年法律服务配送中心、民营经济法律服务配送中心落实场地并很快建成使用。同时开展博白县加强行政执法监督，提供优质行政执法产品行政执法案件评查活动，成立了博白县化解"三重"信访积案"4+"法律工作组。解决了一批信访积案，以及一批涉军、扶贫、环保、征拆、反邪等不同领域的涉稳问题。目前，交办的"三重"信访积案实体性化解率85.7%（仅剩1件正化解中），位居全市第一；"4+"法律工作组在博白县得到了各行政部门和乡镇以及群众的欢迎和支持。

  凤山镇武卫村实现以点带面，促进了整个博白县的幸福村创建。

  稻田里的谷子割了，到下一个丰收的季节，又会是大片大片的金黄。武卫村村民们的幸福生活将会延续下去，就像那绿油油的稻苗，焕发出无限的生机与希望。

人民忠实的调解员

——记博白县亚山镇民富村党支部书记陈家广

■ 吴灵词

处于亚热带季风区的广西博白县,气候宜人,风调雨顺,绿满四季。博白县是世界第一大客家人聚居县,东与陆川县相邻,东南与广东省廉江市毗邻,南与北海市合浦县相依,西与钦州市浦北县交界,北与玉林市福绵区接壤。而民富村,就位于博白县亚山镇东南部。

当年,民富村并非名副其实。民富村民风淳朴,继承了客家人的许多优良传统。这里的村落多以姓氏划分,长期以来,宗族观念盛行,村情复杂,大大小小的纠纷时有发生。俗话说,"家"不和,则万事难"兴",民自然不富。陈家广的出现渐渐改变了这里的一切。

陈家广身世坎坷,4岁那年,父亲因病过世,母亲改嫁,是伯父伯母将他抚养成人的。"穷人家的孩子早当家",年少时的他就明白一个男子汉该担负起怎样的责任。对陈家广来说,影响他最深的是伯父伯母一句朴实的话语:做人要做得公平公正,做人要讲良心,不能做坏事,只能干好事。

他家的小杂货店里，常常有不少村民去找他反映各种各样的情况。一直以来，他办事都很靠得住，村民有什么矛盾纠纷第一个想到的人总是他，找他来帮忙调解处理，他都能把事情办得很妥帖。村民们亲切地叫他"家广叔"。20世纪90年代末，年近50的陈家广与朋友合办了一家砖厂，年收入3万多元，小日子过得很滋润。无法想象，这样的家庭在当时民富村，就等于是村里的"冒尖户"，是多么招人羡慕。可是，这样的生活并没有能阻住陈家广走向另一种生活的脚步。1999年，应村委邀请，陈家广放弃了与朋友合办的红火的砖厂生意，被村民推选为村干部，当起了人民调解员。

改善民生，建设法治文化广场

选择当村干部，就等于选择了责任，更是选择了奉献。对于人民的调解工作，陈家广始终秉承这样的理念："一心为民，不怕群众不听""一碗水端平，不怕群众不服""一身力出尽，不怕事情不成"。从他担任村干部的第一天起，甚至更早的时候，维护民富村的和谐稳定，让村民过上幸福安宁的生活，成了陈家广最大的心愿。为了做到调解有理有据，解决矛盾专业高效，从未系统学习过法律知识的陈家广，自掏腰包购买法律书籍，刻苦钻研法律知识和调解技能，努力提高调解工作的水平。

2005年，陈家广在担任村支书时，村委会没有办公室，借用17平方米的道班房办公。村"两委"的牌子也没有地方挂，群众连村委在哪儿都不知道。每次开村民组长会，村民们只能随便找个能落脚的空地当会场。大家站的站，蹲的蹲，有些人把鞋子放到屁股下垫着坐。

■ 民富村法治广场照

为此，陈家广积极向上级部门反映情况争取资金，2007年到2010年，县委组织部和县司法局先后支持民富村20多万元。由于资金有限，为了省钱，陈家广带着村干部和村民投工投劳，挖土方、运材料，一砖一瓦地建成了300平方米的村委办公楼，解决了没有办公场所的问题。后来，在上级组织和有关部门的帮助下，民富村多方面筹集资金，开展村级组织规范化建设。现在，民富村村委办公面积已经达到2000多平方米，成为亚山镇邻里各村效仿的典范。

村委有了办公楼后，村干部办公与群众办事都方便了，可陈家广又坐不住了。他意识到村里没有供村民娱乐活动的场所，村民缺乏积极向上的文化生活而热衷搞封建迷信活动。长此以往，民富村的精神面貌将每况愈下。基于种种考虑，陈家广做出了一个大胆的决定——拆掉社坛，建设法治文化广场。

此事一提，反对声如洪水一般涌来，有怀疑，有威胁，甚至谩骂。面对群众的不满与质疑，陈家广并没有因此而退缩，他先是组织村民小组长、党员统一思想，再挨家挨户找德高望重的老人和思想封建的妇女做思想工作。同时利用村里的广播和宣传车大力开展法治宣传，告诉村民封建迷信的危害，宣传建造法治文化广场的意义。功夫不负有心人，本来无望的事，大胆尝试，往往能成功。经过4个多月的进村入户层层解说劝服，民富村村民们的思想慢慢转变了，开始积极参与拆社坛、建法治文化广场的工作中来。

社坛顺利拆除后，民富村建成了广西第一个大型的村级法治文化广场。此外，陈家广发动集资，硬化了一条200米的村屯路，安装了231盏太阳能路灯。灯光篮球场、大舞台、排球场、羽毛球场、活动室等设施一应俱全，农闲时村民们自发聚集起来，载歌载舞，参与积极健康的娱乐活动。一些深深扎根于人民群众的乡土文化，润物细无声地塑造着民富村的气质与面貌，引领着人们走向文明而有品位的生活。每逢重大节日，这个"精神文化广场"就成了村里最热闹、欢快的地方。

调解矛盾，维护乡村和谐环境

自任民富村的村干部以来，陈家广想的，就只有怎么能让村民过得更好、走向"民富"与发展。但宗族势力、蛮勇斗狠等不良遗风依然存在。这些年，他辗转多地，哪里有纠纷，他就在哪里。回想起他过去调解过的一场坟山纠纷，他仍心有余悸。调解工作不好做，除了要掌握一定的方式方法，还要有足够的耐心。

几年前,村里有一个老人去世,亲属听信了风水先生的话,为求子孙升官发财,在一座老坟旁边挖好墓穴,要把老人葬在此处。老坟的亲属得知消息后,就叫上族人拿着扁担、铁铲、锄头到现场阻止。当时,双方人数加起来共有四五百人,一旦发生械斗,后果不堪设想。陈家广听说后,立刻赶赴现场,找来了双方的长辈,严厉地指出他们的违法行为。他严肃地说道:"你们知道,如果发生了群体性械斗事件,你们肯定会受到法律的严惩,到时不仅参与者跑不掉,组织策划者也脱不了干系。咱们民富村到时可就真因此而出名了。你们说,村民们要不要感谢一下你们给咱村带来的知名度?"双方皆不出声。过了一会儿,看到双方都慢慢冷静下来,他又与死者家属谈心、做思想工作。说到动情之处,看到死者家属难过的神情,他不禁想到自己的家庭,年近古稀的他也忍不住流下了眼泪。或许是被他的真情所打动,经过十七八个小时的调解后,双方终于达成和解。

村里经常有人问陈家广:"你这份工作又苦、又累、又没有油水捞,还顾不上家庭,给自己留下了这么多遗憾,你认为值得吗?"陈家广说:"苦确实是苦,累也确实是累,但能为村里做点力所能及的事情,再苦再累也值了。"

作为一名基层党员干部,陈家广将自己肩上的担子挑得很平很稳,并不断地给自己"加码"。这些年来,作为群众信得过的"带头人",群众矛盾、纠纷出现在哪里,陈家广就出现在哪里。

2009年2月,博白县东平镇坡子队陈姓村民在租来的山岭建一处碎石场。塘肚村陈姓村民以该山岭属于自己为由,组织了200多人前来阻止开采。面对东平镇塘肚村陈姓村民的聚众阻拦,坡子队的陈姓也不甘示弱,也组织了100多人维护开采。随着领头人的一声"冲啊",两村村民大打出手。

政府工作人员及时赶到,控制了混乱的场面。事后不仅多次调解未果,而且双方还扬言要调足人员,不惜代价,继续对抗。政府调解员在调解无望中想到了陈家广,便决定请他出面。

陈家广接到邀请后,琢磨着这事政府的干部都调解不了,到底是什么原因?是不是没有找到问题的症结呢?就这样,陈家广带着问题深入两村走访。最后,他了解到双方村民认为自己的人受了伤,怀疑在调解中,政府刻意偏向对方。这口气怎么也咽不下去,想着一定得找个机会报仇,找回丢掉的面子。找到问题的症结后,陈家广再次到村里做代表人的思想工作,但双方态度仍然很强硬,都说"人争一口气,佛争一炷香",找不回面子,就算天皇老子来也绝不罢休。

见此情景,陈家广心想,要想成功调解,只能用情去感化他们了。于是便问双方:"你们姓什么?"大家你看看我,我看看你,说"姓陈"。"对啊,大家都姓陈,一笔写不出两个陈字,都是同宗同脉的兄弟啊。血浓于水,打断骨头连着筋,大家本是同根生,却相互残杀,外人怎样看你们、笑你们?老话讲得好啊,'国之不和外敌侵,家中

■ 在民富村村委陈家广个人照

不和外人欺'。你们捂着心头想想看，如此争来斗去，对还是不对？"说得他们都低下了头。家广同志见已触动了他们的心弦，便又问了一句："大家都听说过古时候的一句传说吗？古时白州大地，各姓纷争，当时便有这样一句传说：'除了东边担付斗，十八姓人无够搜（打）'。一句传说足以证明当时陈家是何等的团结，外人给了我们陈家祖先何等的面子。当时我们陈家的先辈脸上是何等的光彩啊兄弟们，但如今你们为了一丁点的利益争来争去，丢尽了祖宗的颜面，抹黑了自己的脸盘，还说要争回面子，你们有何脸面去面对列祖列宗！"

真可谓一语惊醒梦中人，一席话打消了他们一肚子的气和恨，双方在"对不起"声中握手言和。

在调解工作实践中，陈家广不断探索调解矛盾纠纷的新路子，创新工作方法。在完善岗位责任制、纠纷信息传递及反馈制度、纠纷排查制度、回访制度以及规范调解案卷、文书格式的基础上，推出矛盾纠纷联系卡工作制度。将村民调解员的姓名、联系电话统一印制在一张卡片上。将卡片分发到全体村民手中，村民如发生矛盾纠纷，可24小时联系到调解员。调解员第一时间收到信息，第一时间赶赴现场，第一时间调处矛盾，让矛盾纠纷化解在初始阶段；民富村的各类矛盾纠纷全部化解在村里。

过去，矛盾纠纷靠着好人缘，在田间地头加以劝说就可以化解了。接触到越来越多的纠纷事件后，陈家广意识到，调解工作要与普法依法治理相结合，才能更有效率，才能更好地帮助人民解决他们的矛盾。经过常年的实践和学习积累，陈家广总结出了做好人民调解工作的"23456"方法，不仅用在自己的调解工作之中，还将这套方法传授给了更多的调解员。

不管是当事人找上门，还是接到村民反映，陈家广都不辞辛苦，及时登门入户进行调解。他认真对待每一件纠纷，从而赢得当事人的信任，也在群众中拥有了良好的口碑。

公平公正，金牌调解传遍四方

陈家广从事调解工作以来，兢兢业业，任劳任怨，以调委会为家，以帮助群众解决矛盾为乐。

2012年12月，亚山镇供电公司架设高压输电线路时，民富村沙坡地队村民陈某的一棵龙眼树影响到高压线路的安全，存在安全隐患，施工人员遂将该树砍掉。陈某要求供电公司赔偿人民币1万元，供电公司认为陈某漫天要价，不同意赔偿。陈某就天天拿着棍子等在施工现场，说他的树被砍了，供电公司没有赔偿，不准施工，谁施工就打谁。因为施工受阻，线路一时无法架通，村庄"电灯不亮、电视无光、风扇不转、机声不响"，给村民的生产生活带来了极大的不便。很多看不过眼的村民纷纷去劝说，但陈某无动于衷，一副煮不熟、蒸不烂的无赖样。还时不时口出狂言，恶语伤人，村民们个个无奈、人人无策。

陈家广同志获知情况后，赶到现场调查了解情况，及时组织双方进行调解。陈某在调解中称：我的龙眼树结的龙眼，是全村最好的，而且年年都结果，所以要求赔偿人民币1万元不算高。针对陈某的赔偿要求，陈家广说："对，你的要求不算高，而且合乎情理，供电公司应该按照你的要求赔偿给你。"陈某一听，对陈家广顿生好感。陈家广接着又说："但是老佺哥啊，有句话说得好啊，'没有电不方便啊'，以前的万家灯火却因你一棵树变成一片黑暗，村民'丢那母蛋'的骂声用车都拉不完哪。老话讲'能犯天条，不犯众口'，人言可畏啊。老侄哥，听我一句劝吧，为人处世要精三分傻三分，留下三分给子孙。更何况如果你今天拿了供电公司的1万元钱，你就有敲诈的嫌疑，触犯了刑法，有可能会受到法律的制裁，得不偿失啊！你自己掂量掂量哪头轻哪头重吧。"

经过陈家广一番情、理、法的教育，最后陈某愉快地接受了调解方案，领到了合理的补偿。

同年，亚山镇和平村禾勾头队村民陈某在民富村大化岭为运输木材拓宽路面时，损坏了民富村塘廉队村民覃某家的坟山。虽然坟山损伤并不大，但覃某却要求陈某赔偿3880元修理费用。陈某认为自己是疏忽大意，是无心之过，最多赔偿188元。

在损坏现场，陈家广同志对和平村禾勾头队村民陈某进行劝说，认为他此种行为有违风俗，是对逝者的不尊，是道德上的不义，当时就引起了群众的共鸣。这个说"做人做事都要修心积德，损阴害阳的事不能做"；那个说"田埂压得水，道理压得人，做了无道理的事就要认识错误，赔偿损失"；还有人说"毁坏坟山是违法行为，要受到行政拘留处罚的"。众人你一句我一句地评论。陈某倍感压力，很快就认识到损坏他人的坟山虽出于无意，但也在一定程度上伤害了覃某对逝者的感情，这不是用金钱可以弥补的。

在陈家广同志的不懈努力下，陈某诚心道歉并赔偿修理费1880元。覃某也显出很大的宽容之心，接受了调解结果，双方矛盾烟消云散。

陈家广具有强烈的事业心和高度的责任感，一身力出尽，化解千家忧。

第四章　治理有效

2010年8月,陈家广接到电话,对方说他们11个人共同出资200多万元购买了5辆大客车搞客运,但在拥有股份的问题上大家纠缠不清,开了12次会都达不成协议。现在有人暗中拉帮结派,准备以暴力解决,如果处理不好,有可能会引发刑事案件。

陈家广一听到这消息,顾不上大雨的天气,冒雨搭车来到博白县城,找到11个合伙人。其中有几个合伙人警觉地说:"你找我们有什么事?"陈家广说:"听说你们做生意很有头脑,生意越做越大,在村里是村民致富的楷模,平时在村里修桥补路,是村里的大善人,所以今天来想要你们请客。"这些合伙人一听,便与陈家广聊起了家常,大家越聊越起劲,越聊越觉得亲切,时不时地欢声笑语,呈现一片祥和的气氛。陈家广见时机成熟,便将话题扯到他们合伙搞运输的事情上来,劝他们说:"你们在村里都是有声望的人,村里的'大事好事'都少不了你们。村民都说你们义薄云天,是乐善好施的大好人。每当提起你们,村民们都自然地流露钦佩的眼神,竖起大拇指,就连你们的父母也为有你们这样的儿子感到自豪。村民们的赞誉、信任、崇敬是钱买不到的啊,而今你们为了股份的事,大家闹得不可开交,不仅生意做不好,还会影响到你们在村里的声望,得不偿失啊。"

经过引导,大家最终达成协议:持有的份额平等,签订协议后三日内缴足自己应出资的份额。一起有可能激化为刑事案件的纠纷得以化解。

2010年5月,民富村荔枝坡队陈姓兄弟为了1700多万元巨额财产的分配问题反目成仇。兄弟俩拍桌踢凳,指手画脚,口出狂言,相互对骂。平日关系和谐的妯娌也各自帮着自己的丈夫。老父亲被气得面色发紫,呼呼喘气,老母亲伤心得卧床不起。左邻右舍纷纷前来劝解,但兄弟俩听不进半句，互不相让。哥哥指着弟弟说："你要是敢多拿半分就打断你的狗腿！"弟弟也不是省油的灯，对着他哥说："你要是敢多拿五厘就白刀子进红刀子出，不信你就试试！"

　　陈家广接到村民电话火速赶到现场，见此情景，心想要让兄弟和解或许只有亲情了。于是便问当哥的："你就是我老哥以前在山上打柴从石缝里抱回来的那个孩子吧？"然后又对当弟的说："你不就是我老嫂子以前趁圩捡回来的那个没有人要的孩子吗？"一说一问，弄得哥俩都傻了，好一会儿才转过神来，说："家广叔你怎么这么说话，我兄弟俩明明是父母的亲生骨肉，哪里是捡回来的？"家广同志拍着脑门说："不像啊，往日你们哥俩那么要好，上学的时候都是哥背着弟弟，有人欺负弟弟的时候也是当哥的用身体护住弟弟；哥哥受委屈时，弟弟又总是在身旁为他抹干泪花。长大后兄弟俩联手创业，同甘共苦，创下了一片基业；对父母孝敬有加，对村民有求必应。而今你们为了利益伤透父母的心，倘若你们的父母有个闪失，你们哥俩实为不孝。为了钱财不顾手足之情，刀枪相向，稍有不慎就会伤及生命。如此不忠、不孝、不义，哪像往日的陈家兄弟？亏你们还说得出是'一奶同胞'。想当初刘、关、张桃园三结义，异姓兄弟都能同患难、共富贵，情深似海，留名千古。家和万事兴啊，老

■ 陈家广被评为"全国司法行政系统劳动模范"的荣誉证书

侄。"一番至亲至爱的话拨动了哥俩的心弦，唤醒了哥俩的良知，兄弟俩相拥而泣。

当晚12点多，经过协商，陈姓兄弟俩握手言和，这起1700多万元的分家析产案终于画上完满的句号。

陈家广公正公平、大公无私的优良品德赢得了村民的信任，不仅在本村传开了，甚至外村外镇的人也佩服他，成为方圆20个乡镇闻名的人民调解员。他家的小杂货店里，常常有村民去找他反映问题。一直以来，他办事都很靠得住，村民有什么矛盾纠纷第一个想到的人总是他；找他来帮忙调解，他都能把事情办得很妥帖。

有了陈家广的"守护"，民富村多年来实现了"无命案、无吸毒、无邪教、无重大刑事案件、零上访、村内矛盾纠纷化解不出村"的目标。2013年4月，"陈家广人民调解工作室"在民富村挂牌成立。多年来，陈家广在调解纠纷过程中，总结出了一套成功的工作经验：以情感染法、以柔克刚法、先守后攻法、正义感慑法、亲情促动法、群众抨击法。民富村也被评为第五批"全国民主法治示范村"、2011—2015年全国法治宣传教育先进单位、全国模范人民调解委员会。

由于陈家广的威望高，甚至别的乡镇和临近县区的矛盾纠纷当事人也慕名而来请他主持调解，陈家广总是热心前往解决。

公而忘私，亏妻欠子惹人泪目

民富村现有56个村民小组共6985人，邻里纠纷时有发生。陈家广以一个共产党员和人民调解员的强烈责任心和朴实情感，千方百计做好化解矛盾工作。不管是当事人找上门还是接到村民反映，陈家广都不辞辛苦，及时登门入户进行调解。他认真对待每一件纠纷，努力做到调解纠纷不偏不袒、客观公正。为了做到有理有据，解决矛盾专业高效，从未系统学习过法律知识的陈家广，自掏腰包购买法律书籍，刻苦钻研法律知识和调解技能，认真系统地学习各类与农村、农民日常生产生活息息相关的法律法规和政策，并积极参加博白县、玉林市和自治区举办的各类培训班。如今，他已从一个门外汉转变为运用法律开展调解工作的行家里手。

陈家广对人民调解工作的热忱也感染了他的儿子，在其影响下，他的二儿子陈柏志也加入人民调解员队伍，父子俩常常一同上阵开展调解工作。为平息纷争，他经常不能照顾家人。为防止矛盾激化，他时常以抱病之身到现场劝导当事人，直至矛盾纠纷和谐化解。陈家广二十年坚守如一日，成为远近闻名的调解能手，成为群众"信得过的人"。

在为人民的事业上，陈家广奉献了自己的时间与热情，而对于自己的小家庭，却满是遗憾与愧疚。

2008年大年三十晚发生的事，是陈家广抹不掉的伤痛记忆。当天傍晚，陈家广一家人刚吃完团圆饭，电话铃声突然响起来。来电的人告知他在博白林场附近路口有一起交通事故，当事人双方矛盾激化，让他马上去解决。陈家广的儿子陈柏志不放心让58岁的父亲大年三十夜独自外出解决纠纷，坚持一同前往。不幸的是，在调解交通事故的过程中，陈柏志被一辆急驰的摩托车撞倒，导致头部受伤，经医院抢救三天，最后因伤势过重不幸去世了。

面对爱子的不幸离世，"白发人送黑发人"的人生厄运，使陈家广重受打击，在深深自责与悲伤的同时，他没有放下手中的工作。

他将悲痛深埋于心，无怨无悔，继续坚守人民调解的岗位。无论寒暑昼夜，不分节假日和值班日，只要有纠纷，总是及时赶到现场调解。在儿子的追悼会上，数百名乡亲自发前来送行。陈家广在悲痛中意识到儿子的生命价值和调解工作的意义，更觉得肩上责任的神圣和沉重。

陈家广和妻子结婚42年，从来没有红过脸、吵过架。妻子一直默默支持他的工作，家里从来不需要他操心。2008年，妻子被检查出来患了直肠癌。手术之后，医生交代回家后要好好休息。为了让陈家广安心工作，妻子拖着还没有康复的身体种地，操持家里大大小小的事情。陈家广虽担心妻子的身体，但由于工作繁忙，还是常常顾不了家。

2012年年初，陈家广的妻子几经辗转医院治疗，病情不但没有好转，反而进一步恶化，扩散到肺部。陈家广一边照顾病重的妻子，一边尽职尽责做好工作。为了使陈家广能多在家照顾妻子，村干部们商量替他值班，但是都被陈家广谢绝了，他始终坚持站好每一班岗。村民有了纠纷，他仍然第一时间赶到现场调解；遇到突发事件，他总是冲在前面。同年年底，陈家广的妻子直肠癌再次复发，被转移到玉林的大医院治疗。病重期间，陈家广因为忙于村里的工作，只到医院看过妻子两次。甚至在妻子离开的那天，因为一起坟山纠纷，他都没能及时赶去见最后一面。至今想起，一次又一次失去亲人的陈家广痛悔不已。面对家庭的变故，陈家广从未向组织提出任何要求，而是克制住心头的悲伤，一如既往，无怨无悔投身于他热爱的调解事业。

村里的工作千头万绪，陈家广奔波在为民排忧解难的路上。"大家"的困难解决了，可"小家"却支离破碎。短短四年，因协助自己办案儿子不幸丧生，因癌症妻子离世。

石可破也，而不可夺坚；丹可磨也，而不可夺赤。石头和丹砂不会因为外力而改变其固有的属性，正如陈家广经受各种各样艰难险阻，饱受种种考验，始终忠诚党、一心为民。"以民为本"是陈家广的宗旨。生在农村，长在农村，他深知群众的苦和盼，他时刻把群众的冷暖记挂在心上，努力将一个个村户变成充满和谐的大家庭。

人民公仆，疫情防控冲在前线

2019年年底新冠疫情打乱了人们的生活，疫情牵动着全国人民的心，"足不出户"成了常态。在这场没有硝烟的战场上，陈家广虽然年近古稀，但依然勇当先锋，带领全体党员和村干部奋战在抗疫最前线。

在疫情防控第一线，他带领民富村切实发挥基层党组织的作用，制定了一套"三防双联网格化"防疫新招。即建立党员先锋岗，在村委设置执勤卡点1个，在各屯路口交通要塞设置疫情防控检查站12个，实现党群联防联控。并亲自用当地方言"地佬话""客家话"，通过村里的"大喇叭"，把最新疫情防控通告和消息传递给村民，让村民疫情防控知晓率达到100%，打通村屯网格化管理的"最后一公里"，为群众筑起一道道"红色防线"。

民富村是人口大村。为了做好预防工作，民富村利用村里的广播，加大疫情宣传力度。近70岁的老党员陈家广以身作则，放弃休息时间，成为一名义务"广播播音员"。"早晚连续播，我们镇上的干部也下来，和我们村干部一起走村访户，发放传单，经过一段时间的宣传，大伙儿意识到疫情的严重性，非常理解和支持我们的工作。"陈家广说，"现在村里走动的人都少，原来计划办酒席的也都取消了！"

在基层工作中有着丰富经验的陈家广,在疫情防控的严峻时刻,在村里召开疫情防控工作布置会,实施"三防"联动。根据本村居住集中、易于管控的特点,在村委设置执勤卡点、在村交通要塞设置疫情防控检查站,做好人员流动控制。面对部分有事没事出来晃荡、不理解、不配合执勤点工作的村民,陈家广发挥自己人民调解员的优势,从"疫情科普""防护指南""实用工具"三大方面入手,耐心细致地向村民传播防控疫情的科学知识,做到"疫情不解除,科普不掉线"。

每天下午5点,村里的"大喇叭"都会准时响起。疫情防控期间,每当群众听到他的"喊话",就像是吃了"定心丸"。虽然陈家广的年纪越来越大了,但他为人民服务的初心没有改变,他在抗疫一线的身影深深地印在群众的心上。

20年来,在民富村的每个角落,处处都有陈家广忙碌奔走的身影。在村民的印象中,陈家广总是一个闲不住的人,总想着为村民们多做点事情,立足本职为群众谋发展。在基层党务工作岗位上默默耕耘21年后,他于2021年1月卸任村党支部书记职务。但他依旧激情满怀,因为自己20来年的基层党建工作经验,带出更多懂业务、善管理、留得住、干得好的乡村党务工作者队伍。

自1999年至今,陈家广一直在民富村从事人民调解工作。当村干部这么多年来,陈家广从来没向群众伸手要过一分

■ 民富村"陈家广人民调解工作室"

钱，收过一份礼，群众都把他当作"信得过的人"。"全国人民调解能手""全区人民调解能手""全区人民调解工作突出贡献奖"等称号。民富村荣获第五批"全国民主法治示范村"等称号。为宣传推广陈家广的工作方法，自治区司法厅在民富村创建了广西首家"农村人民调解员培训基地"，成立了广西首家以人民调解员名字命名的"陈家广人民调解工作室"。他以一个共产党员和人民调解员的强烈责任心和朴实情感，默默无闻地以自己的一言一行赢得民心，用深情与责任建起和谐家园，用自己的双手耕耘出一条富民奔小康的道路，诠释了一名共产党员的先进性，用赤诚和奉献铸就了民富村经济社会蓬勃发展的辉煌。

生命不止，奋斗不息。如今，这位人民忠实的调解员仍然奔走在田间地头，为群众排忧解难。闲暇之余，仍然深入各个单位，传授调解经验与方法，助力社会朝着更加和谐的方向继续前进。

反黑尖兵覃俊华

——记博白县公安局覃俊华

■ 林景悦

"破晓之时,信念之光。一朝誓言,一生使命。庄严警徽,代表着一身正气,红蓝警旗,谱写职业华章。"这是覃俊华对警察这一职业的看法,每当谈起这份职业与扫黑除恶工作时,他总是充满热情,话语中是发自内心的骄傲与自豪。对他而言,从穿上警服的那一刻起,便怀揣着一个梦想,渴望燃最热的血,做最炫的事,圆最美的梦,牢记当初的铮铮誓言,看到的是光辉岁月⋯⋯

从警10年,覃俊华一直奋战在打击违法犯罪战线的最前沿。凭着良好的专业素养与丰富的办案经验,他成为扫黑除恶专项斗争中的尖兵。他有幸目睹人民公安事业的蓬勃发展,见证了公安人员为这份职业付出的心

■ 覃俊华

血、汗水乃至生命。同时,也从内心深处更加珍爱这份职业和这个群体。

圆梦八桂警院,基层务实基础

覃俊华,博白人,1987年生,是博白县公安局刑侦大队的老民警了。2008年,他从广西警官高等专科学校侦查系刑事科学技术专业毕业。覃俊华在学校时就是个勤奋踏实的好学生,成绩非常突出,肯吃苦,还是学生干部,读书的时候拿了不少奖,可以说得上是刑技的高才生。覃俊华的中队长非常欣赏他,经常在他师弟师妹们面前夸奖他。

提起从警的原因,覃俊华说,这是小时候的梦想。小时候看到电视里的警察或者是现实中的警察,觉得他们很威武,守护一方的信念,一直影响着他。其实他也算得上是一个警二代,他的舅舅就是县里的老刑警。覃俊华的舅舅经常跟他讲述抓坏人、为民除害的经历。20世纪七八十年代的刑警办案条件与现在相比是艰难许多的,更多靠的是群众力量。舅舅不畏艰难、坚持不懈的精神,用血与肉捍卫"人民公安为人民"的铮铮誓言,深深影响着小覃俊华。可以说舅舅是覃俊华选择这条道路、这份职业重要的启迪者。覃俊华曾在心中暗下决心,既然如愿穿上了这身警服,那就不能有辱使命,得努力对得起它。

2011年,覃俊华从国企辞职后到松旺派出所做基层民警,主要做一些办公室文件整理、上传下达,以及出警值班等基础工作。覃俊华说:"重新回归警察这份职业时,感觉一切都变得有些陌生了,毕竟有

第四章　治理有效

几年的时间没有接触到这个工作，重新上手多少也是有些困难的，但我会以最快的速度去适应现状并调整好自己的状态……"

凭着一腔热血以及发自内心对公安事业的热忱，覃俊华一面虚心向师父请教各种专业知识，一面不断在实践中加强问话审讯、摸排侦查等技巧，同时学会充分利用社会关系以及信息等技术进行案件调查。在与同事聊天时，他说："在基层工作的这两年是我重新打基础的一个重要阶段，带我的师父是一名要退休的老民警，有着丰富的工作经验以及较强的侦查意识，我跟着他工作的这两年里学习到了不少有用的技巧。就像师父说的那样，较之机关工作，派出所的工作是复杂多样化的。尤其是在乡镇做基层民警的，平时工作除了日常的内外勤，我们还要充当邻里纠纷等各种繁杂琐事的调解员……因为在乡镇里，派出所警力不足。至今我仍清楚地记得，在松旺派出所，只有几位民警。所以在条件有限的情况下，我们想要做好基层工作，除了具备一定的专业素养，更重要的就是打好群众基础，与村民村干部搞好关系。"

靠着踏实努力的工作态度，覃俊华在松旺派出所做出了一定的成绩。就在覃俊华在松旺派出所工作的第二年，他收到调往博白县公安局刑侦大队的通知。松旺派出所的同事们听到这个消息时，除了替他感到高兴，也多了一分担心。公安系统的内行人都知道，就当时博白县的整体治安状况，县局刑侦大队的工作是非常艰苦与危险的，可以说是一份苦差事。覃俊华在基层工作两年就从乡镇派出所上调县城公安局，升职速度是属于比较快的。不过覃俊华的能力大家都看在眼里，他应该拥有更大的发展空间。覃俊华服从组织的安排，从这一刻起，开启了他披荆斩棘的刑侦工作生涯。

刑侦利刃出鞘，捍卫治安秩序

据博白县公安机关内部统计，博白县平均每年的重大命案有12~13起，每一起重大命案涉及人员多、区域广泛。覃俊华刚上调刑侦大队的那几年，就常常为了这些案子走南闯北，按他的话便是"足迹几近走遍半个中国"。在刑侦大队的这些年，他也一直将业务学习放在第一位，不断组织大家学习最新的法律条文、释义，在工作实践中不断积累和总结经验教训，提升专业素养，日夜奋战在侦查破案的第一线。

2013年4月，覃俊华刚上调刑侦大队工作不久，玉铁高速开通了。这是便民利民的公路建设，造福于玉林、北海等地的沿线居民。在8月底，以陈某、黄某等为首的龙塘镇赌徒，在玉铁高速属于博白辖区的松旺镇至旺茂镇路段，持枪、持械抢劫过路车辆。他们在高速公路上追逐过往车辆，还使用破胎器具等对车辆进行损坏，通过威胁、恐吓等方式胁迫受害人，肆意掳掠受害人的财物，给受害人的生命财产安全造成重大的伤害。

这桩案件，产生极大的不良影响，过往群众人心惶惶，也给沿路地区带来较大影响。博白警方火速成立专案小组，覃俊华作为专案组成员，与组员们日夜通过天网监控等资料，对该团伙的行走路线、进入高速公路的路线等进行侦查，同时蹲点排查。

经过一个多月的努力，在与多方讯息的合作下，案件终于有所突破。专案组确定这段时间在该路段发生的多起持枪抢劫案件均是由同一犯罪团伙所为。根据侦查分析，该团伙共有三辆面包车，一辆专门在北海跟踪抢劫目标车辆，另外两辆则隐匿某处，以待通知。只要北海跟踪方通知抢劫目标即将出现，隐匿的犯罪嫌疑人团伙就会立刻在公路上拉开破胎器。对不服从的车辆，他们便会开枪射击，待逼停车辆后，对车主拳打脚踢，手段凶残、暴力。

随着案件的调查，覃俊华与专案组成员前往南宁、北海、东兴、凭祥等地探寻新的线索。查到蛛丝马迹后，连夜反复综合对比、分析、研判，直到锁定犯罪嫌疑人。后又获知，犯罪嫌疑人将于10月17日下午5时从博白逃往云南。覃俊华与专案组成员立马启程，连夜赶到嫌疑人逃亡所在地云南富宁县，次日与云南警方联手将犯罪团伙捉拿归案。经过审讯，得知该团伙从8月29日成立以来，先后作案11起，专门对装载高档烟酒等走私车辆进行抢劫。据公安部门计算，短短两个月，该犯罪团伙涉案金额竟高达50万元。

2014年，博白城区特大抢劫案轰动整个博白县。由五名吸毒人员组成的犯罪团伙驾驶一辆无牌无照的面包车，隐匿在博白县城的偏僻角落，针对五羊摩托车进行抢劫。这桩案件持续两个月，先后有十几辆摩托车遭到抢劫，造成两人受伤。覃俊华与刑侦大队的同事们根据监控录像、车辆的走向以及受害者的手机定位进行比对摸排。在线人的辨认下，覃俊华侦查到其中一辆被劫车辆销往凤山镇某村。覃俊华带队前往凤山镇，控制车辆购买人，将计就计、顺藤摸瓜，终于将该犯罪团伙一网打尽。

2017年5月17日，一群蒙面男子冲进博白县木桐村木桐超市，持猎枪射击，造成一名重伤，三名轻伤，情节非常恶劣。这个案件命名为"5·17"涉枪案。案件发生后，社会舆论迅速蔓延，给博白县有关方面造成巨大的压力。自治区公安厅以及玉林市相关领导对该案件高度重视，市公安局领导亲自到现场指导案件侦破工作。

■ 覃俊华同志在野外蹲守

覃俊华接到侦破任务后，立即开展侦查工作。根据对案情的初步分析判断，确定侦查方向，划定侦查范围，制订侦查计划。不眠不休地查看了60多个小时的视频资料，对所获信息不断地进行综合分析研判，终于确定了重点嫌疑对象。覃俊华组织小组成员围绕重点嫌疑对象收集证据，获得了意想不到的收获。在确定犯罪嫌疑人的第二天，他们根据侦查路线排查到附近村镇时，发现嫌疑人作案时的面包车。这帮助公安机关进一步缩小了侦查范围。经过连续七天的努力，专案组于5月24日凌晨将12名犯罪嫌疑人抓捕归案，并缴获7支猎枪，成功告破此案。这进一步打击了不法分子的猖獗行为，对维护社会秩序、净化风气有着积极意义。

黑恶势力一直是人民群众深恶痛绝的社会毒瘤。这颗毒瘤严重破坏经济社会秩序，侵蚀党的执政根基。2018年，按照中央部署开展扫黑除恶专项斗争的工作要求，博白县公检法机关，针对涉黑涉恶问题新动向，切实把专项治理、系统治理、综合治理、依法治理和源头治理相结合，把打击黑恶势力犯罪和反腐败、基层"拍苍蝇"相关联，为震慑黑恶势力犯罪、铲除黑恶势力滋生土壤，不断增强人民群众获得感、幸福感、安全感，维护社会和谐稳定，巩固党的执政基础，更为博白县经济社会发展营造平安和谐的社会环境。博白县决定设立扫黑除恶专项组，坚决涤荡黑恶，守护民安，将扫黑除恶斗争进行到底。

扫黑除恶专项斗争开展以来,博白县上下切实把专项斗争作为一项重大政治任务,有黑扫黑,有恶扫恶,有乱扫乱。认真谋划、精心部署、强力推进,持续对各类黑恶势力发起凌厉攻势,出重拳、下重手。扫黑除恶的强大攻势和依法严惩的高压态势逐步加强,多部门齐抓共管和广大群众积极参与的浓厚氛围正在形成。截至2020年9月,打掉涉黑组织2个、涉恶团伙1个;正在侦办涉恶集团1个、涉恶团伙2个;共抓获涉黑涉恶九类案件犯罪嫌疑人754人,刑事拘留754人,逮捕607人。查处涉黑涉恶腐败和"保护伞"问题20件20人;查封、冻结、扣押涉案资产556.61万元;审理判决涉黑涉恶案件1件31人。博白县公安局全警动员,全警参与,组建了扫黑除恶专业队及若干个侦办涉黑犯罪专班,对涉黑恶犯罪展开雷霆打击。共破案2311起,逮捕2456人,狠狠打击了黑恶势力的嚣张气焰。2015年、2017年,覃俊华均荣立个人三等功,2019年荣立个人二等功,并获得亮剑"尖兵"的称号。政府还为他颁发"担当作为好干部——攻坚猛将"称号……成功是不容易的,因为它需要人们一步一个脚印地努力前行。

有黑必扫,有恶必除

2018年,由公安部A级通缉犯叶某组织领导的黑社会案件,是当时广西重大黑社会性质组织犯罪的案件之一,由公安部督办。这桩持续了一年多的案子,牵扯面甚广、影响甚大,作为该案件专案组重要骨干的覃俊华,因为这桩案件碰了不少壁。专案组同事听说上级命令覃俊华作为审讯组和抓捕组的主要负责人,知道他的压力巨大,所以尽自己最大的努力配合他的工作,希望帮助他减轻一些负担。

黑社会性质组织的发展壮大，需要一个较长的时间周期。专案组查阅历年的案宗，得知叶某从1995年开始便作案累累。他通过一桩桩案件，打出名声，在当地形成黑恶势力帮派，横行霸道，无恶不作。2008年，叶某"一战成名"。他召集地方散漫人员与博白篓角镇持枪对打以争夺地位。此后，叶某组织的力量不断壮大，并通过一系列非法手段敛财，垄断当地赌场和沙场的经营，若当地居民有所不满，当即采用拳打脚踢等一系列暴力手段，造成了不少重、轻伤者。当地居民均害怕日后遭到叶某的报复，敢怒不敢言。随着叶某势力的扩张，造成的不良影响渐渐扩散到其他地区。

覃俊华深知这是一场与黑恶势力的较量、一场激浊扬清的硬仗、一场拔除"毒瘤"的人民战争。为了铲除叶某组织，在一年多里，他与专案组成员远赴广州、深圳、南宁、钦州、上海等地进行调查，全组凝聚涤荡黑恶的共识，先后抓获十多名嫌疑人，坚决铲除黑恶势力滋生的土壤。在案件侦查后期的关键时刻，主犯未能抓捕归案，因而给案件的起诉与定性造成了阻碍。为了严惩这批让人民群众深恶痛绝的黑恶势力及其背后的"保护伞"，覃俊华主动请缨，亲自带领专案组民警深入主犯叶某的活动场所进行秘密摸排。由于叶某的反侦查意识较强，为了不打草惊蛇，覃俊华与大家一起住进荒山废房。白天，覃俊华与大家化装成砍伐工人上山砍柴，晚上就在叶某有可能出现的地方进行摸排。

覃俊华说，这半个多月的"山顶洞人"，生活是异常艰辛的。山上茅屋条件简陋，屋顶还是漏的，尤其一到刮风下雨时阴冷潮湿。有一天晚上，覃俊华和专案组民警们在排查时，撞上暴风雨，他们只能蜷缩在角落处等待雨停。覃俊华抬头看着屋顶滴水，嘟囔了一句：今天可算体会到了什么叫作"屋漏偏逢连阴雨。"因为条件有限,覃俊华和组员们只能睡草席子,平时的伙食供应大多是自行解决,偶尔由组织派遣人员配送。覃俊华回想起那段日子,说那个时候实属艰难。由于条件有限,我们大多数时候一天三顿顿顿干粮。为了减少上厕所次数,大家伙都不敢喝水,困了就轮流眯几分钟……但再苦再难我们也没有放弃追查。一方面专案组成员们不断摸排侦查,另一方面又要不断地与受害群众沟通交流,耐心开导,让他们慢慢地敞开心扉,配合协助调查。历时半个多月的努力,终于捕捉到了叶某的蛛丝马迹,顺藤摸瓜一举破了叶某案件。在逮捕叶某的那一刻,覃俊华脸上露出了许久未见的笑容。

为了进一步巩固和深化专项斗争成果,不断提高扫黑除恶法治化、规范化、专业化水平,博白县相关单位坚持不懈,常态化开展扫黑除恶斗争。在铲除土壤上持续发力,把横行乡里、称霸一方、插手基层政权、侵害集体财产等的"村霸"列为重点打击对象。

2019年年初,在博白大坝镇,以庞某等人为首的涉黑团伙涉嫌聚众斗殴、寻衅滋事、敲诈勒索……严重扰乱当地社会治安。覃俊华被领导任命为该案专案组的总负责人。当时覃俊华作为专案组里资历最浅、警衔最低的成员却成了专案组的组长,背地里多少是有些异议的。他排除万难,与组员们加强沟通交流,并以身作则,不畏艰险,带领专案组成员前往博白县大坝镇、龙潭镇、山口镇等多个镇展开外围调查。

为了尽快从根源上肃清"毒瘤",覃俊华和专案组同事经常通宵分析犯罪嫌疑人的活动轨迹以及社会关系,夜以继日地熟悉案件材料、耐心梳理每一起案件的证据,困了累了就在办公室里打一小会儿盹，醒来又继续工作。在案件证据不足、大部分嫌疑人不到案的情况下，多次深入边远乡镇调查，与受害群众联系，劝他们放下思想包袱陈述受害经过，积极联系、动员其他受害者向专案组反映情况。经多场审讯、300余次走访询问、10个多月的寻线追踪，覃俊华与专案组成员终于将庞某等45名涉黑恶犯罪嫌疑人相继抓获归案。之后，覃俊华带领专案组成员顺藤摸瓜，查清了该团伙涉及的30起刑事案件犯罪事实、10起治安违法事实等。冻结该团伙将近25万元，并缴获猎枪2支、车辆5辆。该团伙被打掉以后，2019年大坝镇的群众安全感满意度同比上升7个百分点，成为博白县群众满意度最高的城镇。

覃俊华清晰地记得那天实施抓捕行动的细节，他与专案组成员一直到当晚8点才摸排出庞某组织的重要头目周某的行踪。经过专案组会议决定，需要火速向领导请示立刻出发到广州实行抓捕周某的行动。领导听了覃俊华的建议以后，同意覃俊华带领专案组成员奔赴广州实施抓捕行动的请求，并当即连线广州警方，沟通交涉，希望得到广州警方的支持与协助。在领导的支持与各方的帮助下，覃俊华等人立刻从博白出发直奔广州，凌晨3点多到达目的地。由于时间紧迫，覃俊华和两名同事只在车上眯了一小会儿。大约5点，赶到嫌疑人所在的城中村。城中村的环境复杂，人口密度高，覃俊华与同事只能根据少之又少的一些信息，利用守株待兔的方式蹲守。

覃俊华与同事们在精神上处于高度紧张的状态。加上广州天气转凉，由于出门紧急，覃俊华与同事只穿了件单薄的黑T恤，也没有顾得上吃饭，几人可以说处于饥寒交迫的状态。由于担心嫌疑人早早出门，覃俊华和同事从早上6点就开始蹲守。天上时不时下小雨，周边没有地方可以躲避，覃俊华与同事的衣服被淋湿了。时间一点一点地过去，可是迟迟没有发现嫌疑人的踪迹，渐渐地大家都变得有些焦躁不安。眼看着兄弟们的精力一点一点被耗尽，心态也一点一点地几近崩溃。况且人是铁，饭是钢。其中一名同事有些扛不住了，便与覃俊华说："阿华，我这心态都快崩掉了，心里拔凉拔凉的，10个多月了，我们好不容易找到犯罪嫌疑人的藏匿窝点，又大老远地从博白跑到广州与广州警方合作抓捕。如果这次又白跑一趟，我真的要爆炸了。尤其想到努力那么久，吃了那么多的亏，要是还让他逃掉了，我真的无法形容心里的这种感觉……"覃俊华鼓励他说："这是犯罪分子要与我们打持久战，更何况敌人在暗，我们在明。兄弟们，既然我们已经到了广州，也到了这份上，我们坚持一会儿，坚持一会儿，再坚持一会儿，一定可以成功的……"坚守12小时以后，嫌疑人终于出现。覃俊华与同事将这狡猾的周某来了一个人赃并获，当日连夜从广州赶回博白进行审讯。

■ 覃俊华与同事分析案情

归途上，几人轮流看守周某，生怕狡猾的周某再次逃脱，丝毫不敢掉以轻心。当然审讯过程并不像想象中的那么顺利，周某拒不认罪，因而覃俊华与他对峙了许久。最后，覃俊华与专案组决定从外围突破。先是争取受害人对犯罪嫌疑人的指认，再到从周某同伙身上打开缺口。通过对周某的同案犯们一步步分化瓦解，进一步理清了周某、庞某等人的犯罪事实。然后利用政策宣讲攻心，告诫周某已是铁证如山，不要再痴心妄想有任何出路。见周某有所动摇以后，将其更换监室严加看管。通过采取多种审判途径，在大家的共同努力下，终于成功攻破犯罪嫌疑人最后的心理防线，如实供述所有犯罪事实，使庞某团伙案件的最后突破有了重大进展。

"关山初度尘未洗，策马扬鞭再奋蹄。"覃俊华与扫黑专项组秉持着有黑扫黑、有恶除恶、有乱治乱的原则，不断攻克大案，连战连捷。成功侦办两起组织、领导黑社会性质的案件，破获涉黑涉恶类案件90起，抓获9类涉黑涉恶犯罪嫌疑人90人，刑拘75人，逮捕60人。这一个个数字夯实着人民群众的获得感、幸福感、安全感，博白县治安环境不断改善，社会风气不断好转，发展环境也不断优化。

一线抗疫，守城护民

在2020年这披荆斩棘的一年里，最让覃俊华印象深刻的，莫过于这年春节期间那场新冠疫情。覃俊华回想起持续几个月奋战一线的经历，仿佛就在昨天。

大年初一那天，覃俊华及刑侦大队的战友们接到上级的通知，从各自老家动身奔赴博白县疫情防控监测点值班。这几个月的经历让覃俊华感触良多，他说："尤其是缺少防疫经验，在没有充足的防护装备条件下，面对来来往往的车辆与人员，无疑是暴露在危险之中的。"

这个辖地3885平方公里、有28个乡镇的小城，有着155万的常住人口，保护他们的平安健康就是覃俊华与同事们的日常工作。于覃俊华而言，这是一份沉甸甸的责任。为了做好排查工作，覃俊华带领同事们在辖区公路上建卡点、联控排查，重点路口执勤，同时还要调查辖区内是否有确诊病例。他们每人每天都要拨打成百上千个电话核实外地返乡人员的信息。在拨打电话时，最常听到的话便是："你们这群当警察的，连核实信息这种事还要打电话问我们，那你们警察也别当了。""你们是骗子吧？问这问那，说是核实信息，我看就是冒充警察来搞诈骗的。"通常还来不及解释，就听到挂断电话后的忙音。在这种情境下，覃俊华常常鼓励同事们说："没事，我们做好本职工作就好了，大家再加把劲儿。"在覃俊华的鼓励下，大家就这样一个一个人员地核实。也正是大家涓滴成河的努力付出，为后期疫情工作的开展做了扎实的铺垫。

2020年2月3日，广西壮族自治区卫生健康委发布通报，2月2日0时至24时，玉林市新增1例新型冠状病毒感染确诊病例，而这1例便是博白的返乡务工人员。接到这一消息的那一刻，在场每一个人都是无比紧张的，尤其是组长覃俊华。覃俊华与工作人员马上全副武装赶往现场，对文地镇村民进行一一排查，最终追踪到密切接触者共有7人。

到了村上，追踪到的密切接触村民对隔离十分不配合。有的村民对覃俊华说："我们不咳嗽，不发烧，身体好得很，为什么要隔离？万一我在你们的隔离点被传染了怎么办？我不去。"覃俊华说："同志，这你就不知道了吧？在隔离酒店里，每天有专人送饭、清扫垃圾，而且每天有医生检查你们的身体状况，保证你们的身体健康。这样做既是保证你们的身体健康，也是保护你们家人的安全嘛！所以你们要多多配合我们的工作才是……"覃俊华耐心开导，慢慢打消大家的顾虑。而对于居家隔离的人员，覃俊华与工作人员每天上门为其测量体温，仔细询问他们的身体状况。由于防疫物资匮乏，覃俊华在得知群众生活方面的困难后，为他们送去蔬菜粮油等生活物资，对大家说："没有运输车我们就用警车来送，没有运货员那就我们警察来运。"就这样，在整个隔离期间，覃俊华尽自己最大的努力，保证了居家隔离群众的生活。当隔离解除时，返家的乡亲们望着覃俊华与工作人员，挥手告别。覃俊华说："他们的微笑、他们的信任，就是对我们工作的最大肯定。"

夜幕降临，覃俊华在博白县疫情防控监测点当班执勤，趁晚饭休息时，端着泡面扫视了一圈办公室，内心有些许说不出的感觉。突然，口袋里的手机震动，是妻子发来的信息："在外注意防护，好好照顾自己，家里有我，再忙，也别忘给家里报个平安。"突然想起许久没有回家，也不知道家里现在怎么样了……便匆匆回了一句："今日平安，别担心，我很快回来。"

在抗疫的几个月里，覃俊华与一线工作者们日常吃住在单位。疫情逐渐减弱以后，覃俊华又将自己隔离了差不多一个月。覃俊华在疫情工作总结报告中写道："我们从未改变过坚守的信念和驱散病魔的决心。尽管每天吃着方便面，住着临时帐篷，顶着腊月寒风，可我们没有一个人喊苦叫累和退缩。我们深信，阴霾过后必是晴空。'疫情不退，警察不退。'这是祖国千百万警察向党和人民做出的庄严承诺。这不是口号，这是使命，是冲锋陷阵的责任，是不眠不休的实际行动。如果疫情是浓雾、阴霾、黑暗、危险，那么警察、医生、社区干部以及所有为抗击疫情行动的人们，就是火焰、光芒、希望，让黑暗褪色，让疫情止步，让春天如约而至，让回家的路不再遥远。"

现今，新冠疫情消退了，人们重新看到了川流不息的车辆，复工复产的企业，返校复学的孩子，和渐渐繁华热闹的人间烟火与祥和稳定的社会秩序……覃俊华深深体会到，这一切的来之不易，不知凝聚着多少人的心血与汗水。在这场与病魔抗争的特殊战斗中，覃俊华作为一线工作者，看到了无论是医生、护士、警察，还是青年志愿者，他们身上的滚滚热血与中国魂。这也让他对警察这一职业有了更为深刻的认识——这是一个穿梭在黑暗与光明之间的职业。守护一方岁月静好，是一代又一代公安人用血与肉捍卫的铮铮誓言。在成功破案的高光时刻，承载的是他们追逐光明、点亮人性光辉的希冀。

十年从警路，冰心在玉壶。无论是青涩新警还是"反黑尖兵"，无论是从一开始的基层工作，还是之后的带队领导。覃俊华始终明确守护人民的财产安全、打击犯罪维护社会公平正义的重要使命，除恶务尽，全力出击保平安；攻坚克难，身先士卒做尖兵。不断学习，通过日复一日的训练与实战，长年累月地奉献与坚守，将从警誓言落到实处，在助推博白县治安治理的征途上，贡献自己的一份力量。

乡村振兴中的 博白 故事

刚柔相济的法律人

——博白县人民法院执行法官韦素敏

■ 李嘉欣

常言道，法不容情。原来有不少人认为，制度定了，法律颁布了，按部就班地执行便再无纷扰。法律不过是一些条条框框，除了束缚再无其他，在博白县人民法院的执行局中，有这样一位不同寻常的法官，她就是韦素敏。

在她的手中，法律既是惩恶的武器，也是佑护安宁的保护伞。十几年来，执法、审判就是她的工作、生活，在这条道路上，她见过太多相守相持的美好，也面对过不少食脂贪粮的丑恶。她热爱法律，心系群众，因为有了人，法律才变得有温度。

打伞破网，执法刚强

2019年11月，博白县人民法院下达了一条通知：对叶富林等人涉黑案件进行立案。2003年开始，以叶富林为首的社会闲散人员在浦北县石埇镇及周边地区通过逞强斗狠来彰显其在当地的强势地位，造成了极其恶劣的社会影响。由于这个组织势力范围广，并且善于藏匿，十分狡猾，执法人员屡次抓捕都未能成功。

毫无疑问，解决这个案件，是韦素敏上任以来最大的一个挑战。

2018年我国展开扫黑除恶行动以来，博白县人民法院积极响应中央的号召，工作出色，战果显著。彼时，韦素敏进入博白县人民法院工作两年。多年的工作经验，已经让她对这类案件有了应对策略。

她先分析了案情。首先，作案团伙在浦北县石埇镇及周边地区大肆进行违法犯罪活动，聚众斗殴，称霸一方，垄断浦北县石埇镇的赌场、香蕉包装纸箱销售市场，抢夺百姓财产，危害当地社会治安和经济发展。每一步，都看出是有预谋的犯罪，涉及相当多的社会闲散人员，足以见其主犯的煽动力和组织力；其次，以叶富林等为首的势力团伙嚣张至极，甚至公然阻碍公务，成为一个不折不扣的"地头蛇"，却能够逃避警方追查数年，具有一定的反侦查能力。此外，叶富林等人盘踞浦北多年，对浦北一带了如指掌，利用对环境的熟悉，不仅能够轻而易举地逃脱抓捕，还有可能反过来对抓捕人员不利。

叶富林等人大张旗鼓地犯罪，无异于对法律的挑衅，更伤害了信任法律的守法公民，社会危害性极大。思索再三后，韦素敏有了对策：叶富林等人，有恃无恐，不外乎源于经济雄厚和势力大，如果能够把这两条支撑他们的"源头"摧毁，那么抓捕行动的难度也将大大降低。于是，她通过全国网络调查他们的住处，并且对其经济体进行管控——既然狡兔三窟，那就每一个地方都堵死，当源尽水竭之时，叶富林等人将无处可逃。

但是这么一来，整个抓捕行动的时间就不得不延长，老百姓得遭受更多的折磨。从2017年年底开始，博白警方就一直在侦查叶富林等人的行踪，然而如预想的一样，叶富林等人老奸巨猾，除了被查到的住处之外，还有不少没被挖掘出来的落脚点，北海、合浦、玉林……尽管警方穷追不舍，但还是一直没能将他们抓捕归案。到最后，叶富林等人干脆躲进了浦北县张黄镇老家。

张黄镇地处钦州市东部，东与博白县江宁镇接壤，东南与安石镇为邻，南连泉水镇，西邻大成、白石水镇，北接龙门镇，对于叶富林这些常在附近活动的人来说简直就是天然的避难所。

对于这样的状况，韦素敏不是没有预想到，但是张黄镇山高树多，隐蔽条件极好。并且张黄镇人口密集，万一叶富林拿村民做人质可怎么办？对于这次抓捕，他们最后还是选择了最保守的办法：以其活动范围为中心，四路包抄蹲点，一步一步地缩小排查范围，一旦发现这伙人有出逃意向马上抓捕。

在长达7个多月的抓捕工作中，韦素敏和专案组的同事们几乎无休止地在研究这伙人的作息和出行规律。他们轮番值守，生怕错过一个有利于执行抓捕的时间，也为了防止他们钻空子逃往别处，因此不得不24小时监视着。9月，叶富林等人终于受不了了，其中6名犯罪嫌疑人自首，由此打响了抓捕的第一枪。

时机到了。这是一个月光皎洁的晚上，树林好像攒动的人影，柔柔地依偎着晚风，沙沙声不绝于耳。这个秋高气爽的月夜，叶富林一行人已早进入梦乡，在他们心中也许有惶恐，有不安，也许还会有对亲人的思念，甚至有的已经生出悔意，但为时已晚。触犯了法律的底线，就要付出相应的代价。

布置好叶富林等人居住地附近的搜捕、巡查的警力之后，抓捕人员采取了行动——踹开门，径直扑向最里面的屋子：一群男人光着上

第四章 治理有效

身颓唐地坐在床上，显然已经知道了警察的来临。

戴上手铐，收工！2018年10月25日上午11时，叶富林等人终于落网。

那一天，阴暗多日的张黄镇放了晴，镇里放着鞭炮，舞着狮子，一番热热闹闹、喜气洋洋的场景，锣鼓喧天，比过年还热闹。而以叶富林为首的这个黑社会组织成员，戴着手铐，上了警车。这场正义与邪恶的较量就此落下帷幕。

叶富林等人被抓捕归案，但是案件还没有结束。叶富林等人都是老油条，狡兔三窟，不仅住的地方十分隐蔽难以排查，蹲点也很难摸到他们的出行规律，就连藏财产的地方也东一块儿、西一块儿。如果不一一查清，就会给他们卷土重来的机会。这些从民众手里搜刮来的财富，哪怕一针一线，也绝不能留下。

随后，为了查清楚叶富林等人的违法所得，韦素敏辗转南宁、钦州、北海等地。在多处进行调查核实之后，对叶富林名下的财产——汽车一辆及房产一套进行了评估拍卖，均溢价成交并进行了交接。

后经审判，叶富林等31人分别被判处25年至10个月有期徒刑，以及没收财产和一定的罚金。

叶富林等人不服判决，多次提起上诉，都被法院驳回。

法律由人制定，充满人性的同时，也考验人性。叶富林的案件不是个例，博白县扫黑除恶的工作也不会因为抓获了一个叶富林而结束。2020年5月，广西壮族自治区高院决定在全区法院开展涉金融债权案件"百日攻坚"活动。韦素敏在承接金融案件后，决定亲自带队下乡查找被执行人及财产的线索，对有财产抵押的案件及时进行评估拍卖。同时通过多方关系，给被执行人施加压力，冻结银行卡、支付宝、微

261

信等支付手段，限制其消费，督促被执行人履行判决。

自开展专项法治活动以来，韦素敏共收案 43 件，结案 27 件，到位标的金额 798.96 万元。

在博白县人民法院中，像这样的案件还有不少。这些案件的公平公正的处理，都彰显着法治的威严、公信力。不论是扫黑除恶，还是清理金融债权案件、抓捕"老赖"等，目的都只有一个，那就是：以严格执法促公平，以公正审判筑法治。

法理有度，宽柔无量

"我们办理案件必须以法律为准绳，这是不能突破的，所以看似无情、冰冷，但是，我们可以通过一些其他的方式让当事人感受到法律也是有温度的。比如，在执行者对待当事人的态度、司法救助制度等方面，在解决问题中，让当事人感受到生活在法治社会是阳光的，是温暖的。"韦素敏如是说。除了公正严明的执行法官这一身份外，韦素敏也是一名母亲，曾被授予"博白县优秀母亲"的称号。她将这种像对待孩子一样的温柔和慈爱，也奉献给了热爱的法律事业。

2015 年，家住湖南省通道侗族自治县的小吴与蒋生在湖南相遇，二人两情相悦，很快就领证结婚，并且有了爱的结晶。2016 年 8 月，蒋生突然不告而别。回到博白老家。小吴只得到丈夫的"婆家反对""我们不合适"这样搪塞的理由。本打算就此一拍两散，可问题还没解决，小吴就发现自己怀孕了。

我国法律没有规定婚内女性流产是否需要与丈夫协商解决，但在一般情况下，已婚女性在引产前，医生都会听取夫妻双方意见，确认丈夫知情或夫妻感情破裂才允许手术流产。无奈之下，小吴只好辗转多地找到蒋生，随后向旺茂法庭起诉，请求判决离婚，以便拿着判决书去做流产手术。

这个时候，胎儿已经7个月，抛开孩子这一鲜活的生命不谈，就是流产，也对孕妇的身体影响极大。二人并不是完全没有感情，只是对于这个孩子，双方家庭一直争吵不休，这才忍痛割爱。

了解到这些情况，韦素敏法官心里不禁感到一阵心酸。她也是一位妻子，是一名母亲，怎么会不知道孩子对母亲的重要呢？

她静下心来，慢慢倾听原告的倾诉。女孩无助的脸被窗外缓缓透进来的光线照得更加令人心疼。她不由得握了握女孩的手，似乎忘了这是自己的当事人——"交给我吧。"她听见自己这么说。

韦素敏仔细听小吴的阐述，一点一点地帮她找出家庭矛盾的症结，劝她一定要冷静，不能因一时冲动而扼杀一个无辜的小生命。"如果就这么失去这样一个小天使，将来可不要追悔莫及啊。"她说。同样地，对于蒋生不负责任的行为及其消极逃避的心理，她也表现了批评态度。

做这样的事，也许有人会觉得多管闲事，毕竟夫妻分分合合是当事人的自由，作为调解员去充当双方的黏合剂，是越俎代庖。但在韦素敏的眼中，这件事透露出来的不仅仅是感情的裂痕、一个家庭的破碎、一个生命的消失，更多的是以小吴和蒋生为代表的千千万万个稚嫩的家庭，在不成熟、不冷静的情况下伤了心。这些年轻的生命若是长大，本应该可以成为校园里琅琅读书声的一分子，却因为父母赌气，连来到这个世界的机会都没有。婚姻带给人们爱情、亲情之时，也将责任赋予每一个人，多一个角色，就得多一份担当。

在开庭前,她把这对年轻夫妻叫到一个房间里,让他们面对面地谈。同时邀请蒋生的两个哥哥一同做他的思想工作。两位大哥表示一定帮助小吴监督蒋生,不让蒋生重走老路。最后韦法官再一次向小吴讲述了离婚带来的种种危害,并让小吴和蒋生写下了保证书。

经过她的耐心劝解、蒋生的深刻认错及其家人的帮劝,小吴同意与蒋生和好,夫妻共同去维护、经营自己的家庭。

在这件事圆满结束之后,她更加认识到案件调解的重要性。博白县人民法院自2017年7月被玉林市中级人民法院确定为全市家事审判改革试点法院后,也创新了审判理念和方式。在当事人进入法院后,能够给予心理疏导,指导当事人合理地解决婚姻家庭矛盾,让双方宣泄情绪,引导当事人认识问题、修正问题,能够以理性的态度去处理、解决矛盾,收到非常好的社会效果。

一个人的力量有限,但韦素敏希望能竭尽所能地去帮助他们,解开心结,重归于好。除了调解,案情之后的跟进工作她也没有忽略,几乎是见缝插针地利用所学的法律知识为人们解决问题。

例如帮助失去劳动能力、母亲因病在医院治疗的受害者朱玉申请司法救助。从2018年5月到9月,韦素敏不分白天黑夜地收集司法救助的各种材料,马不停蹄的工作终于换来了回报:县司法救助领导小组决定给朱玉3万元的司法救助,这极大地缓解了她的经济困难,挽救了一个陷入两难境地的家庭。

面对当事人的感谢,韦素敏总是淡淡地笑着说,这都得益于国家的司法制度,自己并没有帮上什么忙。就是她口中的这些"没帮上什么忙"的事,温暖了一个又一个的家庭,帮助了需要帮助的人。十多年来，韦素敏办理的案件无一例被投诉。以司法之刚铸人性之柔，是法律的温情所在，也是执法中人性的闪光之处。

刚柔相济，以民为念

韦素敏自2017年以来，共收案825件，结案783件，结案率94.91%。2019年获评全区法院"基本解决执行难"工作先进个人、2018年玉林中级人民法院嘉奖个人等荣誉。在处理案件时，她始终坚持刚柔相济，有针对性地采取执法手段，以达到最完美的结果。

"我要打官司！"

这一天，博白县人民法院接到了一个新的案件。来人是一名货车司机，约莫40岁的样子，进来就焦急地找到韦素敏道："法官，我要打官司。"韦素敏看着来人，不免有些无奈，到这里的人都和他一样，不说前因后果就说要打官司。但是她没有表现出不耐烦，而是让他先坐下来，安抚了一下他的情绪，待冷静之后，开始了解事情的经过。货车司机秦忠双手捧着纸杯，眼神诚恳地望着韦素敏，将事情的原委缓缓道来。

早在一年前，秦忠以34800元的价格从陈生那里买了一辆富达牌自卸货车。使用一年后，因要换车，恰好遇上了想要购车的陈武。双方就价格谈拢后，秦忠以33800元的价格将车转卖给了陈武。买卖双方一手交钱，一手交货，陈武在办理车辆过户登记时，发现该车行驶证登记人陈生更换了发动机，导致车不能过户。不能过户的车怎么能够正常使用呢？万一将来出了问题算谁的？陈武向法院提起了诉讼。

博白县法院及玉林市中级人民法院判决：车辆转让行为无效，秦忠应将购车款及利息损失返还给陈武，陈武将车辆退还秦忠。

本来事情到这里也就结束了，但是秦忠心想，自己买车的时候也没有过户，是不是也可以要求"退货"呢？于是也照猫画虎，向博白县法院起诉，认为与陈生的买卖无效，陈生应返还购车款，而自己将车退给陈生。

韦素敏很快抓住了案件的核心：陈生愿意将卖车的钱退回来吗？

起先，法院支持秦忠的诉讼请求，但判决生效后，三方没有沟通协商好，纠纷一直都没有得到解决。秦忠没有办法，只好向博白县法院申请强制执行。

在执行过程中，韦素敏作为主办法官详细查阅卷宗后认为，货车经过两次买卖，要彻底解决纠纷，最好从源头抓起，且两次买卖必须一起解决。

该案是陈生自行更换发动机，导致该车不能过户引起的。于是，韦素敏觉得从陈生这里入手应该是最好的选择，先把第一次的交易处理好了，才能解决后来的问题。

理清了思路，困难也就随之摆在韦素敏的面前，首先就是陈生的不配合。

"那车都卖了一年了，现在要我拿钱买回来，我不干！"陈生粗着嗓子对着电话吼，震得韦素敏耳朵疼，而电话那头的人还在喋喋不休："事情已经过去一年了，并且是在秦忠卖车卖不出去之后提出的，敢情这一年，这车是白给他用的？钱放在银行还有利息呢！虽说自己私自换了发动机不对在前，但秦忠买的时候怎么没提，非得过了一年才秋后算账？世上哪有这么好的事，钱是天上飘下的吗？"

说罢，陈生挂了电话。

这样的对话，韦素敏在沟通期间遇到了无数次。作为执行法官，韦素敏一直坚持依法、公开、文明的执行原则，注重案件的具体问题具体分析，针对不同案件制订不同的执行方案，采取不同的执行措施。在本案中，韦素敏多次要求与陈生面谈，陈生不但拒绝，还对法院下发的法律文书置之不理。

既然柔的不行，韦素敏只好采用强硬的手段。

一方面，她马上对陈生的财产进行冻结；另一方面，仍不放弃与其进行沟通，析法明理，要求退还购车款，告知其拒不履行判决的后果。我国法律规定，拒不履行判决，被执行人将会被纳入失信名单，限制高消费。如果真到了强制执行的地步，那么等待陈生的将是更严厉的惩罚：无法旅游、度假、乘坐高铁不说，甚至会影响到孩子上学等。

在强硬的措施和韦素敏的耐心劝导下，陈生终于意识到了问题的重要性，最后同意与发生纠纷的另外两人协商，一起到法院解决。最终，三人到法院达成和解协议，车辆交还给陈生，涉及的购车款退还给了购车人。至此，案件圆满解决。

公事公办是一种态度，好言相劝也是一种态度。法佑护人民，也取信于民，韦素敏深谙其中的道理。作为执行法官，她明白，当每一个前来寻求解决问题的人出现在这间工作室时，她就是他们的仰仗。而如何在法与人之间把握一个度，让人民相信"法可护人，人应守法"是我们一直要思考的。

信念坚定，矢志笃行

如果说，医院是一个最能检测人性百态的地方，那么在法庭之上，呈现的则是社会的冷暖。从感情的牵扯，到利益的纠纷，不同身份和角色的人不约而同地、费尽心思地争夺有利于己的地位。韦素敏在进入法院工作之前，并不是没有预料到这一点。即便如此，她还是义无反顾，坚定地选择了自己热爱的职业。

2008年9月，韦素敏通过司法考试如愿进入法院工作。这一年，我国首次发表法治建设白皮书，在新中国的法治进程上迈出了重大的一步。2017年10月，博白县人民法院多了一名新的法官。此时的韦素敏正是有激情的年纪，多年来对这份职业的憧憬终于在这一刻实现了。

一头蓬松的自然卷发整齐地扎在脑后，稍显圆润的脸令这位法官不像有的电视剧中的法官那么严肃、不苟言笑。

在进入执行局工作以前，她一直在审判部门工作。虽然都是法官，但是执行和审判除了工作内容不尽相同之外，工作方法和工作技能也相差较大。换了岗位之后，韦素敏可以说是"零基础"开始当法官。

有人问她，这样累不累啊？调到另外的一个地方去，什么都要从头开始学。她开心地说，活到老学到老嘛，去哪里不是从头开始呢？

对新的工作不熟悉，她就逮着空闲的时间学，不会的就请教执行科的同事。她学东西快，用最短时间掌握了执行办案、查控等网上办案技能。一个星期之后，她就已经能独自在系统上进行查询、冻结和扣划单位、个人在金融机构的存款等操作了。她对自己的工作感到满意，但是也不敢骄傲，还得在实际中提高自己的执行工作技能。

刚到执行局那会儿,她一时间没适应过来,得在繁忙的工作中边学边干,很多个夜晚都在加班。

后来忙习惯了,还能挤出时间学习,于是她就利用晚上仔细阅读专业书,例如《人民法院办理执行案件规范》《最高人民法院执行最新司法解释统一理解与适用》《最高人民法院关于人民法院办理执行异议和复议案件若干问题规定理解与适用》《最高人民法院关于执行程序中计算迟延履行期间的债务利息司法解释理解与适用》等。

执行法官的工作不轻松,并且很烦琐,常常要和很多不一样的人沟通交流。这些人的性别、身份、文化水平不一,交流起来也就格外地耗费时间,做记录的时候也不那么顺利,经常等到当事人走了,她还得整理谈话的笔录。不过这些烦琐在她眼里都不是烦琐,相反,她觉得能从事这样一份职业,有人会需要她,她就觉得心里暖暖的。她打心里热爱这份工作。

韦素敏的朋友圈几乎与个人生活没有多大的关系,基本上都是转发有关工作的文章,要么就是法治行动开展的情况。她称自己的工作时间为"五加二""白加黑",意思是一个星期五天工作日,加上两天的加班,白天和黑夜两班轮倒,常常忙到忘记时间。在韦素敏的眼中,累也是快乐的。她的身上一直保持着20多岁时的朝气不知疲倦。

不管晴天还是下雨,她每天总是很早就起床,快速地洗漱完毕后,穿上法官标配的白色衬衫和黑色西装,把领结打好就早早到办公室。沉睡了一个晚上的电脑屏幕映着自己的面庞,她给自己一个鼓励的笑,就马上进入工作状态中。

这个窄小的办公室会一批接着一批地来人,他们都带着苦闷而来,甚至有的脸上带着伤,有的情绪激动到无法冷静地叙述完一件事。

面对这些从不同地方来的人，韦素敏保持着一贯的笑容，不论来的是谁，她都先让他坐在面前，从对方的语句中迅速地找到重点，给出中肯的法律建议。她说话带有南方人的韵味，既不会让人觉得强硬，也不会让人认为她温顺得没有可信度。语速不快，就如同和老朋友闲聊似的，问题说完她已经列出了解决方案。

当然，她也不总是待在办公室，除了接待当事人之外，她还得外出办案，收集证据和实地考察，与相关人员谈话、做笔录。要是地方偏远，外出一整天也是常有的事。但是法官的忙碌并不仅限于此，除了这些，对上级下发的所有法律工作文件都要逐个熟悉并贯彻到日常工作中，几乎是整年无休地工作。

奥斯特洛夫斯基在《钢铁是怎样炼成的》一书中写过这样一段广为人知的话："人最宝贵的是生命。生命对人来说只有一次。人的一生应当这样度过：当他回首往事时，他不会因为虚度年华而悔恨，也不会因为卑鄙庸俗而羞愧……"每个人的心中一定都有一个对未来的标准，能够概括这个标准的就是：做一个有用的人。对于韦素敏来说，成为一名法律人，运用所学帮助需要帮助的人，就是自身价值的最大体现，也是回首往事之际，最不会后悔的选择。

雷霆亮剑，再踏征途

立法是为了服务人民，执法也是为了人民，法治之路没有终点，追求正义的道路也没有终点。正因如此，像韦素敏这样的法律人，才一次又一次地踏上征途，把那些藏在阴影里的恶，展示到阳光之下。

2017年12月4日是第四个国家宪法日，这一天，晴空万里，红旗飘扬。

"我宣誓，忠于中华人民共和国宪法，维护宪法权威，履行法定职责，忠于祖国、忠于人民，恪尽职守、廉洁奉公，接受人民监督，为建设富强、民主、文明、和谐的社会主义国家努力奋斗！"当天上午10点15分，博白法院全体法官在党组书记、院长王明林的带领下，面向国旗，紧握右拳，法官们响亮的声音，铿锵的誓言，高举的拳头，代表着坚定的信念。

那一刻，韦素敏想到的是，执行法官作为法律的执行者，更要坚守职业信仰，恪守职业道德，公正司法，执法为民，确保人民群众在每一个司法案件中感受到公平正义，在每一个案件中，都要让他们体会到法律的温暖，体会到生活在法治社会的幸福。信任法律，信任法

■ 图为韦素敏同志

官，从"遇事靠情"逐渐转变为"遇事靠法"。

韦素敏曾经在书中读到过，老百姓害怕诉讼，把诉讼叫作"打官司"。不说"审"，而说"打"，是因为中国的封建法律制度一直实行有罪推定原则，官员往往先入为主地认定犯罪嫌疑人有罪。被告一旦确定，官府所关注的就不再是罪与非罪的问题，而是如何证实被告被控之罪的问题。

为了取得口供以便早日定案，"人进衙门一通打"，刑讯逼供就成为传统司法制度中的常态。所以在一般人眼里，"官司"往往是和"打"分不开的。

因此在传统的国人眼中，用法来维护自己的权利这个观念是很少的。铲除封建时代留下来的腐朽陈旧的思想，还必须对不正当的行为施以严厉的惩罚，才能够树立起公平正义。韦素敏深谙法治之路漫长，但她坚信自己走的每一步都有意义，和她一样从事司法工作的人们也同样如此。

2020年1月17日，博白法院"春雷风暴"专项执行行动狂扫博白大地，执行战果振奋人心：成功拘传在县城的被执行人黄某媛、在亚山的被执行人陈某明、在凤山的被执行人谢某庆、在凤山的被执行人刘某剑、在凤山的被执行人彭某优、在文地的被执行人黄某武……当天，共拘传被执行人6人，执行和解3件，执行完毕2件，实施拘留1人，到位标的金额13.4万元。

自开展"春雷风暴"专项执行行动以来，博白法院共拘传被执行人23人，执行和解11件，执行完毕6件，实际实施拘留7人，到位标的金额55.23万元。

从家事到国事，无不透露出法治的踪影。博白县人民法院像一个巨大的净化池，尽自己最大的能力铲除社会的黑暗，也尽着自己的努力发光发热，为建设社会主义法治社会添砖加瓦。给黑恶势力带来的是冰冷而残酷的打击，对人民却显示了暖阳一般的脉脉温情。两种截然不同的态度，就如同法律一般，进一步是万丈深谷，退一步回头是岸。

正义在任何时候都不会缺席，同样，法治工作也一直在稳步、有序地推进。韦素敏和许许多多和她一样的法律人在为中国新时代的法治建设一步一步地努力着。就像博白县人民法院"春雷风暴"专项行动一样——闪电过境，雷声轰鸣，法治在进行。

第五章

脱贫致富

旺茂镇石垌村沈彦：做百姓的扶贫贴心人

■ 李柔

"作为一名驻村工作队员，要想了解老百姓的生活难不难、苦不苦，只有走进他们的家，端起他们的碗，才能真正体会。"这是沈彦对工作的理解。她这么说的，也是这么做的。

沈彦是一位驻村工作队员。她生有2个女儿，丈夫是独生子，一家人分别在3个不同的乡镇工作。沈彦留着一头短发，看起来很干练，她总是穿着一双帆布鞋，为工作奔波在路上。

沈彦刚开始在县林业局，也就是现在的县自然资源局工作，勤勤恳恳，平时积极帮助同事，和同事相处得很好。后来上级选派她到博白县旺茂镇石垌村当驻村工作队员，这就是她成为村民心中扶贫贴心人的地方。

石垌村是博白县旺茂镇的一个贫困村，村里距离镇政府有些距离，离客运中心和高速公路就更远了。村里的居民大多是困难户，条件艰苦，很多人都没有受到过教育，连孩子上学都是问题。村民们主要靠种田来维持生计，大多是种植水稻和粗粮。沈彦到达石垌村，看到这

277

些情况后,她觉得自己有义务帮助他们。"群众的事就是自己的事",沈彦说到做到。

开启扶贫之路

没有比人更高的山,没有比脚更长的路。

——汪国真

在这之前,在县自然资源局工作的沈彦,工作还算得心应手。她与同事们相处得很好,忙完自己的工作后,还会帮同事分担一些工作。同事们都对她赞不绝口。沈彦上班时间固定,离家近,能照顾到家庭,平时会辅导两个孩子的学业。两个孩子的成绩很好,也很懂事,从不让爸妈多操心。沈彦以为她会一直过着的生活,在2018年发生了变化。

"大概是2018年3月吧,当时我们被通知去县里参加扶贫驻村工作队员培训。全县几百人,散会后就分别到各乡镇集中。除了镇上的几个同事互相认识以外,还有十多个陌生的队员,加上1个队长和第一书记,我那时候都不知道是怎么回事。"当时沈彦心里很乱,还有些茫然,"我好担心啊,我是不是会被派去其他地方?家里的小孩老人怎么办啊?"沈彦是不希望离开家的。她的丈夫上班地点离家远,只有双休日才能回来。孩子才上小学一年级,正是需要父母照顾的时候。长辈年迈,行动不便,也需要照顾。而她知道驻村工作又苦又累,24小时都要处于在岗状态,领导随时可能明察暗访。沈彦担心工作做不好，会给党组织添麻烦。

去石垌村那天，沈彦经历了与家人分离的痛苦。一个人拿着行李站在路口，望着有些荒凉的乡村，沈彦觉得这里的环境很陌生，没有认识的人，而且离家30多公里，平时不能随便回家。沈彦很快调整好了状态，写下了未来几天的工作计划。简单收拾好东西后，沈彦就与同事一起学习怎么开展工作。先到村委会了解情况，仔细浏览有关石垌村的资料，听村委的介绍。后来，沈彦觉得这样还是不能很好地了解村民，决定去每家每户走访，深入了解情况。村民们不了解驻村工作队员的工作，更不认识沈彦，他们对沈彦的来访抱着怀疑提防态度。有些对村委有偏见的村民，压根不理会沈彦讲什么，甚至还让沈彦吃了闭门羹。

这些情况都在她的意料之中，她必须克服困难。"既来之，则安之"，沈彦定下决心，要把党组织交给的工作做好。走访一遍不行，她就走访两遍、三遍，直到全面了解了村民的情况，这是建立信任的第一步。沈彦总结了石垌村情况，上报给领导，又在领导的指导下开展扶贫工作。平时，她认真研究国家的扶贫政策，探索践行农村扶贫工作的新思路和新途径。然后到村民家里宣传国家政策，贯彻落实政策要求，积极为村民们脱贫想办法、干实事。

慢慢地，村民对沈彦的态度有了改变。每次沈彦去走访，村民们见到她都会打声招呼，沈彦有什么问题要问，村民们也不再有所隐瞒。这些变化对沈彦来说是漫长的，用了差不多1年的时间。她庆幸村民们接受了她，这让她的工作更加顺手了，工作起来有了信心。

用脚印丈量乡情

> 没有进入一个家庭的内部,谁也说不准那个家庭的成员会有什么难处。
>
> ——珍妮·奥斯丁

石硊村虽说只是一个村,却有大大小小的队,分布各处山头,彼此相距较远。沈彦每天出门走访要从山这头走到山那头,从上坡路到下坡路,脚上沾了多少泥土,就积攒了多少乡情。驻村2年多,沈彦走村入户,把鞋子磨坏了一双又一双,村里的每个角落都留下了她熟悉的身影。

村里五保户鞋子破了,贫困户家里被子薄了,留守儿童缺衣少穿了,沈彦都会及时给他们送去资助和温暖。村民李培机因为肢体三级残疾没能享受低保,闹情绪。沈彦知道后就多次找他谈心,做通了思想工作。2020年新冠疫情来势汹汹,按要求本应该在家自我隔离的沈彦,冒着被感染的风险,给贫困户李安强和他哥哥李异新家里送体温计和口罩,缓解他们的燃眉之急。刘继芳的孙子李班强是贫困户,李班强的收入很少,而刘继芳的丈夫很多年前就去世了。沈彦走访到刘继芳家里时,刘继芳觉得有了诉说委屈的人,拉着沈彦聊上半天。这样的事情不胜枚举,对沈彦来说也是家常便饭。她很高兴村民们的坦诚相待,只有了解了问题,才会有解决办法。

贫困户李健常年在外,沈彦多次到他家,一直没有见到本人,只能线上联系。李健家是她帮扶的3户贫困户中政策补贴最少的一户,为了更深入地了解情况,沈彦上门跑了很多趟,见不到李健,就在微信上保持联系。李健有个远在河南焦作服刑的儿子，大女儿远嫁平时也不回来，小女儿才上一年级，家里很少有人情往来。家中债务多，因为儿子坐牢，他们能享受到的政策补贴微乎其微，家里的一切负担都落在妻子一个人的身上。妻子的父亲之前还贷款在镇上买了套房子给他们，一家5口人分散在不同的地方，夫妻之间矛盾很多，已是多年家庭不和。沈彦为了他家操碎了心，几次奔波，最终劝和了夫妻俩。她还鼓励他们在狱中的儿子好好改造，争取减刑，做好他的思想工作。

沈彦在走访贫困户时，再次来到李伟育家。李伟育见到沈彦格外高兴，像见到亲人一样，带她去看自家新建成的房子。之前因为户口问题，李伟育迟迟没能享受五保金，加上无法筹到钱参加危房改造，房子破旧不堪。沈彦知道后，便协助帮扶人李仕锦耐心做他的思想工作，让他放下思想包袱，积极筹钱申请危房改造。如今搬进了新居，2020年顺利脱贫，李伟育每天都是笑呵呵的。

李伟育对当时一同前来的记者说："她买了一双新鞋子给我，去派出所帮我把户口搞好，我们大家都很感谢她。"感激之情溢于言表。李伟育的帮扶人李仕锦说："她经常对我们的工作进行指导，国家的扶贫政策我也能及时宣传到位。我非常感谢沈姐的工作指导，贫困户对她的评价非常高，非常满意。"

除了典型的村民贫困问题，还有很多其他问题，沈

■ 从左往右依次为第一书记宋庆锋、村民李伟育、沈彦、村民李文

彦都是能够一一道来。这些都是沈彦用一个个脚印换来的,不了解实际情况,就只能是纸上谈兵。

用真心帮助村民

一个人的力量是很难应付生活中无边的苦难的。所以,自己需要别人帮助,自己也要帮助别人。

——安徒生

在扶贫工作中,沈彦遇到最多的情况,就是村民的经济困难问题。有些村民穷得都揭不开锅,沈彦常常得用自己微薄的工资补贴他们。村民家里有什么事,她都第一时间了解情况,做好对策。村里的家家户户,沈彦都亲自到访过,每一家的情况沈彦都知道得清清楚楚,李毓愉一家也不例外。

"那是2018年的冬天,那天的天气有些冷。上午10点,沈姐和她的一位同事来到了我家。"李毓愉最小的儿子李德生回忆道。沈彦到的那天只有李德生和爸爸妈妈在家,沈彦看到李德生时有些诧异,因为这个时间正是学校上课的时候。她正想问李德生为什么还在家里,但看到墙上贴满了李德生的奖状,以及一直躲在父亲的背后、脸憋得通红的李德生时,止住了问话。"当时因为家里很穷,我一直内向怕生,当知道沈姐是驻村扶贫的工作队员后,很害怕她会问一些让我感到很尴尬的问题。"李德生很感激沈彦没有说出那些会让他尴尬的话。

沈彦亲切地问起李毓愉家里的情况,了解到,李毓愉已经66岁了,有一个智力残障的妻子,干不了什么活。夫妻俩养了5个孩子,其中 2 个女儿，3 个儿子。大儿子 1996 年出生。家里的经济来源单一，平时都是干些农活、种点稻谷，有时会去帮忙种速生桉赚些钱，家里养有 2 头牛。李毓愉的哥哥李青松 70 多岁了，两个人都是五保户。李青松没有成家，平时也帮衬着李毓愉一家，主要开销都用在孩子身上。但这些远远不能维持生活，3 个孩子相继辍学，帮着家里干活或者到外面挣钱补贴家里。当时只有排行老四的儿子在职校读书，可是家里经常筹不出生活费给他，李毓愉很是忧心。李毓愉家的房子是 20 世纪八九十年代建的楼房，是他哥哥李青松年轻时赚钱建的。由于长年风吹雨打，如今房子看起来有些破旧，门窗都已腐朽，屋内没有一件像样的家具。李德生知道家里的情况，觉得继续上学会增加家里的负担，

■ 沈彦与李毓愉一家

但他热爱读书，想继续升学，因此，处于万分纠结的状态。

沈彦了解了他们的困难，她也出身于穷苦人家，生在农村，长在农村，如今又扎根农村做驻村工作。想当年自己也是因为家里穷，兄弟姐妹多，差点失学。这种情况与李毓愉一家的情况很像。

"李德生说不上学了，我懂他的心思，也就是如我当年一样。但当年没有人帮助和引导我，如今就让我去帮助和引导李德生吧！否则，他的人生也会像我一样留下太多的遗憾。钱是可以慢慢赚的，但改变人生的机会错过了就没有了呀！"沈彦感慨道。为了不让热爱读书的李德生放弃上学，她决定帮助李毓愉一家。

"幸好当时遇见了沈姐，她就是我们家的福星。"李德生真诚地说。为了让李德生重返校园，沈彦到处托朋友给李德生找学校。沈彦还鼓励李德生在找到学校前先去打工赚点学杂费，待开学后再辞掉。为了方便沟通，沈彦加了李德生的微信。辗转半年，沈彦最终找到广州一家技工学校，也就是李德生现在就读的广州高级技工学校，从报名入学到选择专业都是沈姐亲自给他把关。专业是5年制，前2年免学杂费，学校设有多种奖学金。像李德生家这种情况，还可以享受学校的贫困助学金。除此之外，沈彦还经常奔波于村委与镇上，想尽一切办法缓解他家的经济困难。"沈姐对我们很关心，隔三岔五就来问我们的情况。我没有见过哪个干部像她这样上心的。"这是李毓愉的大儿子李超群的原话。

李毓愉一家的日子刚好转了一些，沈彦就接到李超群的电话。李超群告诉沈彦，弟弟李德生担心费用太高，不想读书了。沈彦知道后心里五味杂陈，特别难受，当天晚上失眠了。她将自己的想法写进工作日记里，并拍下来发给了李超群。10多分钟后李德生的哥哥发来微信："沈姐，看了你的日记好想哭！"沈姐说："好吧！你转发给李德生吧！"哥哥当即就把日记转给了弟弟，半个小时后，沈姐收到李德生发来微信说："对不起，沈姐，我不应该辜负你，我决定珍惜这个来之不易的机会，不让沈姐失望！"沈彦当时高兴得直掉眼泪。第二天，李青松也打电话来劝李德生，李德生最后决定留下继续念书。

其实，沈彦从平常的聊天中深知李德生不想读书的原因，在写工作日记时，就是围绕他这个心理负担写的。那时沈彦的孩子正生着病，由于工作忙，沈彦没有时间顾及，导致孩子的病由急性荨麻疹变成了慢性荨麻疹。2个多月了，多次寻医未果，沈彦本打算第二天周日带着孩子去广东看医生的，但是，觉得李德生虽然在微信上答应了她，还会动摇。于是第二天一早就驱车赶往30多公里外的李德生家，找他阿伯李青松做他的思想工作。

2019年，劳累了一辈子的李青松不幸患上了严重的白血病。住院期间，沈彦没少去看望他，抓药、买菜，都是沈彦自己掏钱。最后，李青松还是没挺过去，临终前，还特地叮嘱他几个侄儿不能忘记沈彦给他们家的帮助。

李毓愉说："沈姐就像我们家的亲人一样，她给我老婆办理了残疾证，每个月都有补贴。她真是个热心肠的菩萨！"孩子们说："沈姐就是我们家的恩人，也是我们家的精神支柱！"李德生没有让沈彦失望，第一学期结束时，成绩在本专业名列前茅。在经历了这么多事情之后，李德生深深地明白了读书的重要性，现在的他有着明确的目标，积极地面对生活。"扶贫先扶志"在李德生身上得到了淋漓尽致的体现，这让沈彦在这些年的扶贫工作中感受到了一种深深的成就感。

沈彦用一颗真心对待着石垌村的贫困村民，热心帮助他们。沈彦对石垌村的村民就像亲人一般。

扶贫路上不怕艰难

在人生的道路上，谁都会遇到困难和挫折，就看你能不能战胜它。战胜了，你就是英雄，就是生活的强者。

——张海迪

沈彦这两年一直在走访村里农户，总会有各种困难，但沈彦从不怕苦、不怕累，只怕没有为贫困群众解决困难。

2020年6月17日，沈彦与石垌村第一书记到石陂遍访贫困户，下午一起到贫困户家做产业验收。验收完贫困户林保清家的鸭子后，又继续到旁边李安胜家去验收鸭子。就在准备离开时，沈彦不幸被一条恶狗咬伤。"当时我们正准备撤离，出来的时候是我先走出来的，那只狗就像个铁钩一样钩住我的腿，钻心地痛。我还没反应过来，脚就麻了一片，后来我吓得挣扎着跑了。"沈彦说。当时，她一边挣扎一边哭，幸亏当天穿了一条厚牛仔裤，否则，后果不堪设想。她的裤子被撕烂了，小腿被咬出了一个洞，血不停地往外涌。"那条裤子直到现在我都不敢穿，我看见那条裤子就想起被狗咬的事，就会很害怕。"沈彦讲这件事时，记忆尤深，仍有后怕。

当时一起进村入户的工作人员和旁边的人全都被吓到了，组长禤泓雨和第一书记宋庆锋当机立断送她到镇医院。路上禤泓雨给分队长钟远南打电话，让他先到镇医院做好准备。待他们到达医院时，钟队长已经在医院门口焦急地等候了。镇里没有疫苗，后来3位领导又开车送她到县医院。沈彦第一次受那么严重的伤，伤口一直在流血。那时候已经是下午5点多了，禤泓雨担心医院要下班，催着护士给沈彦处理伤口。"组长平时看着是位很严肃的90后，但他那天的果断和坚毅让我很感动。"沈彦在钟远南和宋庆锋的护送下回到了家中，路上领导们都不断来安慰她。沈彦回到家时已是晚上8点多了。

沈彦在当天的驻村工作日记中写道："面对危险，经历这些苦难，我感叹自己的幸运，能在这样的分队长、第一书记、组长的领导下工作！同时，也深深感激领导的关心和帮助，心里满是暖暖的感动，浑身充满了力量，对扶贫工作充满了信心！"

受伤的沈彦走不了路，只能在家里休养。平时忙碌惯了的沈彦，突然闲了下来感到很不习惯。"待在家里哪里也去不了，啥事也做不成。"沈彦以前忙得脚不着地的时候，时常期待着这样清闲的日子，但她不知道从什么时候起已经变得不适应清闲了。某天她无所事事地坐在窗前，眺望着石㟖村的方向，发生在那里的一幕幕景象，又慢慢地浮现在眼前。她想到了2019年去世的李青松和李毓愉一家子，当时还未脱贫的李伟育大叔、五保户李文、残疾人李培机大叔，等等。"我最大的愿望就是希望伤快点好，尽快回到工作岗位，继续陪同第一书记完成贫困户的遍访工作。"她记起了昨天县领导来慰问她，这件事情让她预感自己将要离开石㟖村了。她在石㟖村还有很多的不舍，希望时间过得慢一些。

受伤休养期间，石㟖村的村民李伟育和李文打电话来转达村民们的想念之意；同时嘱咐沈彦好好休息，村民们都等着她回来。沈彦感动得落泪。每天都会收到李健夫妇的信息及电话的问候。沈彦还担心着刘继芳奶奶家的情况，6月17日那天走访时，发现刘奶奶家的花生油快没有了。本来打算下午给她送过去的，如今离受伤那天已有10天，沈彦担忧刘奶奶家的油已经没有了，但是腿伤还没好。12天后，沈彦就要被调回自己的家乡沙河镇长远村。远离驻村2年的石垌村，投身到另一个村的脱贫攻坚工作中，没有再见面的机会了，沈彦只好让丈夫开车载着她把油给刘奶奶送去。当时，刘奶奶不知道沈彦受伤，看到他们深夜来访感动极了，想留他们吃饭。沈彦说吃过饭了。刘奶奶让他们等一等，想给他们拿一些吃的。沈彦不好意思接受，趁刘奶奶拿东西的时候离开了。

沈彦是生活中的强者，无论什么困难，她都能克服，这样的驻村工作队员谁会不喜欢呢？

百姓的贴心人

苦难一经过去，苦难就变为甘甜。

——歌德

通过2年多的走访，沈彦认识了石垌村里的每一位村民，非常了解每一户的情况。"我和村民们都非常熟，每一家的情况我都很清楚，因为彼此就像亲人一样，村民们都叫我'沈姐'，我挺喜欢这个称呼的，这也是村民喜欢我的表现啊。"沈彦处处为村民们着想，村民们都看在眼里，也记在心里。为了感谢沈彦，村民们常常把家里的土特产偷偷放在她的车上。每次沈彦从办公室出来准备出门的时候，看见车上的土特产，都会露出无奈的笑。因为不知道是谁放的，沈彦只好收下这份爱意，同时也以更真心的行动回报给村民，报答他们的好意。

沈彦还记得2019年5月的一个周五，村民李培机顶着烈日，怀里抱着个哈密瓜，站在村口等着下班的沈彦，旁边还放着一辆自行车。"一位60多岁的残疾老人那一刻就像是一个倔强的小孩，非要我把哈密瓜带回家给小孩吃，一定要我收下他才肯走。"沈彦觉得乡亲们实在太纯朴善良了，只要你真心对他们，帮他们解决点小困难，他们就会把你当亲人，带给你满满的感动！

村民对她有很高的评价，她的同事也是如此。博白县旺茂镇石垌村驻村工作队员周祯昌说："作为一个女同志，我很佩服她，她走访我们石垌村每一片的贫困户，对扶贫工作是认认真真的。"驻村工作队队长褟泓宇说："附近的贫困户都对她非常热情，邀请她到家里坐一会儿，或者吃饭、喝茶，积累了非常好的人缘。贫困户和村里的百姓对她都非常满意，对她非常热情。"

如今，石垌村已经实现了整村脱贫，住房保障、医疗保障、教育保障等都显著提高。产业扶贫也有起色，其中"3+1"特色产业114户覆盖率98.28%，分别是：优质稻9户、猪17户、鸡67户、牛21户。同时，2020年度村集体经济收入也增多了。其中有3名创业致富带头人：李昇军、李昇财、李东富，致富带头人带动31户贫困户，带动比例20.67%。在2020年博白县事业单位集中开展脱贫攻坚专项奖励活动中，沈彦获得了优秀驻村干部奖。

现在，沈彦调回自己老家的村里当驻村队员，我问起她今后的目标时，她回答说："现在最大愿望就是静下心来做好自己喜欢的事，比如，一直想做一名中学老师，但是没有教师资格证书，我就从我小孩教起，等退休后去我老家的久福初中教书。"当然，她也会踏实干好现在的本职工作。她仍然挂念着石垌村的一切，心中默默地祝福他们日子越过越好。有空了，还会打电话问候一下，或者趁着空余时间回到村里走走。

  自 2015 年中央扶贫开发工作会议召开，提出精准扶贫政策以来，不可胜计的干部群众深入基层，为帮助贫困人员脱贫贡献力量。"扶贫工作最艰难，千山万水只等闲，心与百姓同忧喜，不拔穷根不回还。"这些扶贫干部就像沈彦一样，为国家脱贫事业四处奔波。不辞辛苦、乐于助人是他们可贵的品质，数以万计的人民得以脱贫，生活比以前更好了，烦恼少了，快乐多了，国家也发展得更好了。

第五章 脱贫致富

江宁镇长江村刘入源:"独臂羊倌"领出致富路

■ 巫金凤

博白县江宁镇长江村,被蜿蜒的大山围绕着,就像是屏障一样,把村里的人和外面的世界隔绝。唯一通向县城的小路坑坑洼洼,有车

■ 博白县江宁镇长江村

开过就会扬起漫天的灰尘。过路的村民一边骂着开车的人，一边背着背篓赶路。背篓里放着一大早上山采的蘑菇或是自家种的菜，到几公里之外的镇上菜市场去卖，这是村民主要的收入来源。远处望去，一间间泥瓦房好像叠在一起，青黑色的瓦片盖成"人"字形的屋檐，屋檐后就是山。每当夕阳透过层层枝叶洒在这红砖青瓦的房舍上时，都会给它们抹上一层黄灿灿的颜色。烟囱里冒出缕缕炊烟，充满了恬静平淡的味道。刘入源就是在这个村落里成长的。

被命运折断翅膀的独臂少年

1999年的一天，16岁的少年刘入源和同龄少年一样爱玩，一样充满奇思妙想，一样憧憬未来。可从这一天起，他就和其他少年不一样了。夏天烈日炎炎，金灿灿的太阳把大地烤得滚烫滚烫，村里的孩子们顶着烈日跑出去玩。刘入源刚从菜园里回来，把菜篮子放在家里的大厅里就跑到小溪边，刘入源和小伙伴们喜欢在小溪边炸小鱼儿。可刘入源怎么也没想到这个举动改变了他的一生。刘入源和小伙伴们与平常一样，拿出在小卖铺买的"美猴王"，点燃了扔到小溪里炸鱼。他们似乎觉得这样还不够好玩，一个小伙伴拿出了一个玻璃瓶。在轮到刘入源把鞭炮的火药塞进玻璃瓶里的时候，还未伸出手，"轰"的一声，火药燃起来了，玻璃瓶瞬间炸开，玻璃碎片弹到他的脸上，划开了一个口子，大家都被吓蒙了。刘入源看到自己的右手手掌血肉模糊，玻璃不仅扎痛了他的脸、他的手，还有他的心。从此，这个活泼爱玩的少年失去了右手，变得沉默而安静。

从那时候开始，刘入源养成了一个习惯，就是把右臂放进裤兜里。然而，躲避终究不是办法，也不能解决家里的困难生活。看到母亲一个月里白了头发，他心痛不已。他的右手已经没有知觉了，不会觉得疼痛了，但他的心像被玻璃扎到一样痛，久久不能痊愈。他认为都是因为自己的贪玩，才导致了这种结果。他不信命，更不苟同村里人说的什么霉运，就算真的是命，他也绝不向命运低头。在妈妈的鼓励下，刘入源振作起来，他的眼睛就像一汪深潭起了粼粼波光。他开始学习如何与残疾的身体相处，如何忽视别人不友善的眼神。他学会了用左手写字、吃饭，还以优异的成绩从博白县卫生学校毕业。他乐观努力地生活着。

"养羊倌"的创业道路

有些东西不是乐观和努力就能轻易改变的，刘入源因为身体残疾受到了不少歧视。虽然他成绩优秀，踏实肯干，乐观努力，在求职路上还是遭遇了不少困难。他本想子承父业做个医生，可是没有任何一家医院或诊所愿意接纳他。

在屡次就业失败后，2009年，刘入源决定回家创业，那是他人生的转折点。刘入源回到家乡后，一开始没有明确的方向，只是每天在家帮忙干农活。一天傍晚，他像往常一样到菜市场买菜，在和菜市场唯一一个卖羊肉的李大婶闲聊中，他发现羊肉的价格竟然是猪肉的3倍，而且羊肉都是从外地购进的。回家之后，他坐在凳子上沉思了很久，家人跟他讲话他也没听进去。他想既然我们当地没有羊肉，需要从外地购买羊肉，是不是说明本地羊肉的市场需求很大？通过几天的市场调查和查阅相关资料，刘入源做出了一个重大的决定：拿出家里全部的积蓄来养羊。创业之初，刘入源并没有得到家人和乡亲们的支持和理解，妈妈责怪他道："一个四肢健全的人都不敢养羊，你一个断了手的人怎么养得活？"村里的老养殖户三婶说："这里哪能养羊，整天下雨，山羊一淋雨就生病，给我都不要，养不了。"没有人看好刘入源的养羊决定，但他并没有放弃，凭着不服输的性格和韧劲，他开始了创业之路。

　　创业之初，刘入源没钱去新建一个羊棚，他就把家里的鸡棚扩大改建成一个简单的羊棚。他用空心砖砌墙，然后外表抹一层水泥，这样墙就固定住了。不会因为羊顶墙，把空心砖撞碎；抹上水泥的墙，更加坚固。空心砖墙砌完后，找来杨树干做横梁，之后在上面加石棉瓦。石棉瓦用铁钉固定住后，在石棉瓦上加塑料，压石头，这样一个简单的羊棚就建成了。经朋友介绍，他到县城买回30只母羊和1只公羊，这几乎花光了他家里所有的积蓄。每一只小羊都是经过他精心挑选的。小羊们一身驼色或黑色的柔软的毛，闪亮得就像涂过油一样。一对刚冒出的娇嫩犄角，上宽下窄的朱红色的嘴唇，闪着天真活泼孩童般的目光。刘入源觉得它们简直就像美丽的小天使，下定决心一定要养大这群可爱的小羊。

　　每天天色渐明，太阳刚刚露出一点的时候，刘入源已经在地里割羊草了。他割起羊草来的动作堪称行云流水：右臂夹住草，左手持刀往草的根部一削，一把草便割下来，随后手脚麻利地将割下的羊草捆好。第一缕阳光照到这个安静而沉默的村落，早晨的风把无垠的薄雾吹散后，随着公鸡的啼叫声，家家户户起床喂鸡、做早饭，准备开始新的一天的农活。这时，刘入源单手扛着捆好的羊草回家。路过村口西边时，五婆在门口一边喂鸡一边跟路过的刘入源唠了两句："哟，阿源又一大早去割羊草啦！小羊崽怎么样了？"刘入源总是笑笑说："挺好挺好，已经长大不少啰！"

可是，事情并没有往预想的方向发展，只拼着一股干劲终究是没有办法取得成功的。刘入源的养羊经验不足，在短短的1个月里，羊棚里的小羊都一只只相继夭折了。一天，他汗流浃背地背着一捆新鲜的羊草回到羊圈，却发现最后3只羊躺在地上，伸手一摸，羊身上还温热，但都断了气。看着眼前的一切，他心中充满了沮丧，最后3只羊死了，养羊的梦想就要这样破灭了吗？随着最后3只小羊的夭折，他全部积蓄赔了个精光。

31只小羊的夭折，给了他很大的打击。家里人和周围的乡亲都劝他放弃，甚至有亲戚要给他张罗别的工作。叔叔对他说："人家好手好脚的也养不好，你能养吗？你没有技术，就不要养了，跟人养猪好一点。"但是，刘入源不想那么快放弃。晚上，他躺在硬硬的小木板床上，盯着忽暗忽明的白炽灯，回想这一个月养羊的过程，到底是在哪一个环节出错了？是哪里做得不够好？他告诉自己："健全人一天能做的事，我不信我10天做不了，健全人一次能做成的事，我不信我100次还做不成！"他似乎想通了，伸手把灯关了，与黑夜融为一体，但他的眼睛在黑夜里闪着坚定的光。

几只燕子在空中掠过，鸡鸭在门前散步觅食。最后一缕晚霞隐去，放眼望去，整个村庄暮霭缭绕。万家灯火，忽明忽暗，烘托出长江村美丽而又宁静的夜。在刘入源那狭小的房间里，黄色的小木桌上放着一本本养殖山羊的书籍。每一本书都被他翻得破旧不堪，上面有密密麻麻的笔记和折痕。白天刘入源出去拜访那些养羊的老养殖户，到他们的羊棚帮忙干活，学习经验。晚上回来就在自己小小的房间里，继续学习养羊知识。他去向亲戚朋友借钱，到处去拜访学技术，刻苦地钻研养羊知识。一个月后，刘入源又买了31只羊，再次向不被人看好的山羊项目发起挑战。

  这次，积累了经验和技术的刘入源显得底气更足，但也更加努力和小心翼翼，生怕再一次失败，他输不起。为了了解山羊的习性，刘入源做了一个决定，到羊圈里和小羊们一起住。他把床搬到了羊圈里，几乎每天与山羊形影不离。白天，羊吃东西的时候，他就蹲在旁边看，拿着个小本子，观察记录着小羊的一举一动；晚上羊睡觉了，他也睡在旁边，仔细观察羊在夜里的反应。除了上厕所，他都在羊圈里。那段时间他几乎与羊形影不离。村里人叫他"羊哥"，赞扬他的努力和干劲，但怀疑他能否成功。后来，羊的每一个动作和声音，他都能知道它们是饿了、冷了，还是要生小羊了。他知道山羊一淋雨就会生病，而南方经常下雨。为了羊舍保持干燥、清洁、通风，他想到了将羊圈建成高床结构模式，漏斗状的底部既利于通风，又方便收集羊粪用作肥料。于是，他请人在他家里的不远处按照高床结构模式重新建了一个更大的羊圈，让山羊有更加舒适宽阔的环境。他还做好选种、防疫和羊群生活管理的工作，割草、防疫全部亲力亲为。终于，苍天不负苦心人，在不到2年的时间里，羊群繁殖到近千头。这时他又做出了一个果断的决定，将近千头羊全部卖掉，买了体形更大、产崽速度更快的澳大利亚努比亚种羊。一切似乎都在往好的方向发展，他的羊圈成了玉林市最大的黑山羊养殖基地。

第五章 脱贫致富

　　就在大家都以为刘入源的山羊养殖项目即将走向成功的时候，命运又一次给了刘入源一个大考验。2013年的一天晚上，一场洪水突然来临。那天傍晚，刘入源喂完山羊从羊圈回家的时候还是晴空万里。吃完晚饭，乌云突然涌来，伴着几声闷雷，厚厚的乌云好像要塌下来了一样，刮来的风中卷着落叶，夹着雨星，东一头西一头地乱撞。地上的热气跟凉风掺和起来，夹杂着腥臊的干土味，似凉又热。雨噼噼啪啪地下了起来，越下越大，很快就像瓢泼一样。刘入源焦急地在家里踱来踱去，这场暴雨来得如此突然且猛烈，不知道羊圈是否能顶得住这狂风暴雨？窗外的风和雨杂在一起敲打着窗户，同时也敲打着他那七上八下、焦虑不安的心。他觉得窗外的敲打声好似山羊在窗外向他求助，那"呼呼呼"的风声伴随着山羊的哀嚎声传入他的耳朵里，刺痛了他的心。1小时过去了，雨势还没有变小。他再也站立不住了，不管这滂沱的大雨，不管这嘶吼的狂

■ 刘入源的羊舍

297

风,他匆忙从角落里拿起了一把透明的伞,还没来得及穿上水鞋,戴上斗笠,就往羊圈方向走。平常不到10分钟的路程,他觉得异常漫长。风带着雨无情地拍打在他的脸上,湿了他的衣服。因为路比较滑,他摔倒了,满身泥水也不在意,只想快点到羊圈。到了羊圈后,他看到洪水已经无情地灌入羊场,可怜的小羊们已经被洪水淹没。他来不及悲伤,赶紧把剩下的几十头努比亚羊带出羊圈。忙活了几小时后,雨似乎也下累了,收起了它那狂傲的气势,渐渐变弱,最终离去,留下的只有刘入源和一片狼藉的羊圈。刘入源把努比亚羊安顿好,拖着疲惫的身躯守着。他感到绝望和无奈,看着这一片狼藉的羊场,陷入深思。后来,仅剩的几十头努比亚羊相继发病死亡,这对刘入源来说无疑是一噩耗,一场洪水,让他所有的努力功亏一篑。他再次陷入绝境,思考自己这样孤注一掷真的能成功吗?当他几乎要放弃梦想的时候,镇村领导鼓励他不要放弃,帮助他向银行贷款,邀请技术人员上门指导,帮助他成立了养羊协会。天无绝人之路,刘入源怀着感恩之心毅然接受了大家对他的帮助。就这样,刘入源从不被理解到得到大家的鼎力支持,他感到欣慰。在大家的帮助和支持下,刘入源凭着一股永不服输的精神和干劲,重新扬帆起航。

从"养羊倌"到脱贫致富领头羊

路,只要走对了就能越走越远。刘入源的养羊事业重新回到了正轨,他的日子也逐渐好了起来。但乡亲们还穷着,刘入源想带领乡亲们一起发"羊财"。贫有百样，困有千种，如何才能让挣扎在贫困线的农民们也能获得成功，这是刘入源一直在思考的问题。这些年来，在刘入源的带动下，很多村民都走上了养羊的道路。然而，一场天灾几乎毁掉了养殖户的一切，刘入源是深有感受的。对于风险承受力差的农户来说，这足以让他们一蹶不振。他想着如何才能让农民在脱贫致富过程中尽量规避风险？下定决心要闯出一条别人没走过的路：改变以往的养殖模式。2013年，为了带动村民致富，刘入源开始启动"公司＋合作社＋农户"的产业化经营模式，将公司种羊分散养在加盟农户家中。

刘入源的养羊事业发展得越来越好，十里八村的乡亲们都慕名来学习他的致富经。一天，刘入源正在羊圈里喂羊，他的羊圈已经变得很宽阔，非常现代化。整个羊舍宽敞明亮，白色的墙面上开着宽大的窗户，银灰色的金属栏杆分隔出不同的区域，浅棕色的实木漏粪板的镂空设计简约大方，漏缝地板的设计，有很好的透气性和实用性。金属的方形羊槽环绕着羊圈的四周，砖红色的金属隔断栏环绕在羊舍四周。阳光透过窗户照在羊圈中央，照到抱着小山羊的刘入源身上。棕褐色的山羊在刘入源的怀里显得很乖巧，刘入源用手托着，温柔地看着它，就像照进来的

■ 刘入源和他养的小羊

那一缕清晨的太阳那样温暖柔和。这时，进来一个人，看起来约莫30岁。由于长年在地里干活，他的皮肤显得很粗糙，好像好几夜没睡上安稳觉，他的两只眼睛深深地陷了进去。他径直向刘入源走来："你就是刘入源吗？我是那林镇的，我叫阿博，听说你在指导乡亲们养羊，我就来了。"刘入源马上放下小山羊，热情地带着阿博参观羊圈，给他介绍。"唉，我之前是在海南种香蕉的，种了3年都没有成功，还欠下了一身债。"阿博低着头失落地说道。刘入源认真地看着阿博说："我之前创业的时候，也跟你一样经历过失败，只有失败了才能更好地总结经验，不要放弃希望！"刘入源的声音不大却铿锵有力，听到这句话阿博抬起了头，正好碰上了刘入源坚定的眼神。这时他觉得刘入源是个十分可靠和值得信赖的人，这一刻他萌发了要和刘入源一起学习养羊的念头。阿博回去的时候，带着4只母羊和1只公羊站在羊舍的门口。刘入源笑着和他招招手，眼睛里泛着泪光。

如今，阿博不仅收回了成本，他还信心满满地投入5万多元，准备扩大200平方米的羊舍。谈起刘入源的时候，他眼里依旧泛着泪光。他说他永远也不会忘记刘入源对自己的恩情，感谢他带自己脱了贫，让自己的日子越过越好。

那林镇太平村家徒四壁的李强找到刘入源的时候，是刚干完农活赶过来的，全身上下只有53元钱。刘入源在了解了李强的情况后，给他留了3元钱公交车费，以50元的总价卖给他2只母羊和1只公羊，还教给他养殖技术。李强也很勤快，经常到公司学习。后来，经过努力，李强有了积蓄，又陆续买了十几只羊，后来逐渐发展壮大形成了规模。现在，李强的生活已经很好，不仅盖了房子还娶了媳妇，一家人过上了幸福的生活。

在自治区扶贫项目的养羊基地里，有很多残疾人经常到这里照看自己托管代养的羊。景泰是失去一只脚的残疾人，每天吃过早饭后，他就撑着拐杖，一拐一拐地走进养羊基地，一待就是一个上午。他欣慰地看着自己代养的那两只母羊：一只是黑色的，一只是驼灰色的。他每天都观察它们的变化，期待着快点长大。景泰说："我很感谢刘入源，是他让我们这些残疾人也能有工作，能够养活自己，不用整天在家无所事事。每当我的母羊产崽的时候，拿着那1000元的收入，我感到无比满足与欣慰！"刘入源是残疾人，懂得残疾人内心的敏感与不安，想为他们做点什么。他专门为有致富意愿，但缺技术和劳动力的残疾人想出了"托管代养"模式。如今，这个项目已经做到第四期，成功带领400多名残疾人走上了致富路。

■ 刘入源所获奖状

刘入源不仅低价卖给阿博和李强这样的贫困户羊，在饲养的过程中还全程免费提供技术指导，给像他们这类贫困户量身定制了"自主经营"模式，激发贫困户的致富信心。对像景泰这样愿意发展产业、有劳动能力的贫困户，他将贫困户的扶贫贴息贷款纳入公司，折价为贫困户育种羊、做规划、提供全程技术服务并保价回收。采用这种自主经营模式，每户贫困户每年都有稳定的收入，基本没有养殖风险。

对无意创业或无劳动能力的贫困户，刘入源为他们提供两种选择：一是将扶贫产业资金或土地折股资金注入公司，公司每年按一定比例分红，合作期满后一次性将扶贫产业资金归还贫困户；二是将扶贫小额信贷资金注入公司，公司连续 3 年给贫困户每年 4000 元以上的分红，贷款期满后本息由公司偿还。刘入源重点推介的托管供养模式，让贫困户将种羊寄养于公司基地或养殖大户，由村委会统一监管。公司无偿提供技术、药品、饲料、疫苗等服务，并每年抽取利润分红给村委会。在刘入源的带领下，农民脱贫的路子越走越踏实，黑山羊养殖也成了博白特色扶贫产业之一。

2018 年，经过基层村民们的推荐，再经过层层选拔，刘入源光荣地当选第十三届全国人大代表。这是荣誉，也是沉甸甸的责任。他始终记得习近平总书记说的"路走对了，就不怕遥远"，同时也意识到自己肩上多了一份沉甸甸的责任，需要他用自己的成功模式带领贫困户们一起走这条自己摸索出来的"对的路"，带着情感、带着责任、带着使命，投身脱贫攻坚主战场。

为了真实地反映基层百姓的呼声，每年全国、全区两会前夕，刘入源都会走村串户，与村民群众座谈，把他们的困难和要求记录下来。为了实施产业扶贫，壮大农村集体经济，助力打赢脱贫攻坚战，他召集党员和养殖户一起座谈，倾听社情民意，收集一手资料，为知情知政、依法履职做足了功课。在 2018 年广西两会期间，刘入源提出大力推进农村公路提升改造，加快贫困村的硬化路建设，助力贫困村早日脱贫摘帽，夯实乡村振兴的基础。

在县委、县政府的指导下，博白县越来越多的企业主动投身到脱贫攻坚行列，扶贫力量逐渐汇集。不少公司借鉴刘入源的三大产业扶贫模式，结合自身实际，推出了新的产业扶贫模式；水果种植专业合作社携手贫困户进行水果种植，激发贫困户的内生动力；"扶贫车间"采取"吸收务工"的扶贫方式，吸纳贫困户在生产车间就业，让当地的贫困户在家门口就能找到工作。这一系列的扶贫产业模式，带动了更多贫困户走上了脱贫致富奔小康的道路。

焕然一新的长江村

在刘入源的带领下，长江村370多户贫困户走上了脱贫致富的道路。随着更多企业积极响应国家精准扶贫政策，主动承担社会责任，长江村越来越多的贫困户脱贫，生活也越来越好。曾经狭窄不堪的小

■ 长江村新貌

路变成了宽阔的水泥路，水泥路两旁的绿化带像两条长长的绸带，延伸到村头和村尾，村民的出入交通变得非常便利。越来越多的村民积极地走出去学习新知识，带回新技能，带动了长江村经济的发展。村民的收入方式不像从前那样单一，也不用背井离乡，在家门口就能找到工作，赚钱顾家两不误。在种满葡萄、香梨、桃子的果园旁边，停满了收购水果的车辆。一条条道路，就是带领农民致富的康庄大道。那一间间泥黄色和砖红色的瓦房，已经变成一幢幢小洋楼和小别墅。墙面洁白如雪，屋顶碧瓦朱檐。门口是红漆的柱子，金色的栏杆。田里曾经只有农民顶着烈日弓着腰插秧和收割稻谷，现在统一用现代化农业机器收割。人们的思想也进步了，对文化和科技的需求日益强烈。村办公室里有许多养鱼、养鸡、养猪、栽培果树、水稻等的书籍。农民们能从书里获得很多知识，在生产、生活中以学促用。村里还定期举行科技知识讲座，村民们受益匪浅。村委会新建的现代化图书馆和游泳池让河边和田野不再是多数孩子的乐园；孩子们在图书馆里发现了更多新奇有趣的东西，自由地翱翔在知识的海洋里。村民们闲时打打篮球，不仅锻炼了身体，也增进了彼此之间的友谊。长江村的农村风貌焕然一新。

沙陂镇荣飘村童荣涛：迎接黎明的人

■ 刘志辉

荣飘村的专属"甜蜜"

大片平整的草地，铺着稚嫩的小雏菊。桥的四周种着婀娜多姿的柳树，树下流着细细的溪水，是小黄鸭相聚嬉戏玩闹的地方。十几只黄鸭不规则地排列着，像一群无虑的孩童般，向着那一池清水前进。一摇一晃，嘎嘎的声音传遍了整片草地，这声音带有强烈的暗示——春天到了。

穿过这片树林，再往里走，别开生面。随处可见的小野花，红的、黄的、紫色的。鸟语虫鸣，花香清新，空气中有丝丝的甜味，是一种"可爱的，温柔的"甜味儿。眼前便浮现一幅画面：一个农家女孩子，捧着一罐罐蜂蜜，这就是专属于荣飘村的甜蜜！

荣飘村的蜂蜜，是飘着幸福味道的蜂蜜。在第一书记童荣涛的带领下，荣飘村的村民，用自己的双手去酝酿甜蜜的生活。

■ 荣飘村新修的道路

"蜜蜂"书记带货扶贫

童荣涛,中共党员,广西博白人,2018年3月起担任博白县沙陂镇荣飘村第一书记职务。他"不忘初心,牢记使命",始终以一名党员的标准严格要求自己,切实做好第一书记的工作。在沙陂镇党委、政府的支持下,他与荣飘村"两委"班子共同奋进,为了村子的美好未来,他毫无保留地付出。

他的皮肤黝黑黝黑的,常常挂着亲切的笑容……荣飘村的人们都亲切地唤他"蜜蜂"书记。他像蜜蜂一样,勤劳地活跃在荣飘村里,用自己真挚的努力,为荣飘村采得百花成蜜,他走到哪儿,哪儿就飘着蜜香。

身为"脱贫攻坚战"基层的领头人,童荣涛在出任荣飘村第一书记之始,便把村子的事情当作自己的使命。不管田间还是地头,不管雨天还是酷暑,走访贫困户,了解村民的生产,童荣涛一样都不落下,他把主要精力都放在工作上。

第五章 脱贫致富

荣飘村地势复杂，不在主干道上，来往十分不便，县城到村里有近100公里的路程。由于公务繁忙，童荣涛经常要加班加点到深夜，因此，他就自然而然地吃住在村里了。在村民眼中，他永远是一个恪尽职守、兢兢业业的书记。"童书记是我见过的最负责的书记，他为我们荣飘村做了很多事情，从来不喊苦，踏踏实实做事情，我们都很信赖和尊崇他。""童书记很辛苦，他的家住在县城，但他在我们荣飘村待的时间最多，跟着童书记做事情很有干劲，在他脸上总能看见笑容。"……荣飘村的村民们如果说。

"群众利益无小事！"这是童荣涛自上任后常常挂在嘴边的一句话。荣飘村有25个自然村，共有建档立卡贫困户213户1120人，已脱贫206户1107人，还有7户13人未脱贫。在精准脱贫工作中，他主动担当、积极作为，先后为26户31人办理了残疾证，落实残疾人两项补贴2万余元；给77户296人申请办理低保，落实低保救助金76万余元；给18户23人申请办理了五保和孤儿救助，为2人落实特殊困难救助资金3000元/年；给138户157人办理了教育扶贫资金31万余元；给192户贫困户落实了产业种植和养殖补助资金58万余元；给13户贫困户落实危房改造资金35万元；给4户贫困户落实临时救助资金4000元。同时，他为贫困户积极寻找致富门路，联系县人力资源和社会保障局培训务工人员，多次上门与用人单位协调，先后为32户贫困户35人推荐了就业创业岗位，务工收入增收38万元。在他的努力下，荣飘村村民的生活渐渐好起来了。

看着荣飘村的村民一个个都过上了好日子，童荣涛欣慰地笑道："老百姓的生活好了，就是我最大的收获。"脱贫攻坚从发展产业开始，童荣涛思考着如何带领荣飘村走上脱贫致富之路。他从书中了解到，蜂蜜"散似甘露，凝如割肪。冰鲜玉润，髓滑兰香。穷味之美，极甜之长。百药须之以谐和，扁鹊得之而术良，灵娥御之以艳颜"。自古以来，蜂蜜就在生活中得到广泛使用。蜂蜜是蜜蜂从植物花的蜜腺中采集酿制而成，蜂蜜带有蜜源植物特有的花香味；蜂蜜的香味来自花的芳香腺的分泌，主要成分包括醇、醇的氧化物、酯、醛、酮等类化合物和氨基酸类物质，形成了不同花种蜂蜜气味的差别，成为辨别蜂蜜品种的重要指标。不同品种的蜂蜜各有不同的口味。虽然都是甜，但各有各的甜。荔枝蜜是带有荔枝花香的甜，枣花蜜是带有枣花香的甜。但也有例外，有的蜂蜜，口味与气味不一致，如地椒蜜、一枝黄花蜜等，闻起来有点怪味，吃起来却适口。

"参桂齐名骨自香，百花酿醅助甘凉。含金咀玉风标别，消得肩吾为发扬。"这首诗说的是蜂蜜是一种很好的保健食品。蜂蜜能改善血液循环，对心脑血管疾病有一定的好处；蜂蜜对肝脏有保护作用，能促进肝细胞再生，对于肝细胞损伤的修复，有一定的作用。蜂蜜还能

■ 童荣涛向村民了解蜜蜂产蜜情况

够提供人体所需要的能量，消除疲惫、增强体质。蜂蜜有灭菌的作用，能够在口腔中起到灭菌消毒的作用。蜂蜜外用可以抑制皮肤的损伤，特别是烫伤。

蜂蜜的种种作用让童荣涛看到了脱贫致富的光明道路。荣飘村有丰富的蜂蜜资源，许多老百姓家里都养蜂。如果把蜂蜜宣传出去，扩大销售渠道，既能帮群众解决销路，又能从中盈利。可是，如何拓宽销售渠道呢？如何能快速宣传呢？童书记走在路上，看到了村民们在农忙后的闲暇时刷抖音，灵光一闪：为什么不拍摄短视频进行宣传呢？现在的时代，传媒信息分享实现秒转，大家都熟悉网上购物，那我就开一个"网红"店铺。党的改革开放政策不就是让老百姓富裕起来吗？于是他下定决心，说干就干！

童荣涛回到办公室，在网上查阅了相关的资料，拍视频宣传蜂蜜还需要一名代言人。童书记思前想后，决定自己亲自上阵。他迅速构思好了视频拍摄计划。"当时我就是在路上看见村子里的老百姓也在刷抖音，灵光一现，就决定要把我们荣飘村的蜂蜜用短视频的方式宣传出去。"童书记笑着说。他的心里装着荣飘村的人，装着要带领荣飘村人脱贫致富的梦想。

从决定拍摄视频的那一刻开始，童荣涛就行动起来。他来到养蜜蜂的贫困户家里，穿上防护服，蹲下来仔细观察蜜蜂。荣飘村的蜂蜜以荔枝龙眼蜜和鸭脚木蜜为主，分为春蜜和冬蜜。童荣涛用筷子插入装好的蜂蜜中，尝了一口。透明的浅琥珀色，拉成丝，带着特有的蜜香，香浓而持久。

拍摄视频有了代言人还不够，还需要村民们的配合。"我挨家挨户地去走访，发现很多养蜂家庭的蜂蜜都是自家人吃；逢年过节给亲戚朋友带，都是用普通的瓶子装着。"童书记说。他尝试着向村民们说出了自己的想法，村民们非常支持，童书记露出开心的笑容。

有了村民们的支持，童书记干起活来更带劲儿了。他从网上学习拍摄视频的经验，意识到拍摄宣传视频，不仅要严格把控蜂蜜的质量，还要有统一的包装、口号等。既然要做，就一定要把这件事情做好。他找来专业人员，制订出了一份生产蜜蜂的标准，在保证荣飘村蜂蜜独特口味的前提下，经过严格的生产标准检验，荣飘村的蜂蜜更香了。

有了蜂蜜的生产地点、生产工具、生产标准，还没有统一的包装。童书记到县城找到了塑料瓶加工厂，订购能装500克蜂蜜的透明长方体塑料瓶。至于外包装，童书记找来专业的美工人员设计，最终定下把粗黑色的"蜂蜜"两字标在上面，整体呈现蜂蜜的流动状，还有生产许可、绿色食品的标志，并注明蜂蜜的食用方法、注意事项。童书记看着做出来的瓶子，上面写着的是荣飘村的地址。他激动地拿起了瓶子，仿佛看到了荣飘村的希望。

瓶子设计好了，童书记带着两个样品高兴地回到荣飘村给村民们看。"瓶子设计好了，以后我们出产的蜂蜜就统一用这个瓶子装。这是属于我们荣飘村蜂蜜的瓶子！"童书记举着瓶子开心地对村民们说。

前期工作用了不到1个星期的时间就做好了，童书记尝试着用手机拍摄视频，发现画面不够宽，并且视频在后期修剪时非常不方便。童书记联系到了有拍摄技术的摄影师。布置好拍摄工作后，童书记召集了七八位村民入镜，按照事先想好的口号、编好的歌谣，把荣飘村的蜂蜜拍到视频里。

童荣涛和村民一起摆放好拍摄道具，一遍又一遍地练习代言歌曲，背诵代言词等，丝毫不倦怠，俨然一个尽责的演员。"哎……博白蜜蜂

■ 童荣涛与村民一起拍蜂蜜宣传视频

勤又忙咧，嘿撩撩咯，花开蜜又甜咧，嘿撩撩咯……""大家好，我是博白县沙陂镇荣飘村第一书记童荣涛，我为家乡的蜂蜜代言，我们家乡的蜂蜜又香又甜，好吃又健康，欢迎大家积极认购，助力我们村的脱贫攻坚。一起脱贫，一起致富，一起奔小康！"

"咔！"不知拍摄了多少次，视频终于拍好了。童荣涛掸掸身上的灰尘，露出了笑容。

"童书记人很好，他这么辛苦拍视频，这种方式一定能帮助我们把蜂蜜销售出去的。"贫困户廖立胜看着累了大半天的童荣涛满怀感激地说。

"拍摄视频虽然耗时耗力，有难度也累，但作为第一书记，尽自己的微薄之力，帮村民把辛苦生产的蜂蜜推广出去，值了！"村民廖立波家门口传来了阵阵笑声，童荣涛站在门口，为村民的蜂蜜销售代言忙得不亦乐乎。

视频拍摄结束后，童荣涛以个人的名义注册了代言网店，为村民的蜂蜜等农产品销售助力。童荣涛还找来工作人员，定时抽检蜂蜜的质量。随着技术的改进和拍摄质量的提高，荣飘村的蜂蜜很快就被推广出去。

情系特困家庭

蜂蜜的销售给荣飘村带来了希望，但童荣涛并没有停下带领荣飘村脱贫致富的脚步。"通过视频拍摄为村民产品销售代言，是时下时尚的推介本地特色农产品的方式，希望能收到较好效果。"童荣涛说，接下来他还将在田间地头出镜"带货"，为荣飘村的蜂蜜、青菜等农产品拓宽销路，助力更多的贫困户走上增收致富路。

廖家辉是童荣涛的帮扶户之一，七旬老人本该享受天伦之乐，却被一场突如其来的灾祸扰乱了生活的平静。儿媳因煤气中毒抢救无效去世，本不富裕的家中为此东拼西凑了三四十万医药费，彻底掏空了家底，他也因此成了"因病致贫户"。

童荣涛了解情况后，便为其开展一系列的帮扶工作。童荣涛亲自到了廖家辉的家里，"那天我是傍晚才到廖家辉的家里，廖家辉正在屋里生火烧饭。一见面他就激动得哭了起来。"童荣涛回忆说。

廖家辉夫妻俩都已经70多岁了，还不得不为这个家操心劳累。廖家辉患有白内障，看不清楚东西；李小英是他的第二个儿媳，患有高血压，长期服药。家中一贫如洗，廖家辉还在为3个孙子和孙女的读书费用担心。

为解决他的实际困难，童荣涛以最快的速度给他联系安排了免费白内障手术,给她儿媳办理了门诊特殊慢性病诊疗卡。"先做好眼前的工作,廖家辉的白内障手术早就应该做了,还有他的儿媳妇,患上了这种病就是得长期治疗的,这些都需要钱啊!"童荣涛感慨地说。他先为廖家辉解决了"火烧眉毛"的事情,接着为他家申请低保金 12600 元 / 年,为 3 个孙子、孙女落实了各种教育补贴 5000 元 / 年。

这些扶贫政策的落实到位,廖家辉的生活有了很大的改善。廖家辉逢人就说:"还是共产党好啊,多亏了党的好政策和上级派来的第一书记童荣涛对我的真心帮扶。"

除了实际的帮扶,童荣涛还为他出谋划策,找到了一条适合他的脱贫致富之路。他常常在下班后,给廖家辉带些食物,鼓励他振作起来。因为有童荣涛的帮助,廖家辉开始从事养殖业,养起了猪。他认真学习养猪技术,虚心接受专业技术人员的指导。现在廖家辉有了不菲的收入,不仅还清了欠款,还购置了新车。廖家辉的生活好了起来。

"我很感谢童书记在我困难的时候耐心无私地帮助我,他是我的恩人!"廖家辉眼里盈着泪光激动地说。

抓防控、战疫情、保平安

2020 年春节,一场突如其来的疫情打破了荣飘村的宁静,新冠疫情形势严峻,周围各村都被要求管控。这可让童荣涛伤透了脑筋。他是家中的顶梁柱,给家人安全感,但作为第一书记,他的任务是要让村子平安,给村民们安全感。大年初二一早,童荣涛就与亲人告别,从县城的家里出发,赶回心心念念的荣飘村。

回到村里后,童荣涛立即加入疫情防控工作队伍。他主动要求到疫情防控监测卡点值班，对出村人员进行监测登记，对入村人员和车辆进行监测，防止疫情入侵。为了稳定群众情绪和舆论，提高群众的防疫知识水平，他与村干部利用大喇叭和村民微信群，宣传疫情防控信息和防护知识，为每家每户发放疫情防范宣传单。面对面向群众讲解防控政策和知识，使大家了解疫情、认识疫情，主动配合防疫工作；积极组织带领村干部开展全面入户走访，开展地毯式排查，及时了解常住人口、务工返乡人员和外来走亲访友人员的健康情况。共排查1694户6246人，排查出湖北返乡人员6人，密切接触人员共35人，并针对上述人员全部建立"一人一档"，进行严密的监控；组织村里做好监测、消毒和卫生环境治理工作，积极与其他自然村做好对接工作，建立联防联控机制。

在防控疫情的同时，最让童荣涛放心不下的就是贫困户的生活情况。他每天早起第一件事就是去贫困户家门口转转，问问他们今天有没有遇到什么困难，提醒他们自觉待在家里，不走亲、不访友、不串门，并送上几样紧缺的东西。转完一圈后，看见村里有不遵守规定的

■ 童荣涛在荣飘村执行疫情防控工作

村民喊上几句，提醒他们注意防护安全。

疫情防控要想做好，宣传工作是少不了的。童荣涛之前是一名教师，投身于教育事业。他对手机不是很感兴趣，"我平时连微信朋友圈都很少发"。这次抗疫攻坚战，童荣涛对互联网有了新的认识，他爱上了互联网宣传。

防控疫情工作和春季生产暂告一段落后，童荣涛又开始奔波忙碌起来。村民廖世福家中的鸭子销路受困。"疫情对销售影响很大，廖世福看着自己养的一大群鸭子，惆怅极了，焦急地找到了我。"童荣涛看着院子里的一群鸭子说。

最重要的是解决鸭子的销售问题，找到需要的客户。他先是利用微信群发动身边亲友同事购买，解决了一部分鸭子的销售；接着利用每天进各村屯宣传防疫知识的时机向各村村民推销鸭子，还通过卡口交接及送回城关的方式销售鸭子。

■ 童荣涛与村民商量鸭子的销售

"非常感谢我们的童书记，过年到现在，受疫情影响，各村实施人流管控，不能随意进出，我养的鸭子中有200多只没销售出去。多亏了他帮忙，现在卖得差不多了，收入也增加了。"看着自家的鸭子销售一空，廖世福的爱人卜肖云感激地说。

童荣涛看着贫困户的鸭子卖掉了，收入也有了保障，长长地舒了一口气。

但没过多久，蜂蜜的销售季就来了。"受疫情影响，快递封了，蜂蜜的销售率很低。我们都很着急，不知道该怎么办。蜂蜜都装好了。"荣飘村的村民来到村委办公室找到了童荣涛。

蜂蜜迟迟卖不出去，这使得童荣涛又发愁了。没有销售就没有收入，贫困群众的生活就堪忧。通过与朋友联系，他了解到了时下正热的直播"带货"，想来电商平台应该是不错的销售途径。说干就干，他联系上了擅长做视频的朋友，开始直播"带货"。

"希望通过这次拍摄视频的方式能帮助村民打开销路。"童荣涛书记说。荣飘村基本上每户都养蜂，前段时间受疫情影响，蜂蜜销售情况不好，对养蜂户的收入影响很大。经这次的努力，蜂蜜销售了不少，同时荣飘村独特的春蜜和冬蜜，也收获了不错的口碑。

一心为民谋发展

作为荣飘村的第一书记，童荣涛不仅为村民们出谋划策，探寻发展之道，还针对村内道路坑洼不平等的实际问题，带领村"两委"班子成员多方协调，争取到了相关部门项目资金总共21万元，给道路较差的冰江队和圯城队修建了760多米的水泥路。"原本这条路一到雨天就非常泥泞，还积满了水，对于出行是有很大影响的。童荣涛书记为我们争取到资金修建，每当走在这条路上，总会想起他，我们很感谢他。"坭城队的村民陈述说。坎坷泥路变通途，雨天出行不再难。两个自然屯的群众自然是看在眼里，喜在心里，对童荣涛书记打心坎里感激。

为民服务永远在路上，群众需要办的实事一天也不能等。2018年7月，童荣涛书记和村"两委"一班人通过招商引资的方式，引进广西博白县巍然农业科技有限责任公司与荣飘村村民合作社合作建设荣飘村波罗蜜产业扶贫示范园区。产业园核心区位于荣飘村青湾自然屯，规划面积3000余亩；辐射带动以荣飘村为核心，向周围延伸辐射至飞洋村、八壁村、良村等全镇8个行政村和1个社区，形成1镇8村1社区多个示范点的格局。园区采取"公司＋合作社＋基地＋贫困户"的发展模式，通过以波罗蜜的产销加工研发为

■ 童荣涛入户宣传惠民政策和防疫知识

主，其他种植和养殖为辅的形式，鼓励农户，特别是贫困户，通过土地流转、代种代养或者提供劳务的形式，实现就业增收。这种合作方式为贫困户提供了30多个就业岗位，每人每年可有10000余元的收入。

随着园区的发展壮大，在带动荣飘村213户贫困户（192户已脱贫）1103人脱贫增收的同时，辐射带动全镇8村1个社区879户贫困户（691户已脱贫）4326名贫困人口脱贫和增收。园区前期投入资金320多万元，其中290多万元用于土地流转520多亩，栽种幼苗10400多棵，安装智能化灌溉滴管，平整园区路基，建设仓储和办公区，开挖鱼塘，打深水井、铺设管道、架设电网等配套基础设施建设。30多万元用于建设6000立方米的储液池，用于消纳荣飘村130多户养殖产生的尿液和粪便作为有机肥。目前，全村成立村民合作社1个，获得县级以上下拨的村集体经济扶持资金131万元。其中，20万元注入广西博白县小城镇建设投资有限公司，按股分红，每年收入不低于1.6万元，合作期限6年，2023年归还本金；30万元自主经营种养产业；11万元注入广西博白县惠泽农业有限公司养殖蚯蚓，按股分红，每年收入不低于8800元，合作期限5年，2023年归还本金；10万元注入广西博白县新兴建材有限公司养殖蚯蚓，按股分红，每年收入不低于8000元；50万元注入博白县建能种养专业合作社，按股分红，每年收入不低于40000元，合作期限5年，2023年归还本金；10万元注入博白县富山水果种植专业合作社，按股分红，每年不低于8000元，合作期限5年，2023年归还本金。

在扶贫工作中，童荣涛注重改变村民的"等靠要"思想。扶贫先扶志，脱贫先脱懒，激发村民脱贫致富的内动力。童荣涛常说，党员和干部要带头学技术脱贫致富，让村民看得见，切实感受到党员和干部的先进性，从而起到带领全体村民脱贫致富的作用。为鼓励贫困户学技术，童荣涛和村干部多方联系县农业农村局、镇农技站和各类职业技术学校开办各种培训班，这对提高贫困户的素质起到了很好的作用。

富民兴隆荣飘梦

童荣涛说："做任何事情都不可能一帆风顺。我到荣飘村以来，真切地体会到脱贫攻坚的艰辛，但我认为，既然选择了这条路就需要付出艰辛，吃常人难以想象的苦，才能收获别人收获不到的快乐。一旦认准了，就坚定不移地走下去。"

多年的工作实践使他深深认识到，一个村子要想走得稳、发展得好，一定要顺应国家需要、社会需要和人民对美好生活的需要。他始终认为，做扶贫工作一定要讲究信用，服务人民，以诚信赢得信任；要充分发挥每个人的聪明才智，紧跟党的指引，发挥市场经济的作用，找出最适合这个区域发展的方向去努力，这样才能在脱贫致富这条大路上越走越稳。

"我们荣飘村的发展要一如既往地关心国家大事，适应构建和谐社会、建设全面建成小康社会的时代要求。"童荣涛说。未来，荣飘村的发展，将始终不渝地遵循美好生活的发展方向，为实现富民兴隆的荣飘梦，为实现全面建成小康社会，更为实现中华民族伟大复兴的中国梦添砖加瓦、奉献力量。

童荣涛以一个共产党员的标准严格要求自己，不忘初心，牢记使命，用实际行动诠释了驻村第一书记的担当和庄严承诺。荣飘村的发展，让我们看到了童荣涛辛勤付出的成果，也让我们看到了荣飘村以及更多像荣飘村这样的农村将以新的姿态、新的风貌、新的气象展现在世人面前。

旺茂镇三清村黄丽：幸福的奋斗者

■ 李依玲

清风拍打着稻苗和绿草，白云追逐着青瓦和楼墙，荡漾的大寿河倒映着一个四面环山、绿荫掩映的村庄，这就是博白县旺茂镇三清村。三清村，山峦延绵起伏，小山谷和小盆地错落其间。位于博白县旺茂镇南部，距旺茂镇政府9公里，距县城30公里，开车不超过30分钟，交通便利。全村辖区总面积28平方公里，耕地总面积5330亩。其中水田面积2330亩、旱地面积3000亩；林地面积10680亩。农作物以水稻为主，兼种玉米、豆类、薯类、辣椒、南瓜等。水果主要品种有龙眼、沃柑、砂糖橘等。村民主要收入来源于种植、养殖、农产品销售和务工等。

■ 三清村村委新办公楼

三清村曾经是博白县的贫困村之一，黄丽一家就是这众多农户中的一家。"从很小的时候，我们家就耕种水稻了，我就在田间长大。"黄丽说，家人都是勤劳朴实的农民，从小就耳濡目染地受到影响，我的妈妈告诉我，做人要靠双手去奋斗，我虽然只有一只手，但是我的双脚坚实地踏在土地上，我的坚强的心就是我的另一只手。

一只手也难不倒我

黄丽出生两三个月的时候，父亲和母亲忙于生产队事务，将她留给年迈的爷爷照顾。那一年冬季气温很低，黄丽的爷爷把熟睡的小黄丽独自留在屋内，自己到门外去生火炉取暖。小黄丽醒来后，看爷爷不在屋内，慌乱中，把身旁的一盏煤油灯踢翻了。煤油浇到被子上，烧了起来。黄丽的爷爷年迈失聪，屋里传出了小黄丽的哭声，他却丝毫未察觉。直到烧焦的气味传了出来，爷爷才冲进屋内一把将她抱了起来，小黄丽的左手已经严重烧伤。

■ 黄丽在厨房炒菜做饭

黄丽一家的生活很艰难，家里有6口人，还有2位老人需要照顾，收入仅靠父母在生产队工作。父亲和母亲一度想放弃治疗，放弃治疗就意味着放弃一条生命。在爷爷的坚持下，父亲、母亲拿出了积蓄，又四处奔波借钱，辗转到镇医院救治，黄丽捡回了一条命。但是，由于烧伤严重，黄丽的左手被切除。小小年纪的她，要学着用一只手去干活，生活中大大小小的事情，只能靠右手来完成。黄丽很坚强，尽自己所能用一只手完成各种事情。"什么都难不倒我，很小很小的时候我就会做很多事情了，失去一只手对我没什么影响，我开电动车很稳的，用一只手炒出来的菜也特别香！"黄丽用轻快的语气说。

黄丽说："我很感激我的父亲、母亲、我的家人。是他们给了我第二次生命，是他们捡回我的一条命。我也很珍惜我的生命，从不轻言放弃，生活难不倒我。"受到家庭贫困和身体条件的影响，黄丽读完小学就没有继续上学，一直在家跟着父母辛勤劳作。黄丽22岁那年，在亲戚的介绍下，嫁给了同样一贫如洗的李峻先，从此来到三清村生活。

政策帮扶脱贫

黄丽嫁人后，先后生育了5个孩子，这个仅靠种地糊口的家庭，开销就更大了。年迈的父母需要照顾，年幼的孩子嗷嗷待哺……"怎么办？"憨厚老实的李峻先觉得很迷茫，自己又不幸得了肺病，给这个家庭带来了沉重的负担。李峻先一度万念俱灰，极为消沉。黄丽看在眼里急在心里，她用自己瘦弱的双肩担负起料理家务和农活的重任，同时细心照顾丈夫，不时地鼓励丈夫振作起来。"只要我们自力更生、自强不息，困难总会被打倒的，你一定要有信心！"黄丽常常这样开导丈夫。黄丽的苦心终于没有白费，在细心照料、耐心劝导和鼓励下，李峻先看到仅有一只手的妻子都能够如此乐观地面对生活，慢慢地走出了消沉，和她一起为摆脱贫困而努力奋斗。

2015年，随着脱贫攻坚的号角吹响，黄丽一家迎来了脱贫的机遇。三清村的党员和帮扶干部们把希望带进了黄丽的家。黄丽读完小学就不再继续读书了，识字少。帮扶干部们到黄丽家时，她对扶贫政策的了解少之又少。三清村党总支部的全体党员入户宣传讲解扶贫政策、宣传脱贫事例。黄丽对扶贫政策了解了很多，在帮扶干部的帮助下，增强了脱贫致富的信心。

过去三清村人普遍认为，靠种植稻谷、玉米能够温饱就行了，因此大片荒山被闲置。三清村第一书记朱汝树说，为了改变观念，我们请来农业专家，对三清村的土质进行检测，认为三清村适合种植砂糖橘。为了早日带领村民脱贫致富，村党员拧成了一股绳，村"两委"成员带头试种了200多亩砂糖橘。经过3年的探索，试种的砂糖橘获得成功，亩产达到3000公斤，产值达2万元。还发动外出务工的党员王文彬、王祥剑回乡创业。他们放弃在外务工每月7000多元的工资，响应号召回乡创业种植砂糖橘。如今，他们每人种植了130多亩的砂糖橘，并成立了家庭农场，成了党员示范户。事实胜于雄辩，群众这才相信种植砂糖橘能赚钱，纷纷加入种植砂糖橘行列。为了帮助贫困户更好地发展，村党总支部组织党员种植大户为朱光华、朱汝通等39户贫困户免费提供种苗和技术指导，落实党员一对一跟踪帮扶。如今，大多数砂糖橘长势良好，增收指日可待，成了博白远近闻名的砂糖橘种植示范基地。

开展精准扶贫以来，博白县总工会每年组织50多名贫困户到玉林市五彩田园参加种养技术培训，提高种养技能。三清村结合自身特点，积极探索脱贫攻坚新路径，注重扶贫同扶志相结合，村"两委"干部和全体党员经常和贫困户拉家常、听建议、解民生、知其短、了其需，宣传扶贫政策，提振贫困群众的精气神。

　　黄丽受到了启发，知道自己的家庭是因残疾和缺少劳动力致贫。黄丽身残志不残，有顽强拼搏的精神，干起活来比正常人一点也不差，驾驶电动车、挑稻谷、施肥、喷药、编织，样样能干。扶贫扶长远，长远看产业。"怎么才能让黄丽一家摘掉穷帽子？考虑到黄丽熟悉农作，村里又有不少闲置的耕地，扶贫干部建议她租耕地种植水稻，减轻家里负担。"朱汝树说。帮扶干部反复论证后，决定协助黄丽申请小额贷款2.5万元发展产业。为了能够顺利脱贫，黄丽鼓足了勇气，在三清村承包了30多亩土地种植水稻和养鸭。

　　"我从来没有觉得努力会白费，我相信我的付出一定会有收获。"黄丽眼神坚定地说。为了这个家的日子越过越好，黄丽付出了比正常人还要多的努力，白天干农活，晚上还搞编织，靠一只手撑起了一个家。通过她的努力，生活渐渐地红火起来。

种植水稻致富

　　2015年到2017年，黄丽家每年总种植水稻20～30亩，2019年，黄丽家种植水稻10～15亩。收入来源于种水稻种子，每年耕种时节拿到县城或者镇上售卖。种植的水稻分为早稻和晚稻，一年两种，需要花费很大的精力。当笔者问水稻怎么种植时，她说："每一年在种稻之前，都要对土壤进行'粗耕、细耕、盖平'这三个阶段的工作，将稻田的土翻至松软。过去松土使用的是兽力或者犁具，现在都是我的丈夫李峻先用机器整地，松土就没有以前那么辛苦了。松土工作结束后就是育苗了，将种子播在准备好的田里，育苗的那块田要储一定的水，但不能没过稻种，我们都叫作'秧田'。撒下稻种后，在土上洒一层稻壳灰。当苗龄 20～25 天的时候，就将秧苗移植到周围有堤、水深 5～10 厘米的稻田内，在生长季节一直浸在水中。在秧苗长高至约 8 厘米的时候，就可以种植了。"

黄丽顿了顿又继续说："很久之前我们种植水稻都是插秧，将秧苗仔细地插进稻田中。在田里拉好线，沿着线将秧苗一个一个插进泥里，这样往往一整天才插好一块大田。当然人多的时候可以插两块。现在比较便利了，改为抛秧，每人直接一块秧苗，往地里抛，看准距离就抛下去。一天从早到晚，可以完成很多块田。抛秧的时候还要往田里撒混合化肥或者牛粪，为秧苗的生长提供养分。插秧的气候也相当重要，下大雨不可以抛秧，这会将秧苗打坏。"

听着黄丽的描述，我仿佛看见一个个小小绿色生命点缀在褐色土地之间。"幼穗形成时，还有抽穗开花期，都要灌溉。为了保证有足够的水，我们夜间经常拿着手电筒和铁锹在田地间照看是否有水。秧苗成长的时候，时时都要去照顾，拔除杂草，用农药来除掉害虫。秧苗在抽高，长出第一节稻茎的时候，我们称

■ 黄丽在自家田地里

为分蘖期，这期间需要施肥，保证稻苗成长健壮，也是促进日后结穗米质的饱满和数量的必需步骤。就这样等到稻穗垂下、谷粒饱满的时候，就可以收割了。我们过去是用镰刀割下，扎起来，再用打谷机使稻穗分离，很烦琐，也费时费劲。现在每到稻谷成熟时，都会有收割机开到村里来。机器收割省了很多时间和精力。很大的一块田，机器开去，很快就收割完了。"

黄丽对着远处的稻田笑了笑，我想她一定是看见了那一粒粒饱满金黄的稻谷。从她的话语里，我能感受到作为一名农民，在收割稻谷时的心情是激动和喜悦的。我们吃的米饭，每一粒米都是农民辛辛苦苦地种出来的。"将稻谷收割后，也不是就万事大吉了。"黄丽将视线收回来，继续说着她和稻谷的故事。

"从田里收割回来的稻谷要进行干燥、筛选。刚收割回来一定要先晒两天，晒干水分。在阳光充足的日子里，找一块水泥平地或自家的房顶，将稻谷薄厚均匀地铺开，时时翻动。在秋季，最多晒4天就达到储存的标准了。"

"金秋十月稻粱熟，硕果累累秋色赋。"听着黄丽的描述，我的脑海里映出农民的忙碌身影，和一幅幅美丽的乡村"晒秋图"。同时也产生疑惑：怎么才知道稻谷晒干了？

黄丽抿着嘴笑着说："你就随手抓一粒放在嘴里用牙一磕，嘎嘣脆响，不粘牙，稻谷就是干了。之后就是把稻谷打堆，不用袋子装，堆个三五天，用手伸到谷堆里摸摸，有些发热，这也会蒸发部分水分。再把稻谷运到晒场去晒两天，稻谷放在嘴里咬，磕得特响，就可以进仓储存了。这样晒稻谷有一个好处，碾米机碾出来的米，截米和碎米就会少很多。"

黄丽欣慰地笑了起来，好像此刻她的手上就捧着一粒稻谷，放到嘴里，从嘴里到心里，发出了嘎嘣嘎嘣的脆响。

"不过在储存前要进行筛选，就是将瘪谷等杂质筛掉，用电动分谷机、风车或手工抖动分谷，主要是利用风力将饱满的稻谷给筛选出来。另外，稻谷在自然条件下，吸湿性特别强。空气中的湿度是很难控制的，这也是很多谷仓里长蛾子的原因。"黄丽说，按照自己多年晒谷的经验，只要在仓库发现有蛾子，那就证明稻谷已经受潮，必须翻晒了。

到每年的播种时节，黄丽就将上好的稻种整理好，由丈夫李峻拉到县城或镇上销售。一粒粒饱满的稻谷种，带给人希望和温暖。

到这里，黄丽和稻谷的故事讲完了。黄丽每年都在重复着这个故事。每一次育苗、每一次耕土、每一次播种、每一次施肥、每一次收割……黄丽每一次都认真去完成这个故事。她就是故事中的主人公，收成就是故事的最好见证。

科学技术攻坚

黄丽一家过上了舒坦的日子，一日三餐也丰盛了许多，黄丽脸上的笑容也多。然而喜悦没有持续太久，黄丽又遇到一个难关——由于田间管理不到位，一些稻苗出现病虫害。"怎么办？这可是我们家一年的指望了啊。"黄丽焦急地向朱汝树等村干部求助，起早贪黑地查看稻苗。

"我的先生当时在镇上打散工，家里的稻谷都是我一个人照看。"黄丽回忆起那一段日子，清楚地记得，为了防止更多的稻谷受到损害，她每天背着比她轻不了多少的喷雾器，到齐腰深的稻田里去打药。一桶药水打完，就累得腰酸腿疼，倒在地头上不愿起来。可不起来行吗？毒日头一出，虫子就躲到了叶后，再毒的药都不起作用了。虫子一旦"哄抢"了稻谷，稻谷就算白种了。黄丽忍着痛，又背起了药桶。

村干部迅速行动，请来了农业技术人员到田间进行技术指导，帮助黄丽进行病虫害防治，成功消除了病虫害，保住了早稻的收成。黄丽认识到了技术的重要性，不仅抓住机会虚心向技术人员学习，还让孩子帮忙上网查找学习资料自学，不断汲取水稻栽培、管理、防病等方面的知识。在村干部等人的帮助下，功夫不负有心人，经过黄丽的精心打理，2016年的晚稻产量比早稻增产了三成以上。

彩虹总在风雨后。黄丽就是这样不轻言放弃，通过自己的努力去挽回水稻遭病虫害的损失。对于一个小学毕业的人来说，这是最好的回报了。

■ 黄丽在为长势很好的蔬菜除草

"海阔凭鱼跃，山高任鸟飞。"在经历了水稻病虫害之后，黄丽依然意志坚定。"党和政府的关怀和帮扶干部的无私帮助，让我对生活充满信心。政府帮助我们脱贫，是很好的事情，但是我不能全依靠政府来帮。"黄丽经常对村里人说，"我的手残疾了，但我不能没有志气，不能什么都依靠政府，我相信一只手照样能够创造幸福生活。"为了增加家庭收入，农闲时黄丽就在家做芒编，丈夫李峻先到县里的农贸市场打工，闲暇时也帮她干活。在夫妇俩的共同努力下，黄丽一家的生活逐渐好了起来。

脱贫致富典型

2017年，黄丽家顺利摘掉"贫困帽"。2019年，黄丽买了50多只鸡鸭养殖，致富的脚步迈得更加坚实。如今，除了种养，黄丽一有空就在家加工电子器件，月收入有1000元左右。黄丽就像一只陀螺，为了脱贫致富、创造美好生活而不停地旋转。

"一花独放不是春。"三清村党总支部为了充分发挥以身边事教育身边人的作用，将黄丽等5户自强不息、发展产业致富、家庭和睦、群众口碑好、认可度高的脱贫户评为"自强脱贫模范户"予以表彰，使广大贫困户"学有榜样、行有示范、赶有目标"，引领社会新风尚，从而促进了脱贫攻坚提质增效。通过身边的典型带动，越来越多的贫困户像黄丽这样靠着敢于创业、不怕艰苦走上勤劳致富的道路。如因病致贫的李勇、因学致贫的王祥贵、因缺技术致贫的朱汝通等。他们都是靠着顽强拼搏、艰苦奋斗而成为三清村的脱贫致富典型。

■ 黄丽在家门口加工电子零件

由此，三清村确定了"支部引领、产业扶贫、整村脱贫"的发展思路，聚焦生态种养业，探索一条"党建+"的精准扶贫路子。遵循这一思路，村党总支部在县委、县政府和县委组织部的大力支持下，通过"党建+电商+合作社+贫困户"的模式带动贫困户脱贫，成效显著。三清村成立益农信息社服务站，通过电商平台，主动推介，扩大销路，把三清村的农副产品和土特产卖出去，而且卖了个好价钱。贫困户黎科锋养鸡，以前卖鸡都是他跑市场找买家，费时劳力。三清村益农信息社服务站成立后，信息员主动上门指导他在网上发布销售信息，从此，他的销售在网上完成，省时省力，销路扩大了，收入也增加了。通过电商平台，村里与博白县及周边的很多客商达成了合作协议，农产品完全不愁销路。博白县文彬砂糖橘种植专业合作社以土地流转方式开展种植经营，有16户贫困户入股，使贫困户剩余劳动力25人得以就业，增加了收入。三清村党总支部+贫困户+基地种植百香果，有20户贫困户以土地入股，解决贫困户剩余劳动力就业，帮助贫困户脱贫。博白县兰英家庭农场是玉林市巾帼科技示范基地，现种植有砂糖橘、水稻和蔬菜。其中砂糖橘80亩，吸收贫困户妇女45人就业。

三清村"两委"深知：单靠传统的种植业来让贫困户脱贫是不可能实现的。何况贫困户中有的因残疾无法从事繁重的体力劳动。不改变思路和方式，他们就无法脱贫。为此，三清村"两委"干部因地制宜，发掘资源优势，制订切实可行的村产业发展规划，启动产业示范项目培育工作，集中力量培育一批可学、可看、有影响力的产业示范典型，把培育产业作为脱贫攻坚的根本举措来抓，扎实推进三清村产业扶贫。村委专门组织摸排，从中挑选了一批拥有一定规模基础、发展前景好、参与扶贫开发意愿强的产业带头人予以重点扶持，提高产业发展后劲和质量。如博白县宏苑生态园的肉鸽养殖、构树种植、砂糖橘种植，文彬砂糖橘种植专业合作社的砂糖橘种植等。博白县宏苑生态园作为旺茂镇扶贫龙头企业，通过入股分红、托管代养等模式，带动贫困户发展肉鸽养殖产业，实现脱贫致富。贫困户李桂福对加入公司搞养殖一直有疑虑，怕没技术亏本。为了打消他的疑虑，宏苑公司与李桂福签订养殖合同，为他"赊销"鸽苗、饲料、疫苗，免费提供养殖技术，保价回收肉鸽，从回收款中扣除鸽苗、饲料费用。如今，李桂福养殖种鸽100多对，每月出栏肉鸽收入近2000元，他们也顺利脱贫。宏苑公司通过这一方式带动60多户贫困户参与养鸽，大大提高了贫困户的收入。此外，三清村还积极争取后盾单位对村产业的帮扶力度。后盾单位玉林市委党校、博白县总工会共支持10万元用于建设三清村村民合作社红心蜜柚产业扶贫基地。基地第一期计划种植30亩，目前已种植25亩。基地建成后，一方面，可以提高村集体经济收入；另一方面，可以帮助贫困户脱贫增收，巩固脱贫成果。

"如今，三清村已不再是当年的贫困村，全村群众的生产生活面貌都发生了天翻地覆的变化。"黄丽在三清村生活了22年，她看到这一可喜的变化：村内各项产业发展有了基础，各项基础设施建设基本完善，村民们正在一步一步地走向小康。"这是向党交上的一份满意答卷，我很感激。"

幸福要靠奋斗

"在我小的时候是爱上学的，但是因为家庭经济原因，我不能继续读书。"黄丽平淡的语气里杂着遗憾。

黄丽看着邻居小孩背着书包去上学,就对父亲说:"我还是想上学。"父亲说:"上什么学,女孩家,啥时候到集上能认出男女厕所就行了。"

"我读书少,我希望我的孩子能够多读书,走出去,过上更好的生活。我再怎么样,也要送我的孩子去读书。""因为家里穷和身体的原因,我念完小学就不念了。长大了才知道读书有多么重要!"文化不高的黄丽特别注重孩子的教育,即使再忙也会经常督促孩子好好学习。为了让孩子安心读书,她宁可亏着自己,也不让孩子辍学。黄丽说:"我读书少,就想要孩子多读书,将来找个好工作。"黄丽重复说自己读书少,眼里满是对孩子未来的期待。

在黄丽生活的那个年代,都说女孩子读书没有用,迟早都是要嫁人的。但是在外婆的教育下,黄丽懂得了很多做人的道理。黄丽一直对自己的孩子说,读书是脱离贫困的最好出路,读书是美好生活的基础。

父亲、母亲、爷爷、奶奶都有"重男轻女"的观念。"但是我不会这样,我深深地知道重男轻女有多不好,我不想让我的孩子也经历这些。"黄丽不会重蹈覆辙,只要孩子有能力读就让他读下去,"就算再奋斗20年也值得。"

穷人的孩子早当家。黄丽的5个孩子都非常懂事,从小就主动帮父母干一些力所能及的农活。"今天的功课温习了没有?老师布置的作业做完了吗?"每次孩子们主动帮黄丽干活,黄丽总要问上几句。黄丽的小女儿李金瑛13岁,小小年纪却身怀各种"绝技":下田插秧、开打田机、加工电子器件……样样难不倒她。疫情防控期间,李金瑛每天在家上完课，就与哥哥李权锦一起帮母亲加工电子器件，又快又好。"在不耽误学习的前提下，才让他们利用空闲时间帮忙干活。"黄丽看着正在埋头干活的一双儿女，一脸欣慰。

"我的母亲是伟大的，母亲在小时候因为一次意外失去了左手，但她并没有被困难打倒，而是面对困难，以身作则，带领我们走出困境。她在我心里是真正可以一只手撑起一个家的人，是别人的母亲不能比的。我的母亲是严厉的，我小时候没少挨她的打。我从小学就学会了做饭炒菜，那时候想出街没现在这么方便，她就跟我们说让我们学会做饭，哪天有事她不在家也不至于饿肚子。"黄丽的大儿子说。黄丽用自己的实际行动教育了孩子们。

孩子们长大了，懂得了父母的辛苦，也学着尽可能地去分担父母的担子。看着父母白天黑夜地劳作，大儿子李权锦曾经想读完初中后就外出打工，帮助家里减轻经济负担。他的想法遭到母亲的强烈反对：

■ 黄丽翻新装修好的家

"没文化，找不到工作，以后你怎么养家？谁会跟着你过穷日子？家里不用你操心，只要你能把书读好，就是对我们最大的回报。"母亲的谆谆教诲点燃了李权锦心中向往知识的火焰，推动他加倍努力学习，后来考了个不错的学校。

黄丽的 5 个孩子，除了大女儿已婚外，两个儿子分别就读于广州铁路职业技术学院和广西机电职业技术学院；两个女儿在读小学和初中。"没有妈妈的鼓励就没有现在的我，我很庆幸当时没有放弃学业。"李权锦说，"今年我就可以毕业了，到时候希望能找到一份稳定的工作，帮家里减轻负担，让家里日子越过越好。"

"现在的生活就是这样，我的丈夫空闲了就回来忙会儿农活，我的孩子都在上学，大家都在努力奋斗着，这就是我对未来的想法。"当我再次来到黄丽家时，院子里有一群白鸭在觅食，黄丽坐在椅子上欣赏着门外的风景，跟我说话时，眼里泛出一束希望的光。